KB248519

술 따라
정 따라

술 따라 정 따라

장 청 지음

초판 인쇄 | 2006년 10월 20일
초판 발행 | 2006년 10월 25일

지은이 | 장 청
펴낸이 | 신현운
펴는곳 | 연인M&B
디자인 | 이회정
기 획 | 여인화
등 록 | 2000년 3월 7일 제2-3037호
주 소 | 143-874 서울특별시 광진구 자양동 680-25호(2층)
전 화 | (02)455-3987, 3437-5975 팩스 | (02)3437-5975
홈주소 | www. 연인mnb.com / www.yeoninmb.co.kr
이메일 | yeonin7@chol.com

값 15,000원

저자와의 협의에 의하여 인지는 생략합니다.
ⓒ 장 청 2006 Printed in Korea

ISBN 89-89154-66-9 03810

술 따라 징 따라

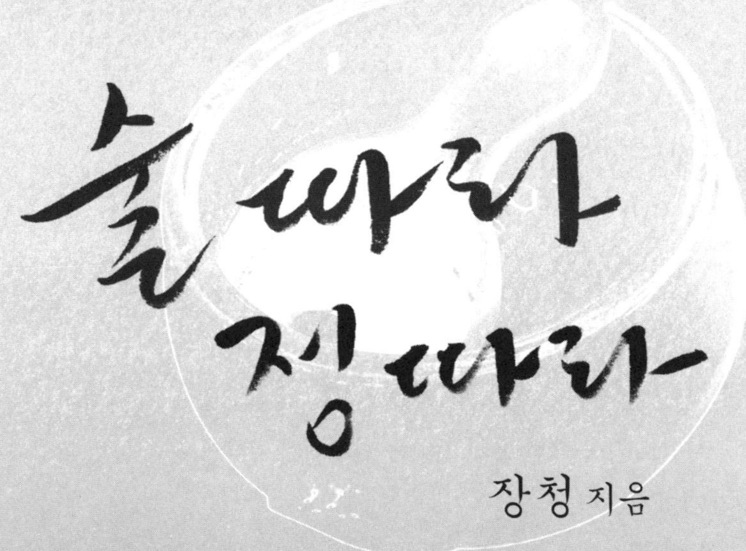

장청 지음

연인 M&B

몇 년 전 늦가을 어느 날 저물녘, 깊디깊은 산골 오지에 박혀 서투른 농사일로 땀을 뻘뻘 흘리고 있는 필자에게 뜻밖의 손님 둘로 고향 후배가 찾아 들었다.

목이 컬컬하던 참이라 석양배(夕陽盃) 안성맞춤으로 들게 되었는데 홍주신문을 창간한다며 이종민 아우가 글쎄 소주 몇 병을 들고 와 몇 순배 돌지도 않았는데 넌즈시 칼럼을 부탁하기에 어이가 없어

"따따부따 하기 싫어 여기까지 도망친 사람이 날세 술이나 따르게!"

꽤 오랫동안 미국생활을 하고 돌아온 그가 하필 고생을 사서 할까 내심 걱정이 되었지만 나이 오십 가까운 그가 설마 어설프게 나섰을까 생각하는 참에

"자, 정까지 듬뿍 묻혀 꽉꽉 눌러 한 잔 올릴 테니 사양 마슈~"

그래 〈술 따라 정 따라〉가 시작되었고, 이어 웅진신문의 유재열 상무가 찾아와 바통을 이어 받더니 경영난으로 작파했고, 공주신문으로 옮겨간 안승호 편집국장이 졸라 한 번도 거르지 아니하고 겁도 없이 신나게 이백여 회나 쓰게 되었다.

그동안 술을 마시면서 실수(失手), 실물(失物), 망각(忘却) 등 실덕(失德)의 사례가 하도 많아 보상심리가 작용했는지도 모른다.

수주 변영로 시인이나 무애 양주동 박사의 주량엔 몰라도 막걸리로부터 보드카에 이르기까지 각종 여러 가지 술을 또 여러 가지 양태로 마신 점에 대해서는 지고 싶은 마음이 추호도 없지만 그 글맛이야 어디 엄두 나 낼 수 있으랴.

어쩌다 인연이 닿아 '연인M&B'의 신현운 사장님이 시업(詩業)의 동업자라 빛을 보게 되었다. 이 책을 만들기 위해 애쓴 임직원 여러분에게 고마움을 표현다.

식문화(食文化)의 꽃인 술의 신세를 조금은 갚은 셈이다. 술을 사랑하는 강호제현의 '안주'가 되기를 희망한다.

청우정(廳雨亭)에서

소우(素雨) 장 청(張靑)

| 차례 |

술 따라
정 따라

1 자연

토란잎에 떨어지는 빗방울 소리　14

춘란이 꽃필 무렵　16

잔디밭에 앉아서　19

만리포에서　22

호계삼교(虎溪三橋)　25

사모정(四矛亭)　28

속 사모정기(續四矛亭記)　31

유구에서 술을 마실 때　34

공주에서 술 마실 때　37

피치카토에서의 매실주 두 잔　40

아우라지 술집　43

청우정(聽雨亭)　46

물빛 라일락의 빛과 향의 길　49

2 여자

독한 술을 마시는 여자　54

미당(未堂)의 미인(美人)타령　57

시인부락 남 마담　60

술은 술이요 여자는 여자로다　63

소실문화(少室文化)　66

어떤 단골집　69

달빛 같은 여자, 자동선(紫洞仙)　72

자동선(紫洞仙)의 치마폭　75

능소　78

각선미(脚線美)　81

주당대처론(酒党對妻論)　84

자동선(紫洞仙)의 자존심　87

3 시대

밤 주막을 그리워하며　92

딱 석 잔　95

홀로 소주 딱 한 병　98

적수공권(赤手空拳)　101

한 잔 혹은 두 잔　104

술꾼을 슬프게 하는 것들　107

안양의 신사 고종명　110

당신이 걸어오는 발자국 소리　113

환희 부재 시대　116

술 너무 많이 마시지 말아요　119

수컷 술꾼 김진화를 그리워하며　122

잘 먹고 잘 살아라!   125

자유인 중광의 타계   128

술과 시일야방성대곡(是日也放聲大哭)   131

박용래 시인의 눈물   134

설봉(雪峰) 심범섭   137

백일몽(白日夢)   140

성북동 길   143

동묘(東廟)   146

4 방랑

먹다 남은 술병 허리춤에 차고   150

산중 방뇨(放尿)의 맛   153

정이 많은 거냐, 정에 약한 거냐?   156

도(道)가 없으니 이리 즐겁다   159

술 마시는 남자를 위하여   162

당신은 얼마나 웃으며 사는고?   165

유쾌하게 사는 방법 1   168

유쾌하게 사는 방법 2   171

취했다 장항행 똑딱선 찬바람으로   174

창신동 조 사장   177

내 몸은 너무 오래 서 있거나 걸어왔다   180

스스로 가겠다고 여쭈어라   183

우연인가 필연인가?   186

저 혼자 폴짝 뛰는 개구리   189

어느 날 나는 흐린 주점에 앉아 있을 거다   192

박봉술의 적벽가   195

5 주흥

즐거운 지옥   200

기인(奇人) 향파(香坡)   203

뛰어난 입담의 소담(笑潭)   206

물렁팥죽 수미쌍관법   209

연정(戀情)의 징검다리   212

고삐   215

핑계   218

김달수 옹과 국화주   221

스카이 라이프(Sky Life)   224

깊은 잠 기막힌 꿈   227

말맛과 술맛의 함수관계   230

이 몸에 쑤셔 넣은 술병들   233

주연(酒緣)   236

칠갑산 팔각정   239

사업과 술   242

잡동사니   245

블루마운틴의 카툼바에서   248

술자리는 어디가 좋겠나?   251

술과 정의 함수관계   254

삼화정(三和亭)   257

6 다양한 술

산 속 심야주   262

송이주(松茸酒)를 담그며   265

막걸리 타령   268

국화주(菊花酒)   271

천일주(千日酒)   274

송설주(送雪酒)   277

지골피(地骨皮)   280

연엽주(蓮葉酒)   283

두견주   286

소주타령   289

설과 술   292

반살미   295

조니워커 1   298

조니워커 2   301

테킬라(Tequila)   304

7 일화

트위스트 춤의 장기영   308

나는 짚신의 피였다   311

하모니카 부는 솜씨 기막힌 남자   314

동심(童心)에 살다 간 장욱진   317

가장 자신에게 정직했던 이중섭   320

아랑주 마시고 터트린 심훈의 호통   323

네 아들캉 내 딸캉 혼인하자꾸마   326

냉소주의자 다루는 법   329

미늘   332

나는 자고 있는가, 깨어 있는가?   335

백석(白石)의 시(詩)맛   338

멋 있는 술꾼들 341

장정문(張正文) 그의 〈두메꽃〉 344

바둑판과 술판 347

네가 해야 할 남은 일은 무엇이냐? 350

너털웃음 날리며 술을 마셔 보아도 353

8 안주

새조개와 개불과 육회 358

어씨네집의 뱀장어 361

붕어찜과 샛별이 364

시골 장터 367

숯가루 덕분에 마시는 술 370

채식에 관하여 373

쭈꾸미 376

9 역사·철학

고인(古人)의 멋 380

약천(藥泉) 남구만(南九萬) 383

시우산인(時雨山人)의 풍류 386

짚신짝 벗어놓고 잠적한 허암(虛庵) 389

사가정(四佳亭)의 풍정(風情) 392

인간 주자(朱子) 395

진단타려도(陣 搏墮驢圖) 398

한 수의 시만 남긴 정여창(鄭汝昌) 401

장천용전(張天慵傳)　404

송강(宋江)의 술과의 대화　407

손곡(蓀谷) 이달(李達)을 그리워하며　410

도연명의 멋　413

기남아(奇男兒) 홍일동(洪逸童)　416

최북강설도가(催北江雪圖歌)　419

대지팡이 하나 짚고　422

술에는 광(狂)이 있고 시에는 마(魔)가 있느니　425

겸허(謙虛)하게 마셔라　428

풍운아 김옥균　431

외로운 학 한 마리　434

백운거사(白雲居士)　437

1

자연

토란잎에 떨어지는 빗방울 소리

지난밤 과음하지 않은 증거는 아침에 어떻게 일어나느냐에 달려 있다.

적당히 들었다면 동트기 전에 일어나 정원을 어정거린다. 머릿속도 맑다. 하지만 진창으로 깊은 밤까지 푼 날은 햇발이 정수리까지 올라와도 머릿속이 흐리멍덩할 뿐만 아니라 꼭 누구한테 실컷 두들겨 맞은 것처럼 삭신이 노글노글하고, 애꿎은 냉수만 벌컥벌컥 들이켜고, 식욕을 전혀 느끼지 못하게 된다. 어제의 업보가 오늘의 중후반까지 먹빛으로 넘어와 일일신(日日新)은커녕 이상(李箱)의 말대로 찌꺼기 삶의 연속이 되기 마련이다.

이럴 때 으레 필자는 토란밭으로 간다. 아침마다 잉어 밥을 주러 연못으로 갈 때 두릅나무 숲 밑에 노는 땅을 일구어 토란밭을 만들었는데 어느 해보다 잘되어 오르내릴 때마다 눈맞춤을 하는 재미가 여간 쏠쏠한 것이 아니다. 아직도 몽롱한 의식을 담고 있어 어이구 이 술보따리야 자책하다가도 토란잎과 대면하면 '야야야! 그것 봐라! 날 보고 기운 차려!' 타원형의 넉넉하게 넓은 토란잎들이 그 독특한 푸른 빛으로 일깨워 온다.

첫 싹이 나올 때면 이제 막 알 까고 나오는 병아리의 노란 부리 같은 모습은 귀엽기 짝이 없고, 두 쪽 연둣빛 어린잎은 새색시가 두른 앞치마처럼 앙증맞고, 어느 정도 자라서 숫기 시작하는 줄기는 늘씬한 처녀의 종아리 저리 가라 할 정도로 각선미가 참신하다. 큰 접시만큼 잎이 넓어지면 파잎과 마늘잎의 중간쯤 되는 그 때깔이 나타나기 시작한다. 연잎보다도 더 멋진 모습이다.

햇살을 빨면서 땀으로 떨어지는 품새는 또 얼마나 우아한지…….

금년 8월은 거의 비였다. 아침에도 비 점심에도 비, 밤중에도 비. 비, 비, 비. 얼마나 지긋지긋했는지 필자는 우거(寓居)를 청우정(聽雨亭)이라 하는 것도 재고의 여지가 있다고 생각하였다. '빗소리를 듣는 정자? 이 녀석 하늘을 웃기고 있어.' 비웃는 것만 같았다.

그러나 단비든 장맛비든 가랑비든 소낙비든 그 빗방울을 받아내는 토란잎은 유일의 낙이었다. 여북해야 토란잎에 구르는 빗방울을 보려고 우산을 들고 산책길에 나섰을까?

아침저녁으로 청정한 토란잎을 옆에 끼고 사는 맛, 한 잔의 술을 들고 토란잎에 떨어지는 빗방울처럼 느끼는 정감, 바람에 흔들리는 그 줄기와 이파리가 넌지시 일러주는 자연의 속소리는 더도 덜도 말고 이렇게 살아라 하는 것만 같다.

"어이구 그처럼 마셔대니 위장이 쇠로 되었어도 녹았을 거야."

내자는 불평하지만 토란에 붙어 있는 요정이 자기를 끔찍이 아끼는 것을 알고 일부러 보호해 주는 것을 짐작이나 하랴!

모르는 것보다 아는 것이 낫고, 아는 것보다 좋아하는 것이, 좋아하는 것보다 즐기는 것이 낫다. 착각은 행복의 문이다.

춘란이 꽃필 무렵

산이 높으면 골이 깊다던가. 필자가 우거하는 청우정(聽雨亭)이 해발 4백 미터쯤 되니까 아무래도 뒷산 두리봉은 5백 미터가 넘을 것이다. 썩 좋은 품질은 아니라도 자생란이 더러 있어 그냥 산책길에 가며 오며 눈여겨보는 것만으로 자족하고 있었는데 어느 이른 봄날 모처럼 이 깊은 산골까지 찾아온 K여사, J여사, C여사가 그냥 눈요기로는 성이 안 차는 눈치를 보이기에 조심스레 뽑아 건넸더니 그게 벌써 자식들을 두어 해마다 그윽하게 꽃을 피워 한두 차례 개화주(開花酒)의 초청을 받게 되었다.

"선생님이 선물로 주신 춘란이 촉이 늘어 친구 M에게 나누어 주었더니 아니 고것이 먼저 꽃을 피웠답니다. 정 바쁘지 않으시면 상경하셔서 난향 주향 음향을 맡으심이 어떨는지요? 미남은 아니지만 속이 바다처럼 넓으신 분이라고 추켜놓았으니 아마도 대접은 소홀하지 않을 겝니다. 저희들도 그 껄껄껄 웃는 호탕한 웃음소리 귀동냥하러 동참할 거예요."

이 아니 반가운 소식인가! 4·19탑이 있는 수유리, 대문까지 있는 조촐한 한식 청기와 집엔 이미 K·J·C 여사가 미리 와 진을 치고 있었다.

"어머머! 진짜 오셨네. 은지야 네가 그리 보고 싶어하던 장 주사가 오셨다. 냉큼 나와 인사 올리거라!"

앞치마에 젖은 손을 닦으면서 M여사가 나타났다. 나이가 짐작이 되지 않을 정도로 고운 얼굴이었다. 볶지 않은 생머리도 청초했고 은회색 한복 차림도 우아했다. 벽에 달마도가 걸려 있는 것으로 보아 불심이 깊은가 보다.

주안상이 들어오고 목이 긴 흰 술병에 오가피주가 들어 있었다. 연보랏빛 난초꽃이 세 개가 벌어 있었다. 한두 방울 먼저 고수레를 하고 우리는 의좋게 둘러 앉아 권커니잣거니 술잔을 기울였는데 1:4로 그 독한 오가피 잔이 필자에게 몰려오는 바람에 시간이 별로 지나지도 않았는데 취기가 오르고 있었다. 허나 사내대장부가 그깟 오가피주 여남은 잔에 녹아떨어진다면 이 아니 망신이랴 싶어 권하는 대로 넙죽넙죽 마시노라니 바로 곁에 앉아 있던 M여사가 살그머니 허리께를 꼬집어 주의를 주는 것이 아닌가?

"어머머 너 벌써 챙기기 시작하니? 장 주사는 우리 공동 애인이야 넘보지 마!" 이 말은 C. "애걔걔 꽂은 난초가 피웠지 은지 네가 아녀." 이렇게 이죽거린 것은 J. "놔 둬라 놔 둬! 새침데기가 오래간만에 임을 찾는데 우리가 방해하면 되겠니?" 한 술 더 뜨는 K.

"허허 이 숙녀들께서 벌써 취하셨나! 나는 술과만 연애하는 호주가일 뿐 여색을 멀리하는 나무토막입니다. M여사 한 잔 받으시죠. 제가 과하다 싶으면 언제라도 주의를 주십시오!"

"고마워요. 쟤들이 장난이 너무 심하죠?"

섬섬옥수를 내밀어 잔을 받아서는 몇 모금 마신 뒤 고즈넉이 내려놓는 모양새가 정숙하기 짝이 없다.

　한 마디 말대꾸도 하지 않고 꽃핀 난초를 돌아보는 눈빛이 해맑기 그지없다. 손목에 염주로 만든 팔찌가 걸려선지, 하나같이 미인들이라 그래선지 그날 밤은 꽤 이슥하도록 술을 마셨는데도 그다지 흐트러지지 않았다고 생각한다.

　하긴 취한 사람이 자기 취했다고 하는 사람 있던가? 그녀들이 마련한 숙소로 가서 가야금 소리를 들으며 잠이 들었다.

잔디밭에 앉아서

잔디,
잔디,
금잔디
심심산천에 붙는 불은
가신 님 무덤가에 금잔디.
봄이 왔네
봄빛이 왔네.
버드나무 끝에도 실가지에
봄빛이 왔네, 봄날이 왔네
심심산천에도 금잔디에.

적어도 하루에 한 번 이상 잔디밭에 앉는다. 집터를 늘려 이층으로 올리는 바람에 애꿎게도 잔디밭이 사라져서 아쉬움이 크다. 대신 산책로에 있는 엉성한 잔디밭에 엉덩이를 붙이는데 대부분 묘다. 한 시간은 돌아야 되는 긴 코스라서 서너 번 쉬게 되는데 잔디밭은 잠깐 앉아서 청담(淸談)을 나누거나 생각에 잠기기에 안성맞춤이다.

앞의 시는 잔디밭에 앉아서 떠나간 임을 그리워는 하지만 재회나 부활의 어기찬 의지가 없어 다소 청승맞은 감이 있지만 민요적 가락에 봄의 애수가 꽃지짐같이 애틋하여 애송하는 소월의 시다. 또 내가 앉은 이 잔디밭이 심심산천이고 보니 왜 소월의 이 시가 뇌리에 이롱저 있는지 짐작이 가리라.

내가 서울에 있을 때 자주 가는 곳을 꼽으라면 서점을 꼽을 수 있다. 그 중에도 신설동의 유진서점은 비록 자그마한 책방이지만 그 사장이 임꺽정 후손답게 우람하고도 퍽 재미있게 생겨서 말을 붙여 보았더니 어엿한 명문대의 국문과를 나왔고 더욱이 호감이 가는 것은 퍽 조용한 술꾼이었다. 또 호연지기가 있으면서도 무척 겸손한 사람이었다. 내가 하던 일을 그만두고 낙향하여 버리자 지프를 몰고 몇 친구와 더불어 우르르 방문해 온 것만 보더라도 얼마나 자주 오고 간 술잔의 정이 깊었는가 알 수 있으리라.

동망산 바특이 협수룩한 이층집에 세를 얻어 살 때였다. 밤 열한 시가 넘어 술병을 손에 들고는 "성님, 성님, 이 임꺽정 후손 아우 왔시유!" 소리치던 날 우리는 단 둘이서 코빼기가 비뚤어지도록 흠뻑 마셨다. 그리고 며칠 후 그의 아파트 이층, 벽난로가 있는 그의 서재에서 장작불을 피워놓고 싫도록 마셨고, 단골집마다 이 핑계 저 핑계 댈 것도 없이 서로 만나기만 하면 특별한 일이 없는 한 푸고 또 펐다. 그런 임 아우가 유진서점을 때려 치웠다. 하긴 그 유명한 종로서점까지 부도가 나서 문을 닫는 마당에 군소서점이 살아날 수 있겠는가? 아무리 영상시대라고는 하나 미국이나 일본에 가 보아도 이런 법이 없는데……

아지트가 없어지고 또 내가 시골에 사니 자연히 멀어졌지만 한 해에 서너 번 저녁때 내려와서 주로 잔디밭에 돗자리 깔고 앉아 술을 마셨는데 한 이태 영 감감무소식이다. 필경 사업이 여의치 못해서일 것이다.

잔디밭에 앉아서 동동 떠서 날아다니는 고추잠자리를 보고 있노라니 저절로 그와의 술자리들이 주르르 환각으로 잡혀 온다.

왕십리 '로즈마리' 카페였던가. 옆자리에 앉은 두 여우에 홀려 우리는 잔뜩 취했다. 혀 꼬부라진 소리로

"이거 시시해! 우리 성님 잔디밭에 가서 반딧불이가 나는 모습을 보며 밤새워 마시는 술이 최고야! 거긴 없는 술이 없다구, 두견주, 소곡주, 브랜디, 위스키. 마지막 잔은 사주였지 안 그랬어 성님! 당장 거기로 가! 당장……."

만리포에서

똑딱선 기적 소리 젊은 꿈을 싣고서
갈매기 노래하는 만리포라 내 사랑
그립고 안타까워 울던 밤아 안녕히
희망의 꽃구름도 둥실둥실 춤춘다.

점찍은 작은 선을 굽이굽이 돌아서
구십 리 뱃길 위에 은비늘이 곱구나
그대와 마주 앉아 불러 보는 상송
노 젓는 뱃사공도 벙실벙실 웃는다.

반야월 작사 작곡 김교성의 〈만리포 사랑〉이 메아리친다. 분명 저 기일 것이다. 만리포 호텔 뒤 소나무 숲 속엔 이미 술판이 무르녹아 있었다.

큰 버스 세 대, 그리고 필자처럼 자기 차로 온 사람도 여럿이어서 아마 백오십 명은 족히 된 듯싶었다. 가랑비가 내리는 데도 좌흥은 올라 있어 '아차 이거 한 발 늦었구나!' 하는 생각쯤 이내 떨쳐 버리고 '눈깔 망텡이' 옆에 끼어들었다.

"왜 늦었냐?'

벙실벙실 웃는 얼굴에 일부러 충청도 사투리를 양념으로 버무린 주자의 후손 소산(笑山)이 느물거리는 목소리로 정담을 걸어오고 "

스타는 원래 늦게 나타나는 벱이 아닝가베?'

가분수 소부(笑夫)가 윙크를 던지며 이죽거리고 럭비공처럼 말이 어디로 뛸지 모르는 코 잘 생긴 병호가 잔을 내밀며

"어이! 약방의 감초야. 한 잔 쭉 들이켜라."

걸걸하게 부딪쳐 온다. 고향 따라 타관에서 만난 죽마고우들이고 보면 이 모든 '움직이는 고향' 들이기에 이내 동심으로 회귀하는데 뜸들일 사이인들 있겠는가!

선후배 모임인 만큼 이런 회식은 이내 동기끼리 호젓하게 어울리고 싶은 추세로 가기 마련이다. 예닐곱 우리 일행은 박고개로 갔다. 가고 오는 술잔이 바빠지고 오고 가는 말이 더 톱톱해져 왁자지껄 점입가경 가가대소 더할 나위 없이 술자리는 익어 갔다.

마이크도 없이 아니 마이크 대신 숟가락을 턱 위에 받쳐 들고 〈해변으로 가요〉, 〈만리포 사랑〉, 〈선창〉 등 트로트가 연이어 펼쳐졌다.

파라솔 밖엔 아직도 비가 오고 멀리 넘실거리는 파도 위로 갈매기들이 떼 지어 날고 있었다.

오는 길에 서산에서 상점을 내고 있는 P에게 들렀다. 밀밭 옆에만 가도 얼굴이 붉어지는 친구인지라 '한 잔' 낼 만한 사람이 아니라도 그의 붓글씨는 상당한 경지에 오른 만큼 그냥 스칠 수가 없었다. 중도일보 서부지역본부장인 이원무가 "이냥 보낼 수는 없다." 면서 주점으

로 이끌었지만 사양했다. 벼룩도 낯짝이 있다고 이 근방에만 오면 언제나 고급 안주에 마음껏 취할 수 있도록 지갑을 여는 그, 아까 동기동창 술자리도 그의 배려였는데 하는 생각이 들어서다. 여간해선 농담도 함부로 않는 그가

"어허! 참 오래 살고 볼 노릇이구먼! 장삿갓도 술을 사양할 때가 다 있구! 가만히 있어 봐. 그럼 집에 가서 멋있게 들 수 있도록 안줏감이나 내 사주지."

막무가내로 꽃게 한 상자와 대하 한 상자를 사서는 트렁크 속에 집어넣는다. 정만 깊은 것이 아니라 배포도 큰 이 아름다운 소행이야말로 친구들 사이에 이미 파다하게 알려져 있다.

'좋아 이번엔 내가 신세지마, 하지만 느그들이 공주에 오면 코가 비뚤어지도록 퍼 먹여주마.'

술김에 큰소리는 쳤다만 그게 언제일지는 필자도 모르겠다.

호계삼교(虎溪三橋)

계곡물 소리를 귀고리 삼아 들으며 내려가려면 자그마한 세 다리를 건너게 되어 있다. 큰비가 내린 뒤는 포말을 튀기며 우르릉 쾅쾅 가파른 계곡의 바위를 치며 내는 소리가 하도 호쾌해서 호랑이 여울 '호계'라 했을 것이다. 그리고 범재가 나타난다.

지금은 산허리를 자르고 외곽도로가 났지만 필자가 처음 이 깊은 산골에 묻혀 살러 왔을 때만 해도 제법 으슥했다. 멀쩡한 산을 굴도 아니고 수십 길이나 벼랑을 내면서 깎아 버린 산을 보며 도로설계를 이렇게 우직하게 한 담당자의 안목을 나무라지 않을 수가 없었다. 하기야 전국 방방곡곡 이렇게 무리수를 둔 곳이 어디 한두 군데이던가?

이야기가 옆으로 샜지만 오늘의 화제는 다리다.

동구 밖 다리는 마을에서 놓았고 이곳 실로암으로 올라오는 두 다리는 필자가 놓았다. 처음엔 예닐곱 소나무 통나무를 얽어 사뭇 예스러웠는데 지프가 생겨 내왕하는 바람에 콘크리트로 다리를 바꿨지만 밑은 석축이다. 첫 다리는 거대한 바위가 위 아래로 들쭉날쭉 보기 좋게 솟아 있고 작지만 폭포도 되어 정취가 있어 선인교(仙人橋)라 이름 지었고, 황골을 벗어나 낙원골로 접어드는 두 번째 다리는 별천교(別天橋)라 명명하였다. 세 번째 다리는 세속을 떠난다 하여 속리교(俗離橋)라 불렀다.

어느 날 잔뜩 취해 꺼꾸리 같은 이 형과 장다리 같은 필자가 어이 이 처사 어이 장 거사 어쩌고저쩌고 하면서 술김에 지었지만 깬 뒤에 불러보아도 사뭇 그럴듯해서 여기에 밝히는 것이다.

'술 취한 놈이 외나무다리 잘도 건너간다' 는 말이 있거니와 별천교 아래 이 형의 집으로 이 형이 들어가고 필자 홀로 선인교에 걸터앉아 몽롱한 눈으로 별밭을 우러르고 있노라면 계곡물 소리가 더욱 그윽해지고 볼에 와 닿는 시원한 밤바람이 간장을 써늘하게 해 이 맛으로 술을 든다.

어쩌다가 유구천에서 밤안개라도 피어오르면 마치 이 다리가 견우직녀 상봉하는 오작교처럼 신비로운데 나무꾼은 나인데 직녀는 없는지라 껄껄껄 웃고 말지만 믿거나 말거나 이성에 대한 욕구는 없다. 술 사랑하는 데도 힘이 부치거늘 변덕이 죽 끓듯 하는 요즈음 여성과 잘못 사귀다가 망신살 뻗치기가 십상인 것이다.

"헤이 참 구더기 무서워 장 못 담구남?"

한때 여성편력에 도가 튼 이 형의 걸쭉한 육담도 개울물 소리에 적당히 씻어서 들으면 살아 숨쉬며 술 마시는 즐거움의 표시일 뿐, 아랫도리 힘 잃은 지 오래선지 미련은 없다.

여자의 다리만 다리랴! 산골물 담아 오는 이 세 다리는 필자에겐 무한한 정취를 자아내는 산책로의 결정체다.

선인교 내린 물이 자하동에 흐르니

 술따라 정따라

반 천 년 왕업이 물소리뿐이로다.
아이야 고국 흥망을 물어 무엇하리요.

이성계의 편을 들어 조선의 기틀을 잡은 삼봉 정도전이 시치미 뚝 떼고 이렇게 읊었거니와 삼장을 고쳐 "아이야 술 가져 와라 아니 먹고 어이리." 로 돌려놓고 짬만 나면 이 처사와 어울려 해롱해롱 세월을 흘린다. 호계삼교 오고가며 인생은 일장춘몽이라 하던가?

사모정(四矛亭)

    여름에 손님과 함께 동산에다 자리를 깔고 누워 자기도 하고 혹은 앉아서 술잔을 돌리기도 하고 바둑도 두고 거문고도 타며 뜻에 맞는 대로 하다가 날이 저물면 파하니, 이것이 한가한 자의 즐거움이다. 그러나 햇볕을 피하여 그늘을 찾아 옮기느라 여러 번 그 자리를 옮기어 바꾸게 되므로 그때마다 거문고, 책, 베개, 대자리, 술병, 바둑판이 사람을 따라 이리저리 옮겨지므로 잘못하면 떨어뜨리는 수가 있다.

    이래서 바퀴가 달린 정자를 만들어 필요한 도구를 실은 채 쉽게 옮겨 다닐 수 있도록 하겠다는 것이 백운거사 이규보의 「사륜정기」의 요지이다.

    필자가 나라의 큰일을 맡았거나 벼슬 따위는 초개처럼 여기고 유유자적한 고사(高士)는 아니라도 약간의 먹물도 먹었고 남이 알아주거나 말거나 글줄이나 써 온 사람이기에 백운(白雲)이 즐긴 풍류(風流)에 대해서 정말 사람답게 한다는 의취(意趣)가 무엇이며 이왕이면 술을 마실 바에야 '나만의 공간', 또 뭔가 시중의 술집보다는 한 차원 높은 바로 그런 술자리를 그리워한 지 오래다.

1980년대 중반, 이곳 팔봉산의 머리부분이요 산 생김새가 코끼리 같은 두리봉 아래 몇 만 평이 필자의 소유가 되었다. 아침저녁으로 산기슭을 돌아보니 정자를 지을 만한 장소가 눈에 띄었다. 가물지만 않다면 졸졸졸 계곡물이 흐르고 퍼렇게 이끼 낀 바위가 듬성듬성 자리하여 운치가 있다.

8각정이나 6모정도 괜찮겠지만 그러자면 인테리어가 그럴싸하게 따라야 하므로 아주 단순하고 소박미가 있는 사모정으로 짓기로 하고 수박이나 참외밭에 세우는 원두막보다는 조금 낮게 지붕 없이 만드는 평상보다는 조금 고급스럽게 또 조금 높게 썩 보기 좋은 층층나무 아래에 몇 개의 주춧돌을 놓았다.

원래 암반이 있어 조금 쪼아 냈는데 그것이 마음이 걸렸지만 일단 지어놓고 보니 그럴듯하였다. 아직 이름이 주어지지 않아 ‘사모정’이라 부른다.

한국의 정자문화는 뜻 맞는 벗과 더불어 학문을 겸한 풍류의 에센스인데 전국 여기저기 정자는 아직 건재하건만 시류가 각박하고 점점 우리의 것이 자취를 감추는 바람에 그걸 찾는다는 것은 회고적인 취향에 그칠 뿐 지극히 비현실적임을 모르는 바 아니다.

사모정이든 육모정이든 팔각정이든 여섯 사람이 모여 즐기는데, 거문고를 타는 사람, 노래를 부르는 사람, 시에 능한 승려가 한 사람, 바둑을 두는 두 사람, 그리고 주인까지 여섯이면 족하다 하였겠다.

동서남북 그리고 천지 이래서 여섯은 우주를 상징하고 그저 술만 기울이는 것이 아니라 풍광은 눈요기요, 거문고는 귀요기요, 시는 드높은 의취(意趣)이며, 바둑은 한가요 여백이라 충분히 베풀고 그들이 구현하는 생활의 미학을 내 것처럼 즐기되 공손히 아우르는 주인의 격조 높은 아량이 또한 부드럽고도 자연스러워 하늘에 떠도는 백운을 밀어가는 바람같이 계곡을 흐르는 산골 물같이 구김새 없이 살고 싶었다.

  문제는 사모정을 지었지만 저절로 찾아와 즐길 수 있는 벗의 부재(不在)다. 하긴 사모정 곁에 돌돌돌 흐르는 작은 여울을 세이천(洗耳川)이라 하였으니 노상 귀나 씻고 사는 필지를 누가 그리워 찾아온단 말인가?

속 사모정기(續四矛亭記)

깨끗해야 할 세이천(洗耳川)이 각종 수목의 낙엽이 휘날려 와 쌓이는 바람에 거무튀튀하게 젖어 있어 꼴이 말이 아니다. 갈퀴로 긁어낼 수도 없다. 바위 틈바구니에 첩첩이 박혀 있는 것을 일일이 손으로 헤집어 내야 한다. 고작 열댓 발 되는 계곡을 말끔히 청소하는데 꽤 많은 시간을 꿈적거렸다. 물이 차가와 손발이 시려 왔다.

벨까 말까 한 해묵은 밤나무가 한 그루 떡 버티고 서 있어 여름철 그늘은 소담지게 드리우지만 그 이파리도 이파리거니와 밤송이가 치우기에 여간 귀찮은 게 아니다.

작년 가을 진갑을 기념하는 뜻으로 지었기에 사모정 둘레는 아직 조경이 제대로 되지 않았다. 하긴 있는 그대로의 자연을 즐기려고 한 것이지 무슨 인위적인 가감엔 추호도 욕심을 내지 않았는데 방문객들의 눈엔 영 어설펐던지 이거 너무 털털한 것 아니냐는 눈치가 보이기에 최소한의 성의로 토란도 심어 보고 국화도 꽂아 보고 너무 우북한 잡초나 가시덤불을 약간 손보았을 따름이다. 사람의 욕심이란 한 번 발동하면

끝이 없는 법이란 걸 잘 아는 필자는 철저히 분수를 지키기로 하였다.

정자 밑엔 소주병도 몇 개 나뒹굴고 가랑잎도 쌓여 있어 그건 갈퀴로 긁어내어 한데 모으고 너저분한 삭정이도 주워다가 모닥불을 피웠다. 파란 연기가 자욱이 피어나 안개처럼 퍼져 오르고 빨간 불빛이 보기에 썩 좋으며 낙엽 태우는 냄새가 가산(可山)의 표현대로 갓 볶아낸 커피 냄새가 나서 그렇게 좋았다.

눈발이 펄펄 날리는 어느 겨울날, 하루라도 술을 거르면 사는 재미가 무어냐는 한 친구가 삼겹살에 상추, 어리굴젓 등 안주까지 가져와 굳이 사모정에서 음주행각을 벌이자고 조르는 바람에 추위에 덜덜 떨며 술을 마신 예사롭지 않은 기억이 난다. 기억이 오래 되면 추억이요 추억이 무르익으면 노래나 시가 되는 것이 아닌가?

"우리 화주를 만들어 마시자!"

"허허, 형님도 화주 드실 줄 아슈?"

"아 그럼! 정종 따끈따끈하게 데워 꼬치안주를 곁들이면 얼마나 훈훈한가?"

"정종뿐이겠습니까? 안동소주도 데워 마시니 맛이 색다르다 안 캅니꺼."

"맞아. 보드카가 아닌 이상 가양주같이 도수가 약한 것은 불길로 도수를 높이는 수밖에 없지!"

"불길이 약하다면 인정미를 가미하면 더 흥취가 나지 않습니꺼?"

경상도 친구도 아니면서 부산이랑 대구에서 생업에 종사한 이 친구의 말씨는 청탁불문의 그의 음주벽처럼 잡동사니 사투리 범벅이다.

유명한 정자엔 유명한 사람이 모여들지만 무명무위지락(無名無爲之樂)에 마음이 쏠린 필자에겐 오히려 유명한 시인묵객이 오면 신경이 더욱 써진다. 굳이 피하는 것도 아니지만 되도록 젊은 그래서 미래가 불분명한 사람들과 어울리기를 좋아한다. 그래야 아는 체하는데도 저것이 경험이려니 귀담아 듣고 그 중에 뛰어난 인물도 나올 것이 아닌가? 단순히 젊게 살려는 몸부림이 아니다. 미완성의 매력이 원숙미의 매력에 결코 뒤지지 않는다는 걸 '무애인' 의 취향이라 여겨주면 족하다.

하기에 말이 정자지 필자의 정자는 그저 원두막보다 조금 나을 뿐이다. 금년 봄엔 어떤 손님이 올꼬?

유구에서 술을 마실 때

아직도 오일장이 서는 유구에서 더러 술 마시는 때가 있는데 그것은 필자 나름으로 소회(所懷)가 있기 때문이다.

유구역은 고려 때에도 엄존하였으니 아마도 삼국시대 이전의 불운국(不雲國)과도 연관이 닿겠지만 그건 따로 연구해 봐야 알 일이고 하여튼 고려 때 당대의 묘수(妙手)인 공장(工匠) 박모가 유구역의 수리를 맡았던 것은 사실(史實)이다.

그는 유구역 침실 서쪽 벽에 흰 옷에 갓 쓰고, 여윈 말을 탄 두세 사람이 말 가는 대로 시름없이 산길을 따라 서서히 가는 것을 그려놓았다. 고려 의종(毅宗)이 주색에 깊이 빠져 도무지 정사엔 관심이 없는지라 정언(正言)으로 있던 문극겸(文克謙)이 소를 올려 행색을 바로 잡으려고 간곡히 간하였지만 들은 척도 아니함으로 시 한 수를 지어 던지고 낙향하는 그림으로 당시의 백성들의 마음을 나타내기 위함이었다.

한 조각 정성 몰라주니
파리한 말 맥없이 채찍하며
머뭇거리다 물러 왔네.

낙향시의 끝장이다. 이 유구역에서 자고 가는 숱한 행인들이 보았을
것이다. 송광사의 무의자(無義子)가 승려 천여 명을 거느리고 가는 길에
이 유구역에서 자게 되었는데 그림을 한참 보다가

벽 위에 이 그림을 뉘 그렸는고
간하는 신하 서울을 떠나니 일이 위태하네
산승(山僧)이 이 그림을 보다 서러워하거늘
하물며 벼슬하는 사대부야 어떠할까.

또 이런 시도 있었다고 한다.

흰 옷에 누른 띠 간신의 이 그림,
이가 바로 굴원인가 미자인가
임금의 잘못을 바로 잡지 못하고
헛되이 나라 떠나니 붓 끝에 그린 솜씨 허비하여 뭣하리.

이것은 야시저항(野詩抵抗)인 바 전국 어느 역이든 이런 투의 정치나
세태를 풍자한 글과 그림의 효시가 바로 이 유구역에서 비롯되었다 하
니 이 유구에서 술을 마실 때 바로 그것이 회상되어 술맛이 깊어지지 않
겠는가?
　시쳇말로 하면 일종의 낙서인데 그냥 단순한 욕구배설이 아니라 언론
적인 기능까지 겸하고 있으니 의미심장하지 아니한가?
　유구는 읍으로 승격된 지도 꽤 오래 되었건만 여러 가지 어려움이 있

는 걸로 알고 있다. 옛날 역이 지금 버스터미널인지 아닌지 모르지만 하여튼 허술하게 다듬어지지 않았고 자라다만 아이처럼 옹골찬 모습이 아니다. 차라리 면으로 그냥 두던지 아니면 한때 방적으로 이름을 날렸고 대추의 집산지로 유명하였던 걸 감안하여 뭔가 특색 있는 고장으로 키워주는 것이 공주가 할 몫이 아닐까?

예산 팔십 리 공주 팔십 리 딱 그 중간 지점에 있는 유구는 그야말로 역사도 유구하건만 또 인물도 꽤나 있건만 왜 이다지도 퇴락한 몰골인지 가슴이 아프다.

그래도 쏠쏠한 몇 주점이 있어 이곳에 와서 몇 잔 기울이는데, 붕어찜을 잘 하던 집이 사라져서 그것도 마음을 쏠쏠하게 한다.

공주에서 술 마실 때

어디서 태어나 어떻게 살다왔든 백제의 고도 공주에 와 뿌리를 내리고 사는 술꾼이라면 모름지기 공주를 위하여 일곱 잔의 술을 들어야 한다는 친구가 있다.

고구려의 힘에 밀려 하남 위례성에서 이곳으로 천도하여 60여 년 백제의 서울이었던 웅진을 위하여 한 잔, 태조 이성계가 새 도읍지로 점지해 신도 안에 궁궐을 짓다가 무학인지 하륜인지 정도전인지 반대해 작파했지만 높이에 비해 골짜기가 깊고 산봉우리들이 용트림하는 것 같은 계룡산을 위해서 두 잔, 그 계룡을 끼고 태극 마크로 굽이굽이 비단폭처럼 출렁출렁 도는 금강을 위해서 석 잔, 비록 한강철교보다 짧지만 아래로 눈부신 하얀 모래사장을 끼고 있어 더욱 우아한 공주철교를 위해서 넉 잔, 이괄의 난이던가 임금까지 피해 왔다는 공산성을 위해서 다섯 잔, 이 고장 전설이 주저리주저리 열린 곰나루를 위해서 여섯 잔, 낫·괭이·죽창으로 최후까지 버티다가 와르르 깨어진 동학혁명의 최후의 보루, 지금은 무너진 집터에 커다란 가마솥만 휑뎅그레 놓여 있는 한 많은 우금치를 위해서 일곱째 잔을 비워야 한다나?

"어이, 술은 말야 아무 부담 없이 그냥 마셔야 술맛이 나는 법인데 술맛 떨어지게 왜 이래?"

슬쩍 비위를 건드렸더니 그 왕방울 같은 눈을 번뜩이며

"허 이 사람 좀 보게! 서너 사람 고즈넉이 앉아 세월아 네월아 주거니 받거니 마실 적엔 수수하게 취할 수 있지. 허지만 열댓 명 모여 봐! 우선 시끄럽고 메스꺼운 사람도 두셋쯤 끼지 않던가베? 화장실은 왜 또 그리 뻔질나게 드나들구 말야! 술잔은 데걱데걱 자주 돌아오구 말야! 그런데 연상법을 써서 공주를 사랑한다 이거야!"

탁견(卓見)이었다. 자기 말로 '산골 무지렁이'가 어쩜 그리 멋있는 소리를 내뱉는다는 말인가? 가방 끈도 길지 않은 사람이 그런 소견을 지닐 수 있다는 건 아마도 계룡산을 오래 바라보고 금강의 물안개를 노상 눈여겨보아 저절로 트인 슬기일 것이다.

술은 제물 중의 으뜸이요, 영광의 나팔이요, 찬양의 절정이라는 걸 전제로, 몸을 담고 사는 공주를 위해서 술을 바친다는 발상(發想)도 그럴듯하거니와 타관에서 흘러와 발붙이고 사는 필자 같은 뜨내기들은 반드시 들어야 할 귀동냥이었다.

그 술자리가 아무리 지루해도 그런 마음으로 마신다면야 기분 조금 나쁘다고 촐싹대며 미리 빼는 우를 범하지도 않을 것이고 좀 취해서 해롱거린들 또한 귀여운 술꾼이 아니겠는가?

첫 잔을 들며 무슨 생각을 곁들이고, 마지막 잔을 비울 때 무엇을 연상하느냐에 술꾼의 격(格)이 있다. 그것을 일일이 밝히며 마신다면 촌놈이요, 그런 낌새를 들키는 사람은 데데한 친구다. 말로는 횡설수설하는 것 같으나 잘 들어 보면 다듬지 않은 보석이 거기에 있고 먹물과 상관없이 세상 사는 지혜가 새콤달콤한 석류알 같이 박혀 있는 것을!

평소엔 꾸어다 놓은 보릿자루처럼 멋대가리 없다가도 적당히 주기가 올라 얼굴에 염색만 하면 그 응구첩대가 기발할 뿐 아니라 귀를 달고 사는 것이 얼마나 보람 있는가를 일깨워 주는 필부필부(匹夫匹婦)의 생활의 지혜! 그러므로 술잔은 차야 맛이요, 두 귀는 비워두란 말씀이야!

피치카토에서의 매실주 두 잔

공주에서 칠갑산으로 가는 가파른 골목. 그러니까 정산에선 엎어지면 코 닿을 거리에 피치카토란 찻집이 있는데 가벼운 식사까지 곁들일 수 있어서 드라이브 코스나 데이트 장소로는 조촐하고도 그윽한 곳인데 술꾼이 오래 엉덩이를 붙일 곳은 아니다.

입구의 돌각담. 한적한 장소지만 주위 경관도 쏠쏠해서 첫 눈에 마음에 들었다. 실내로 들어가 보니 갈탄을 때는 거무튀튀한 난로가 고풍스럽고 목조 건물의 천장에 발을 치고 좌우의 인테리어가 우리 고유한 전통에 현대의 미를 가미한 것이 퍽 우아했다.

피치카토란 이태리의 음악 용어다. 바이올린이나 첼로 등의 현악기에 활로 켜는 대신 기타나 하프처럼 손가락으로 퉁기는 주법이 피치카토다. 피즈(pizz)라고 줄여 말하기도 한다. 원래 오른손으로 타게 되어 있지만 왼손잡이는 왼손으로 탈 수밖에 없는데 약간 떫은 그 맛이 필자의 귀에는 더욱 정이 간다. 필자도 왼손잡이이니까. 하여튼 피치카토의 맛은 이태리의 중간쯤 되는 명주 치안티타와 비슷하다는 이태리 친구의 말엔 동의할 수 없다. 치안티타는 술병은 멋이 있지만 겨우 주정도 12도의 포도주에 불과하며 그저 밍밍한 느낌밖에는 받지 못하는 술이니까. 혹시 시베리아 장거리 기차를 타고 안주도 없이 병째 목구멍에 털어 넣는 보드카라면 모를까.

임재빈 형제가 꾸려가는 이 집으로 안내한 것은 사곡 떡방아간의 한봉수 군이다. 이 젊은 친구는 오래 하던 고시공부를 때려치우고 떡방아간을 차린 생활인인데 하마 사귄 지가 15년이 넘는다.

분위기가 그럴듯한 집이라서 우동을 시키고 술을 찾았더니 매실주를 컵에 따라 내온다. 우동 속의 조갯살을 꺼내어 안주로 모차르트 음악을 들으며 마시자니 겨우 한 컵으로야 어디 간에 기별이 가겠는가? 한 군은 핸들을 잡아야 함으로 한 컵을 더 청해 필자의 입을 빌려주는 것이 도리일 것 같아서 대신 마셔주었지만 고맙다는 인사가 있을 턱이 없다. 말을 하지 않으니 필자의 속을 어찌 알랴.

"하도 맛있게 드시닝께 저도 침이 넘어가네유. 천천히 드시쥬. 저는 눈으로 맛볼 테니까유."

좀처럼 우스갯소리하지 않는 고지식한 한 군의 말을 듣고 보니 그 말 또한 멋이 있다.

형은 커피를 아우는 우동을, 마실 물이 떨어지면 물 주전자를 들고 와 채워주는 것이라든지, 우동을 청할 때 맵게냐 덜 맵게냐 맛깔스런 매너나 형제가 서로 말 없이 척척 호흡이 맞는 것도 보기에 썩 유쾌하였다. 형의 코 옆에 보리알만한 복점도 인상적이었는데 아마 오른쪽일 것이다.

은근하고 잔잔하던 모차르트 곡이 팝송으로 바뀐다. 젊은 아베크족들이 몇 쌍 들어와선가 보다. 갑자기 떠들썩해진 분위기가 싫어서가 아니라 필자 같은 늙은이는 사라져 주는 것이 예의 같아서 자리를 뜨니 센스

있는 주인이 와 공손히 인사를 하며

"미처 양해를 구하지 못해 송구합니다. 이 시간대는 꼭 이 곡을 좋아하는 젊은 친구들이 와서요."

하고 살뜰히 매만지는 솜씨가 무척 세련되어 있다.

호미 들고 콩밭 매는 칠갑산인 줄만 알았더니 이런 찻집도 있구나 하고 기분이 좋았다. 피치카토 음 멋있어.

아우라지 술집

그해 여름

아우라지 술집 토방에서 우리는 경월소주를 마셨다

구운 피라미를 씹으며 내다보는 창 밖에

종일 장맛비는 내리고

깜깜한 어둠에 잠긴 조양강에서

남북 물줄기들이 서로 어울리는 소리가 들려왔다

수염이 생선가시같이 억센

뱃사공 영감의 구성진 정선 아라리를 들으며

우리는 물길 따라 무수히 흘러간

그의 고단한 생애를 되살리고 있었다

—사발 그릇 깨어지면 두셋 쪽이 나지만

—삼팔선 깨어지면 한 덩이로 뭉치지요

한순간 노랫소리가 아주 고요히

강나루 쪽으로 반짝이며 떠가는 것을 우리는 보았다

흐릿한 십 촉 전등 아래 깊어 가는 밤

쓴 소주에 취한 눈 반쯤 감으면

물 아우라지고
사랑 아우라지고
우리나라도 얼떨결에 아우라져 버리는
강원도 여랑 땅 아우라지 술집.

수주(樹州) 변영로야 시보다는 몸으로 실천해 술의 값을 올린 사람이고 동시대의 공초(空超) 오상순은 그가 애주가라는 사실보다 애연가로서 이름을 떨쳤기에 호마저 꽁초가 되었으며 강 따라 가는 길의 타는 저녁놀로 술맛은 귀신같이 그렸지만 목월 박영종은 그다지 주량이 대수롭지 않았다. 여기 이동순이 남긴 〈아우라지 술집〉은 술을 제재로 한 시 중에는 절창 중의 절창이다.

여북해야 시인이라면 개똥만큼도 안 여기는 서라벌예대 문창과 일 년 선배 김주영이 「아라리 난장」이라는 화제작에 이 시를 인용했을까?

이렇게 장대 같은 소나기 퍼붓는 늦은 날에 우이동에서 한 잔 들자고 뜨르르 전화벨이 울렸다. 우이동은 어딘가? 수주가 당대의 주객들과 어울려 몇 동이 술에 알딸딸해 위아래 거추장스러운 옷 다 벗어부치고 소를 타고 내려온 바로 문제의 그곳이 아니던가? 아마 이 나라 최초의 알몸 스트리킹이었을 것이다. 종로 서에 잡혔는데 취조하는 순사에게 오히려

"내가 내 입으로 내 나라 술을 먹고 내 거리를 헤맸기로서니 그래 그게 무슨 허물이냐? 음, 너는 딴 나라 사람으로 이 땅에 와 무슨 자격으로 멀쩡한 우리를 족치느냐?"

고래고래 호통을 쳤다는 수주가 왜 이리 부러울까?

황해도산 다묵(多默) 강운회(姜雲會) 시인은 그 파란만장한 생애를 여기 우이동에서 마쳤다. 〈운평선(雲平線)〉이란 시는 지리산 노고단의

구름밭 위에 서서 지은 그의 작품인데 조촐한 오석(烏石)에 시비(詩碑)
로 남겼거니와 기회가 있을 때 그 시도 소개하려고 한다. 사 남매를 남
편도 없이 잘 길러낸 그 형수님을 뵈 온 것도 꽤 오래 되었다.

　시를 사랑하고 술을 즐겼으며 그보다 더욱 산에 매료되어 주말마다
이산 저산 전국 그 수많은 산자락마다 그의 발자국이 미치지 않는 곳은
없었다.

　결국 겨울산행이 잘못되어 지리산 피아골인가에서 낙족(落足)으로
장쾌하게 목숨을 마친 다묵의 시비에 몇 잔술을 부어놓은 걸로 우이동
술파티는 끝냈다. 한 조각 구름 같은 인생인데 무슨 잔소리가 필요하냐
던 다묵이여 혼이 있거든 하감하시라.

청우정(聽雨亭)

한 오 년 전에 산골에 마련한 조그만 집의 지붕이 쇠라서 비가 오면 소리가 하도 요란해 잠을 이루지 못하다가 에라 이름이라도 멋있게 지으면 잠들 수 있겠지 하고 명명(命名)한 것이 청우정(聽雨亭)이었다.

옥호(屋號)가 그럴듯해서인지 그동안 숱한 사람이 찾아왔다.

오전 손님은 차를 대접했고 오후 손님은 소박한 술상으로 대신했으며 심야의 손님은 밤새워가며 죽엽청주나 양주를 함께 들며 굳이 화장실로 갈 것 없이 바특이 서 있는 감나무를 향하여 방뇨(放尿)했다. 자연과 더불어 살며 더러 오고 가는 사람들조차 자연의 친구들이라 피차 거리낄 게 없었다.

이런저런 사정으로 그 청우정이 헐리게 되었다.

하도 큰 것이 흔들려 어지럼증이 생기는 이 나라일망정 그래도 자칭 큰 인물들이 많으니 비위가 상해도 강 건너 불 보듯 수수방관할 수밖에 없는 필자인지라 며칠 뜸을 들이다가 간과 창자가 이제는 술을 부어도 괜찮다 오더(order)가 내리면 냉큼 술친구들과 어울려 적당히 취하여 어쭙잖은 비판의식을 잠재우곤 하는데 가장 적당한 장소가 이곳 청우정 이었다.

소나무, 잣나무, 감나무, 낙엽송, 참나무, 떡갈나무도 좋은 친구려니 와 도라지, 더덕, 원추리, 머위, 돌나물, 상사초들도 밉잖은 자식 같은 것 들이어서 귀엽기 짝이 없고 무엇보다도 멀리 등줄기를 드러낸 무성상 의 능선과 그 사이의 유구천이 푸르게 흐르는 모습을 눈여겨보는 것도 또 하나의 즐거움이며 한밤중의 별밭을 우러러 보는 것도 마음을 개운 히 틔워 주는 청복(淸福)이라 아니 할 수 없다.

그런 풍광을 남김없이 제공하던 청우정이 헐리게 되었으니 필자 같은 좀생이가 안절부절못하는 것은 너무나 당연하지 아니한가?

공주, 대전, 인천, 서울, 홍성에 박혀 있는 술친구들은 한밤중의 별밭 처럼 필자를 유혹하는데 그들과 만나 몇 잔 기울이다보면 한결같이 청 우정의 멋을 기리는 것을 들을 수 있었다.

귀가 좋은 친구는 음악을, 바둑을 둘 줄 아는 벗은 돌맛을, 안목이 있 는 사람은 야생초나 자연미를 상찬하게 되고 붙박이 가정생활로부터 벗어나 안주까지 대동하여 방문해 오는 여류 인사들은 마치 필자가 애 인이나 되는 것처럼 알뜰히 주안상을 챙겨주고 그 섬섬옥수로

"저는예 술을 잘 못하는 데예!"

어쩌고 내숭을 떨면서도 사시장철 떨어지지 않는 채소, 적상치, 청상 치, 양상추, 풋고추, 당근, 오이, 호박, 버섯 등에 양념을 버무려 무공해 음식을 제공하면서 함께 먹어 예쁜 입술을 움직이기에 분주했다.

거실이 답답하면 밖의 잔디밭에 돗자리 펴고 앉아 서너 개 매단 풍경 소리를 귀동냥하는 것도 운치가 있었다.

유월 한 달과 칠월 보름을 밖으로 나돌며 전에 없이 술을 많이도 펐다.

청우정의 빛나는 추억들을 곱씹으면서 그때의 술벗들을 하나하나 떠올리면서 말이다.

아, 그런데 청우정이 헐리더니 그 주위의 더덕, 도라지 등을 말끔히 캐어가고 요번엔 연못의 몇 십 마리 팔뚝같이 큰 비단잉어를 도둑맞았다. 세상에 이럴 수가 있나! 하도 어이없어 욕도 나오지 않았다. 그 잉어를 뱃속에 넣고 그래 어떻게 사나 보자.

물빛 라일락의 빛과 향의 길

작년 연말 크리스마스이브 때 서거정의 후손이자 이 시대의 최고의 언어의 마술사 시인 미당 서정주 선생님은 이 세상을 떴다.

필자가 서라벌예술대학으로 가게 된 동기는 아니 시를 일생 벗하게 된 까닭은 미당 서정주의 시에 심취하였기 때문이었다.

강의는 별로였다. 교단 이쪽 끝에서 저쪽 끝으로 뚜벅뚜벅 걸으며 띄엄띄엄 던지는 말은 마치 도통한 선사가 어린 동승을 타이르는 것 같아서 인기가 없었다. 발음도 시원치 않은 데다가 어어마아만 연달아 나와 눌변으로 일관하던 소설가 김동리 선생보다는 그래도 낫고 짝달막한 키에 문학사상으로 똘똘 뭉친 평론가 조연현 선생님이나 청산유수처럼 막힘이 없이 흐르던 시인 박목월 선생님의 강의와는 전혀 다른 미당만의 독자적 화법은 눈을 감고 들어야 제대로 머리에 심어지는 바로 그런 것이었다.

4·19 후 강수성, 김성진, 이준현, 황윤철, 정종효와 함께 공덕동에 있던 자택을 찾았다. 야트막한 먹기와 집이었다. 마당이나 대문 바로 안쪽

으로 서 있던 감나무와 채송화, 맨드라미, 앵두나무 등 마치 시골집을
그대로 옮겨놓은 듯 향토색이 물씬 풍기는 그런 집이었다. 수수한 사모
님 방 여사가 술상을 보아 미리 마련한 술로 사제지간 흠뻑 취했다. 주
량이 별로 세지 못하다며 사모님이 자주 와 눈짓으로 말려도 막무가내
로 마당가의 국화주 동이까지 끌어내 마셨다. 벽지는 한지였다. 거문고
한 틀이 보기 좋게 걸려 있었다. 한 곡조 청했더니 지금은 취해서 할 수
없다며 대신 벽장문을 열고 향합을 내렸다. 이른바 침향(沈香)이었다.

적어도 오륙백 년 전, 먼 후손을 위해 향나무를 강변에 묻어놓고 그
걸 캐낸 후손에게 맡게 하였다니 그 여유 있는 조상들의 슬기가 몸으로
다가왔다.

성급한 제자들에게 '영원성'을 깨우치게 하고자 침향을 피우던 미당
서정주 옹이 이렇게 덧없이 가시다니!

러시아로 유학 가신다고 해 우리를 놀라게 하고, 세계 모든 산 이름을
외워 노익장을 과시해 세인을 놀라게 하고 또 얼마 전엔 장남 승해가 그
리워 미국으로 이민가신다고 해서 우리를 안타깝게 하시더니 이게 다
세상을 뜨기 위한 준비체조였단 말인가?

내 영원은
물빛
라일락의
빛과 향의 길이로라

가다 가단
후미진 굴헝이 있어,
소학교 때 내 여선생님의
키만큼한 굴헝이 있어,

이쁜 여선생님의 키만큼한 굴헝이 있어,
내려가선 혼자 호젓이 앉아
이마에 솟은 땀도 들이는

물빛
라일락의
빛과 향의 길이로라
내 영원은.

워낙 크나큰 그늘을 지닌 스승인지라 그가 세운 시맥(詩脈)이 얼마나
우람한가는 딴 사람이 증거하리라. 필자는 그저 애송하는 스승의 시 한
편을 내놓아 명복을 빌 뿐이다.

2
여자

독한 술을 마시는 여자

여자가 독한 술을 마신다
여자가 시퍼런 술을 마신다
여자가 섬을 마신다
여자가 남자를 마신다
여자가 칼을 마신다
여자가 절망을 마신다
여자가 죽음을 마신다

독한 술을 마신 여자가
독한 술이 되어 출렁인다
시퍼런 바다를 마신 여자가
시퍼런 바다가 되어 넘친다
섬을 마신 여자가
섬이 되어 흐르고
남자를 마신 여자가
하늘이 되어 흐르고

칼을 마신 여자가
칼이 되어 번쩍인다

절망을마신여자가절망을마신여자가절망이되어무너진다
죽음을 마신 여자가
무덤이 되어
솟아오른다.

시인 김여정의 〈술 마시는 여자〉 전문이다. 그녀는 함께 술을 들기엔 엄청나게 기가 센 여자다. 칼을 마시고 남자를 마셔 버릴 것 같은 현기증 나는 존재처럼 보인다. 그러나 시인 김구용이나 황금찬, 소설가 유주현이나 정한숙 씨의 말을 들어 보면 '여정' 이와 술을 마셔야 술은 제맛이라는 건 이미 문단에 알려진 지 오래다. 그녀는 '여정' 이란 자기 이름만큼이나 나긋나긋하고 애교덩어리였다가 톡 쏘는 맛까지 곁들인 이 나라의 현대판 명월인 것이다.

이미 타계한 친구 유제하의 아낙이자 보석 같은 시를 쓰는 여류시조시인 진복희도 둘째가라면 서러울 정도의 유명한 술꾼이지만 '여정 선배의 술 마시는 멋을 보고 스스로를 다듬어가고 있다' 는 말을 들은 적이 있다.

그 부부와 신혼 초부터 옥연(제하의 호)이 갈 때까지 여러 번 만났고 '그이' 에 대해선 말하지 않는다는 전제 하에 옛 삼장시동인들이 함께 술을 들을 때마다 김여정이 대명월이라면 진복희는 소명월이라 속으로 치부하지만 자존심이 은근히 센 진복희가 발끈할까 봐 발설하지는 않았다.

그렇게 많은 술을 마시고도 그렇게 깊은 절망을 마시고도 아직도 고운 김여정은 오늘 밤 누구와 술을 마시고 있을까? 혹시 피맛골 시인의 집에서 황필호나 오인문과 함께 걸쭉한 막걸리를 마시고 있지 않을까?

'술을 마시는 까닭에 좋은 선후배, 좋은 친구를 많이 가진 셈이다. 돌아가신 수필가 김소운 선생과는 인사동에 있는 주천(酒川)에서 자주 술판을 벌였는데 그때마다 내 시 〈미로〉를 슬슬 외우시며 스스로 옥호를 시어준 주천과 더불어 애송시로 날 예뻐한 것을 잊을 수 없다. 부인도 없던 시절에 수유리에 있는 자택에서 어떻게나 푸짐하게 술상을 차렸던지 김수명과 나는 숨겨놓은 여인을 공개하라고 성화를 폈던 것이 하마 몇 십 년 전이니 이 얼마나 서글픈 노릇이냐' 는 추억담을 읽은 적이 있다.

글줄이나 쓰는 만인의 연인인 김여정과 함께 술을 들어 본다는 것은 지상의 행복이라던 황금찬, 한국시단의 괴짜 김관식조차 '남자 술꾼에 이 관식이가 있다면 여자 술꾼에 저 여정이가 있다' 고 인정한 그녀가 계속 술을 풀 수 있도록 건강하기를 빌 뿐이다.

미당(未堂)의 미인(美人)타령

어디선가 밝힌 적이 있지만 미당 서정주 시인은 술이 그다지 세지 못했다. 젊은 시인 지망생들이 주머니를 털어 술자리에 모셔 오기란 그야말로 하늘의 별따기였지만 강의실에서의 강의만으로는 성이 안 차우리(영시)가 모시러 가면 연때가 잘 맞아 어울려 주곤 하였다.

이제 막 젖비린내가 가신 애송이들 앞이지만 서너 잔 거우르면 민들레꽃이 피면 히히히 웃는 다소 싱거운 그 웃음을 안주로 미인 이야기는 빼놓지 않고 하고는 했다. 미녀의 어느 부위, 이를테면 이마, 눈썹, 눈망울, 이빨, 손톱, 목덜미 등에 대해서 탐미적인 표현을 거침없이 했지만 아마 분위기를 조성하느라고 그랬을 것이다.

사실 사내들 술판은 지위고하 노소불문 걸쭉한 육담(肉談)이 제격 아닌가? 그렇다고 혼자 독장치는 것은 아니고 그때는 우리도 숫배기라서 아리따운 아가씨 하나 불러 '신명'을 돋우지 못했던 것이 지금 생각하면 죄송스러울 따름이다.

한국 시문학 사상 기념비적인 「화사집」에 나오는 관능적인 여인들을 연상하고 우리도 히죽히죽 웃었지만 넝마주이로 몇 푼 생겨 막걸리 두어 사발 들이켜고 종삼을 걸었더니 '아따 고것들 참 예쁘더랑께. 그 밤에 들어가 단숨에 써 갈긴 것이 〈부활〉이여'가 절정이었다.

"그리고 아따 내 중년에 쪽 빠진 색시 하나가 연애를 걸어왔는디 될 듯 될 듯 안 되는 거여. 데이트하고 느지감치 집에 와 보니 글쎄 마누라가 뒤울안 장독대에 정화수 떠놓고 칠성님께 빌더랑께. 나 바람나지 말라구. 허허허. 고로코롬 이눔의 마누라는 눈치도 싸당께."

배꼽을 잡고 웃는 척했지만 말이 하도 느려서 하품이 나오는 걸 서로 눈짓으로 말리며 열심히 술잔을 꺾던 시절이 엊그제 같기만 하다.

〈문둥이〉를 써 가지고 이상(李霜)을 찾아갔을 때 그는 꼽추 화가 구본웅과 얼마나 마셔댔는지 많이 취해 있었단다. 제기동 어느 술집 이름까지 소상히 기억하면서

"아따 고때 마침 이상이 작부의 젖무덤을 만지고 있더랑께. 보는 내가 얼굴이 홧홧 달아올랐지. 정주야 잘 봐둬라. 이것은 우주로 통하는 버튼이야. 이 젖꼭지 말야."

하도 많이 들어서 싱겁기 짝이 없지만 깔깔깔 웃어 드리면 그만이었다.

〈상리과원〉쯤 오면 그 물씬 풍기던 관능미가 신비감을 속살로 하는 정신미로 승화하는데 탕녀든 선녀든 미당의 입길에 오르면 여인은 여인이다. 그가 일흔다섯에 쓴 〈우리나라 미인이여〉를 보자.

　콩밭에서 만난 친구를 보고
　진보라꽃 콩꽃처럼 웃는
　단단하디 단단한 희푸른 이빨로 웃는
　그리운 눈의 여인이여

초승달 눈썹 밑의
하늘 비친 두 눈으로 웃고 있는
이 나라의 여인이여

어느 후미진 어두운 구석에
한 뿌리의 무배추처럼 놓일지라도
그대 있음으로
이 나라는 늘 어여쁘도다.

　저승에 가서도 예쁜 처녀 귀신이라도 옆에 두고 계시는지 먼저 보내고 항상 그리워하던 방 여사가 방글방글 웃으며 시중을 드는지 모르겠다. 술잔을 들다가 미당 스승이 생각나면 이런 어처구니없는 느낌이 들곤 한다.

시인부락 남 마담

술꾼에 한하여 그 기질을 생각해 보는 것도 썩 재미있는 일이다. 호탕하여 말술을 들이켜도 요지부동이요 술값은 언제나 자기 몫인 양 "거 왜 그러나! 마시다 말고 술값타령하면 술맛 떨어진다는 것 아는 사람이" 어쩌고 하면서 껄껄껄 횡격막이 울리도록 우람하게 파안대소하는 사람을 더러 보게 되는데 이런 사람을 일컬어 대장부라 해도 무방하리라. 수십 명이 게슴츠레하게 취기에 몽롱한 데도 술집 마담은 그 사람만 지켜보면 된다. 술값 떼일 일은 전혀 없다는 게 필자의 단골집 피맛골 남 여사의 지론이다.

몇 순배 돌자마자 일차는 누가 사고 이차는 누가 사고 삼차는 또 누가 사라는 둥 술은 어느 술을, 안주는 무슨 안주로 일일이 챙기는 친구도 시시콜콜한 것 같지만 괜찮다고 한다. 큰 매상은 기대할 수 없지만 적게 마시고 오래 눌러 앉아 노닥이지 않아서 좋다나?

옥호가 '시인부락'이라서 그런지 하도 괴짜가 많아서 이십여 년 간 별별 사내를 다 겪은 이 걸쭉한 여성은 제 아무리 난다 긴다 하는 머슴

아이들을 그 치마폭에 잘도 감싸서 장안의 명물이 되었거니와 양말술, 팬티술, 브래지어술까지 그 술버릇이 기상천외의 장난꾼들조차 다독이며 비위를 맞추어 주다가도 딴 손님 술자리를 기웃거린다든지 말도 안 되는 소리를 주절거린다든지 공연스레 트집을 잡아 성가시게 굴면 대뜸

"어이! 술 입으로 마신 것 맞아? 당장 이 자리서 꺼지라구."

호통을 치는데 적어도 두어 번 이 집에 와 본 사람들은 누구나 그녀 편을 들게 되어 있다.

제때에 교통정리할 뿐만 아니라 자기 앞에서 술을 모독하는 행위는 눈꼴시어 도저히 그대로 묵과할 수 없다는 여장부의 기질이 유감없이 드러나는 것도 볼만하기 때문이다.

여자처럼 보조개가 파인 소설가 오인문과 수염 기른 철학박사 황필호가 죽이 맞아 베레모 삐딱하게 쓰고 그 집에 자주 들르고 내로라하는 시인묵객이나 영화감독, 신문기자들이 유유상종으로 끼어 거나하게 취해서 장광설을 늘어놓는 모습도 볼만하거니와 평소엔 말 한 마디 아끼는 화백들도 이 집에 오면 목청을 높여 자기 지론을 펴는 것 또한 진기한 정경을 연출한다. 낙향한 이후로 사오 년간 들르지 못하다가 우연히 들렀더니 남 여사 왈

"죽장에 삿갓 쓰고 해외로 떠돌다가 객귀가 된 줄 알았더니 이게 꿈이랴 생시랴!"

호들갑을 떨면서 신발도 꿰지 않고 버선발로 출랑대던 춘향어미 월매처럼 얼마나 반기는지 흐뭇하였으나 눈 가장자리 인두질이라도 할 것이지 잔주름이 잡히고 제법 통통하던 몸매가 홀쭉해져 마음 한켠으론 무상감(無常感)에 젖게 하였다.

시인부락의 또 하나의 특색은 지필묵을 갖추어 마음대로 낙서를 하게

끔 한지로 벽지를 발라놓고 있는 점이다.

언젠가 한 번 아니 이게 공중변소인가 웬 괴발개발인고? 농담을 던졌더니

"그 말 좋네! 주뎅이로 사는 사람들이라 여기다가 싸 갈긴다우."

깔깔깔 웃음 짓던 그 잘 생긴 볼도 홀쭉해져 있었다. 한시(漢詩)나 만화는 그런대로 감상할 맛이 나지만 거개가 수준 이하라서 고소(苦笑)를 자아내지만 기발한 착상도 더러 있어서 퍽 재미있다.

'나는 매일 이 집에 와 술로 자살한다.'

'지구 밖으로 코푸는 소리 그만 하라구.'

술은 술이요 여자는 여자로다

어느 해 겨울 동문 열댓 명이 모여 술판을 벌인 일이 있다. 그때 일어난 일이 사뭇 인상적이어서 지금도 생생히 기억하는데 삼차부터는 술이 술을 먹는 경지에까지 올라가 기고만장(氣高萬丈)에 엉망진창으로 취해서 다소 몽롱하기는 하지만 그래 어디 파장까지 따라붙는 친구가 누굴까 미리 헤아리기로 작정하고 술을 폈기 때문에 일차 후 누가 가고 이차 중 누가 내빼고 삼차 후 정중히 인사를 하고 술값까지 선선히 내면서 누가 귀가했는지 또렷이 알 수 있었다. 바람꾼들은 대개 일차 후 사라진다. 많이 마시면 큰일(?)을 못하기 때문이다.

오차까지 가서 게슴츠레한 눈으로 옆을 보니 천하의 색한(色漢)이 엄연히 앉아 있는 것이 아닌가? 오차엔 단 세 명이 함께 마셨는데 입심 좋은 한 친구 왈

"야, 너 어쩐 일이냐? 내일 해는 서쪽에서 뜨겠다."

하도 기적 같은 일이라 나도 덩달아

"야, 우린 호모가 아냐."

놀려대니 이 친구 좀 보소

"느그들 ○○의 산은 '산이요 물은 물이로다' 라는 말도 못 들어 봤냐?"

동문서답도 유분수지 생뚱맞은 소리를 하는 게 아닌가?

"얼씨구 점잖은 개 부뚜막에 먼저 올라간다구 그 책이라도 다 읽어 보고 읊조리나?"

"어린것들, 에헴 이 어른은 제목만 보고도 어떤 영감이 번개같이 떠오르더라."

"그게 뭔데?"

"목말라. 이 형님한테 술이라도 치고 조용히 들어라. 아참 마담 불러! 진리를 갈파하려는 판에 주인이 있어야 되지 않것남?"

때마침 한복을 곱게 차려 입었어도 세월의 때가 덕지덕지 붙은 한 마담이 역시 양반은 못되는지라 쪼르르 달려와 냉큼 그 친구 옆에 앉았것다. 쭈욱 기분 좋게 술잔을 꺾고 나서

"카이로스, 너희 이 말 알아?"

"왜 이집트의 수도를 들먹이냐?"

"쯧쯧 저런 저런! 카이로가 아니고 카이로스! 에헴 이 말은 하도 즐거워 시공을 초월한다 그 말씀이야."

억배기로 취해서 혀 꼬부라진 소리일망정 너무도 진지하여 우리 둘은 머리를 흔들고 나서 경청할 수밖에 없었다.

"돈판. 그만 뜸들이고 말씀하셔."

이 친구 방장화상 법문할 때 주장자 내려치듯 술상에 술잔을 쾅 내려친 후, "할! 술은 술이요 여자는 여자로다." 점입가경이다. 그러나 우리 둘은 느낌으로 무슨 말인지 알았다. 서울 장안에서 삼십 년 넘게 온갖 사내를 초쳐온 한 마담인들 그 속내를 모르랴. 그러나 무식한 체 하면서

'가르쳐 주세용' 내숭 겸 아양의 도를 터득한 그녀가 말문을 열게 하는 것은 식은 죽 먹기다.

"자고로 주색(酒色)이란 말이 있거니와 술이 있는 곳에 여자가 있게 마련인 것은 미욱한 아우들도 익히 아는 터 사족을 생략한다. 술과 여자는 뗄려야 뗄 수 없는 것이라는 고정관념으로부터 해방될 때 주도(酒道)는 맑아지고 색도(色道)는 깊어지는 법이니라. '산은 산이요 물은 물이로다' 라는 말을 들었을 때 나는 금방 원효대사가 떠오르더라. 불도가 그리 깊은데도 술을 잔뜩 마시고 거지들과 덩실덩실 춤을 추며 무애가를 부르고, 당대의 미스 신라 요석공주를 요절냈으니 요약컨대 불도는 불도요 주도는 주도요 색도는 색도 아니겠냐? 나는 다행히 불문과는 인연이 없으니 주도는 주도요 색도는 색도 아닌감? 성숙한 인간은 자기객관화에 투철한 법술이 있으니 마시지 않을 수 없고 남의 집 꽃밭이라도 화초가 시드는 것을 보지 못하는 것이 내 성미니 이 곧 자비심의 발동이라 불교용어로는 육보시라는 것이다. 알겠냐?"

"오마나 심 사장님 술철학 바람철학에 달통하셨어!"

한 마담이 부채질까지 하니

"자네도 술 파는 데만 그만 열을 올리고 고목도 꽃피게 물 좀 주라고."

하면서 슬그머니 껴안는데 도무지 추하지 않다. 그까짓 허리쯤이야 백 번 껴안는다고 무슨 사단이 나랴.

시간은 바야흐로 새벽 다섯 시. 구실이 단단하고 끝장까지 셋이나 남고. 두주불사하는 술고래들이 이심전심 서로 통해 도도해진 주흥에 맛은 갔어도 만고풍상을 다 겪은 한 마담이 서비스로 스코틀랜드 위스키까지 안겨주었으니 내 어찌 그날의 정경을 잊겠는가?

술은 술이요 여자는 여자로다.

소실문화(少室文化)

이 시대의 기인(畸人)으로서 주색(酒色)에 탁월한 존재인 야인(野人) 한 분을 필자는 알고 있다. 그의 성은 독고(獨孤)다. 이름은 밝히지 않는 것이 그분에 대한 예의다.

어느 가랑비가 뿌리던 초가을 어슬녘에 약간 취기가 돌지만 아직 발걸음은 흐트러지지 않은 그를 만났다.

왕년의 논객(論客)이요 한때의 기객(棋客)이며 가라오케에선 가객(歌客)이며 스탠드바에 가면 비비기로 주위의 이목을 순간에 사로잡는 춤꾼(舞客)이었는데 그때는 그저 술이라면 사족을 못 쓰는 주객(酒客)일 뿐 이왕 스쳐 온 화려한 이력(履歷)은 걸레처럼 차 버리고 오로지 자나 깨나 술이면 그저 그만인 나락에 떨어져 사람을 바라보는 눈빛이 '술'만을 갈망하는 그런 눈빛이 되어 있었다.

필자가 그를 만나게 된 동기는 그의 왕년의 정인(情人)이자 지금은 서울 장안의 웬만한 사람이라면 뜨르르 아는 요정의 송 마담의 하소연을 듣고서였다.

이 여성 걸물은 자칭 독고 씨의 소실이다. 자질구레한 사연을 여기에 적을 수는 없다. 하루아침에 집이 망해 온 집안 식구가 거리에 나앉게 된 마당에 그녀를 구해낸 것이 독고 씨였다.

바람둥이로 이름이 난 한량의 도움을 받자 치마끈을 풀어 은혜를 갚으려 했더니

"야! 내가 아무리 플레이보이라도 이제 겨우 가슴이 봉곳이 솟는 너를 잡아먹으면 염라대왕에게 가서 할 말이 없다!"

하더란다. 그러나 술심부름하던 자기를 이만한 자리와 여유를 지니게 한 것은 틀림없이 그인지라 삼 년을 졸라 '처녀'를 진상했다는 것이다. 그것도 술이 엉망으로 취한 날 납치하듯 그를 끌고 들어간 것도 그녀였는데 일을 마치고 담배 한 대를 피우고 난 다음

"송 마담! 이젠 자유야! 나같이 꺼벙한 작자에게 더 이상 미련두지 마라."

한 마디 남기고는 숫제 발걸음도 안 했다고 한다. 그러나 그녀는 전국에 그의 애인이 헤아릴 수 없을 만큼 많은 것도 알지만 자기는 결코 하룻밤 풋사랑으로 끝날 수가 없단다. 자기는 그의 둘도 없는 소실로 자족한단다.

"왜? 독고 씨로부터 씨라도 받았남?"

"천만에!"

"그럼 독고 씨 외에는 그 누구와도 사랑해 본 적도 없남?"

"그것도 천만에!"

"그러면 지금도 돈을 대주나?"

"내가 돈을 주고 싶어도 나타나지도 않는데 뭘."

"호오 그래? 열녀 춘향이도 아니고 함께 사는 첩도 아니고!"

"첩이라뇨? 어디까지나 소실이에요. 말 골라 하세요. 지금은 고주망

태지만 난 그분을 믿어요. 나 말고도 여러 여자 살린 분이니까요. 그분
이 잠자리를 한 여러 여자를 알고 있는데 심정은 아마 나와 같을 거예
요. 그분은 색마가 아녜요. 언젠가 사장님 친구들과 술자리를 함께했을
때 하필이면 그분이 욕먹는 걸 듣고 얼마나 분했는지 몰라요! 그날 밤
전 밤새 울었답니다. 남이사 뭐라고 하든 그분은 자기 길을 가는 분! 그
분의 걸음걸이, 걸걸한 말소리, 술 마시는 모습, 노래 부르는 솜씨를 보
고 들을 땐 저도 모르게 속옷이 젖어요! 이러니 그분의 소실 아니고 뭐
예요?"

　일 년이면 한두 번 술동무 하는 독고 씨가 그토록 존경스러울 수가 없
다. 이 민주시대에도 스스로 소실이라 칭하는 여인을 두고 있다니!

어떤 단골집

종로통 피맛골로부터 청량리 밖 홍릉갈비집까지 누구하면 뜨르르 아는 유명한 술꾼 L은 그 운신의 폭과 격조가 우리보다는 언제나 한 수 위였다. 몇 년 격조했다가 우연히 왕십리에서 만났는데 나와 일행인 K와는 죽이 맞던 주붕(酒朋)인지라 서로 얼싸안고 반기는 품이 꼭 어린애들 같았다.

L이 이끄는 대로 꽤 그럴듯한 주점에 들어갔는데 당초엔 간이라도 빼어줄 듯이 곰살맞게 굴다가 L이 주문하자 표정이 싹 바뀌며 한다는 소리가

"L선생님 외상값이 얼마나 밀렸는지나 아세요?"

찬물을 끼얹는다. 이미 한 잔 걸친 L의 기미를 알고 침을 놓는 바람에 정나미가 떨어졌다. 하긴 술꾼이 돈 떨어지면 언젠가는 필경 부닥치는 일이 단골에서의 괄시다.

이빨 사이로 술이 끼었다 하면 한 번 먹은 마음 꺾지 않는 것이 L인지라 택시를 불러 타고 '이놈의 동네 다시 오나 봐라! 눈까지 흘겨주고

신설동 왕년의 L의 단골집으로 직행했겠다.

방도 늘리고 인테리어도 바꾸어 옛날의 오붓한 맛은 없어도 제법 요정 티가 나는 데다가 상냥하게 맞이하는 품까지 마음에 쏙 들어 술자리를 차고앉았는데 '장 형!' 슬쩍 윙크하는 걸 보니 이 집도 외상이 만만치 않은 모양.

눈치 빠르고 노상 생글거려 구미호로 통하는 오 마담이 L의 곁에 찰싹 붙어 앉아서는

"아이고 이 영감들 따로따로 오셔야지 함께 몰려오면 누구 수청을 들어용?"

냄새를 풍기고는 주문도 하기 전에 한다는 소리가

"장 영감은 이따가 2차나 사시고 오늘은 제가 살께용."

하는 게 아닌가? 외상값 받아내는 기술은 천부적인 오 마담이 이렇게 나오는 것은 서쪽에서 해가 뜰 일이다.

그날 너스레가 아니라 딴 방 손님들은 영계들에게 맡기고 아예 눌러앉아 술잔을 치는 오 마담의 손길이 전에 없이 예뻤음은 두말하면 잔소리다.

싱싱한 광어회에 해묵은 게장이 나오고 맛깔스런 멸치젓까지 곁들인 데다가 홍일점이 끼어 나긋나긋 술시중을 드니 술맛이 아니 날 수가 없고 고루고루 세 사람 비위까지 맞춰주니 이게 바로 술꾼의 땡이 아닌가?

현외불문(現外不問)의 경지에 올라선 L은 느긋이 야릇한 농담에 걸쭉한 육담까지 서슴없이 뱉어내는데 질세라 오 마담의 그럴듯한 대꾸가 금상첨화다. 다소 소심한 K가 쭈뼛쭈뼛하는 꼴이 이 친구도 외상이 있는가 보다.

"K선상 날 보고 워떻게 살라구 그리 오래 발길을 뚝 끊는댜?"

K의 기까지 살려주는 오 마담의 볼우물이 더욱 곱다. 모처럼 상경하

여 오늘 밤 너무 푸면 내일 볼 일이 꽝인지라 화장실 다녀오며 지갑을 뺏더니 계산대의 홍이 고개를 살래살래 흔들며 방끗 웃는다.

공짜 술보다 맛 있는 술이 어디 있는가? 술이 술을 먹으니 얼큰하게 취해 권커니 잣거니 술잔을 나누다 보니 K는 슬그머니 내빼고 L은 아예 여덟 '팔' 자로 누워 가볍게 코까지 곤다.

시간은 자정을 넘어 새벽으로 가는데 술발이 선 나와 그렇게 많이 마신 오 마담은 끄떡도 않고 한다는 소리가

"내가 그렇게 매력 없어요? 입은 걸어도 유혹하는 말 한 마디 없으니 어디 술맛이 납네까?"

하고는 까르륵 웃어젖힌다. 자꾸 감기는 눈을 게슴츠레 뜨고 혀 꼬부라진 소리로

"하도 여러 여자에게 차이다 보니 저절로 내시가 되었네 그려."

"저런 저런! 그건 그렇고 오 마담 오늘 아주 이상해. 왜 그래?"

넌지시 물었더니 배시시 웃으며

"불쌍하잖아요! 저 두 분이 우리 집에 와 마신 술이 적어도 수천 잔은 될 거예요. 집수리할 때 외상장부도 싹 수리했어요. 십오 년 전에 저분들이 준 팁을 돌려드리는 것이나 마찬가진데…… 청개구리가 올챙이 시절 생각을 한다고 웃지 마세요."

콧소리도 싹 수선하고 진지하게 나와도 또 혀 꼬부라진 소리라도 생불 같은 말을 하는 오 마담이 그렇게 예뻐 보일 수가 없었다. 한꺼번에 술이 확 깨는 신선한 충격을 받았다.

"음 좋아! 존경해!"

손을 흔들며 일어서는 나를 부축까지 해 줄 때는 정말 업어주고 싶은 심정이었다. 이런 단골―집도 있던가?

달빛 같은 여자, 자동선(紫洞仙)

산 속에 사는 중이 달빛이 탐이 나
물과 함께 달빛도 병에 담아 왔소
절에 돌아와 병을 기울여 보니
달은 간데없고 병에는 물뿐이어라.

山僧貪月色(산승탐월색)
井汲一瓶中(정급일병중)
到寺方應覺(도사방응각)
瓶傾月亦空(병경월역공)

비단 치마폭을 뜯어 영천군의 송악도(松岳圖)를 받을 때 이미 마음
과 몸을 주기로 작심한 자동선에게 호사다마라 할까 지난해 봄 명나라
사신으로 왔던 한림학사 장녕(張寧)을 대접하는 자리에 나갔다가 자동
선의 노래, 춤, 시문에 홀딱 반해
　"너는 조선국의 양귀비로다. 경국지색(傾國之色)이로다."

입에 침이 마르게 칭찬하더니 본국에 가 어찌나 떠벌렸던지 이번에 사신으로 온 김식이란 춘향전의 변 사또 같은 늙은 플레이보이가 치근대자 슬기로운 자동선이 백운거사 이규보의 이 시를 들어 완곡히 거절했다는 것은 사가정의 동인시화에 실려 있다.

"조선국은 산수도 수려하지만 여인들의 용모는 더 한층 아름답구나."

"대인께서는 처음 오셔서 아직은 우리나라 실정을 잘 모르실 것이옵니다. 산수나 여인들의 용모보다 더한층 아름다운 것이 있사옵니다."

"그게 뭔데?"

"그것은 여자들의 마음씨옵니다. 남편에게 절개를 지킬 줄 알고, 부모에게 효도할 줄 알고, 나라에 충성할 줄 아는 여인들의 비단결 같은 마음씨옵니다."

"오오 조선국은 동방예의지국이라더니 과연 삼강오륜이 뚜렷한 나라로군."

"그러나 국력이 빈약한 나라이오니 이번 기회에 대인께서 많이 도와주소서."

"너같이 아름다운 여인의 부탁을 내 어찌 들어주지 않겠느냐. 그건 그렇고 너한테 좋은 패물을 주려고 가지고 왔느니라."

엉큼한 수작으로 나오기 시작했다. 커다란 비취 한 쌍을 옷고름곁 저고리 앞가슴에 달아주며 슬쩍 유방까지 더듬으니 집에서 눈이 빠지도록 기다리고 있을 영천군의 모습이 떠올랐다.

과연 크고 영롱한 비취라서 자동선도 탐이 나지 않는 것은 아니었다. 그러나 그로인해 이 따위 늙은이에게 몸을 바칠 수는 없다 생각할 때 장적(張籍)의 절부음이 떠올랐다.

그대 아시듯 소첩은 남편 있는 몸

어쩌자고 쌍명주를 정표로 주오
따뜻한 그 애정 사무치게 고마워
붉은 비단 저고리에 살짝 차 보오
패물을 돌리자니 눈물이 거침없어
시집 전에 못 만난 것 한스럽구려.

낭낭히 읊고 나서

"세상만물에는 제각각 주인이 따로 있다고 들었습니다. 주인이 아닌 소첩이 어찌 남의 귀물을 맘대로 지닐 수 있겠나이까?"

"네가 주인이 아니면 누가 주인이란 말이냐?"

"비취는 역시 비취에게 주시는 것이 옳을 것 같사옵니다. 이 자리엔 십여 명의 미기들이 참석해 있사온데 '비취' 라는 아가씨도 있사옵니다."

비취를 데려 오자 보름달같이 피어오른 그 용모에 하오하오! 색욕에 환장을 했는지 정염의 불길이 타오르는 눈빛을 보고 '오랑캐는 오랑캐로군' 코웃음을 칠 수밖에 없었다. 달빛 같은 여자 자동선은 그렇게 병밖으로 빠져나왔다.

자동선(紫洞仙)의 치마폭

명기 자동선이 길라잡이가 되어 영천군과 사가정은 송도의 진산 송악산에 올랐다. 아득히 굽어보는 송도의 풍경은 그림과 같이 아름다웠다. 소나무 숲 사이로 누각과 민가가 조화롭게 펼쳐 있고 저녁연기조차 떠오르고 있어 배경의 노을과 더불어 그 황홀함에 말을 잊었다.

그러나 천하의 장난꾸러기 사가정인지라.

"이런 경치를 눈앞에 두고 어째서 그림 한 폭도 안 그리시오? 자동선에게 보여주기 위해서라도 당장 그림솜씨 한 번 발휘하시구려. 도대체 필랑과 묵두는 그냥 멋으로 차고 다니시오?"

하며 이죽거렸다. 자동선이 바짝 다가오며

"소녀는 나리의 그림을 꼭 보고 싶습니다. 원컨대 이 자리에서 이 기가 막힌 절경을 한 폭 그려주십시오."

"오냐! 네가 소원이라면."

필랑, 묵두, 화선지를 내놓고 막 붓을 들려는 찰라 자동선은 섬섬옥수를 내밀며 '잠깐만' 하고 붓을 멈추게 한다.

"별안간 왜 이러느냐?"

자동선은 그 말에는 대답을 아니 하고 자기가 입고 있는 비단 치마의 한편 가를 움켜잡더니 허리단에서부터 부욱 단숨에 뜯어내어 풀밭 위에 널따랗게 펼쳐놓으며

"바로 여기에 그리옵소서."

이 뜻밖의 행동에 영천군과 사가정의 눈이 휘둥그레질 수밖에.

"아니 치마마다 그림을 그리면 너는 돌아갈 때 맨몸으로 가려느냐?"

"속치마만 입고 돌아가는 건 일시적 망신이옵고 나리께서 그리실 그림은 영원히 보존해야 할 그림이 아니옵니까? 제 걱정은 제가 할 터이니 어서 그림이나 그리옵소서."

나이 채 스물도 안 되는 기생 자동선의 풍류에 영천군의 가슴은 벌렁벌렁 떨릴 수밖에. 자동선과 사가정이 치마폭의 네 귀를 눌러 잡자 영천군은 커다란 붓대를 힘차게 움켜잡고 잠시 눈을 감고 있다가 한 번 죽 그어 내려오니 그 선 하나만으로도 송악산의 윤곽이 확연히 드러나 보인다. 붓을 한 번 휘두를 때마다 좌우에 무수한 산악이 하나씩 생기더니 이제는 아래로 내려와 광활한 광야에 송도 고을의 전경을 그려내는데 먹물을 탁탁 찍어 넣으면 나무가 되고, 붓으로 가느다란 선을 춤추면 누각이 되고 민가도 되고 신들린 사람같이 신속하면서도 능란하게 그리는 귀신 같은 솜씨에 자동선의 숨도 가빠왔다. 송악산을 둘러싸고 있는 진봉산, 봉명산, 천마산, 오공산이 생겨나자 송악산은 그 위세가 더욱 당당하게 돋보여 오고 있었다.

자동선은 넋을 잃고 바라보다가 앵도 같은 입술로

"얇다란 치마폭에 수많은 태산을 담아놓아서, 이 무거운 산들을 어떻게 들고 집에 돌아갈지 걱정이네요."

"하하하. 명화에 명기로군. 그러나 걱정하지 마라. 무겁던 태산도 계

집의 치마폭에 감싸이면 모두 얼이 빠져서 종잇장보다도 가벼워지는 법이니라. 천하의 영웅호걸도 간장이 녹아나는 판인데 하물며 치마폭에 담긴 송악산이 무거우면 얼마나 무겁겠느냐?"

"이 절경에 사가정 나리의 제시(題詩)가 없힌다면 오죽이나 좋겠나이까?"

사가정의 희롱의 말에 한 술 더 뜨는 것이 아닌가?

"뭐야? 말 타면 경마 잡히고 싶다더니, 이거 갈수록 태산 아녀?"

영천군도 손뼉을 치며 '그거 금상첨화로군' 중얼거리며 하염없이 자동선을 바라보았다. 요렇게 예쁜 얼굴에 요렇게 예쁜 생각만 하는 자동선을 바라보는 영천군에게

"나리는 자동선을 좋아하니까 창자까지 꺼내주어도 아까울 게 없겠지만 나는 이것도 저것도 아닌 사람인데 공짜가 어디 있단 말이오?"

"좋사옵니다. 오늘 밤 술은 얼마든지 대접해 올리겠습니다."

"으음, 만 냥짜리 시를 꼼짝없이 술 한 잔에 팔아먹게 되었군 그래."

한 떨기 송악산이 하늘 높이 솟았는데
노을 진 옛 성터에 찬 연기가 서려든다
애달프게 옛일은 물어 무엇하리요
영화롭던 때와는 경치조차 다른 것을.

一朶松巒高入天(일타송만고입천)
荒城落日銷寒烟(황성낙일소한연)
傷心莫問前朝事(상심막문전조사)
雲物渾非全盛年(운물혼비전성년)
—〈題永川君松岳圖(제영천군송악도)〉

그 그림에 그 시, 그 치마폭이라 할 것이다.

능소

우리나라 도시 중에 천안만큼 거창한 이름도 없다. 하늘 천, 편안 안, 천안. 세종인지 세조인지 온양 온천수에 목욕을 하고 쾌차하여 이곳 이름을 천안이라 했다던가?

한 달에 한 번쯤 서울을 가고 오다 보면 천안삼거리를 지나게 되는데 그때마다 어느 가녀린 여인 능소를 떠올리게 된다. 구비전승이니 고증은 접어두고 아마 조선초기일 것이다.

전라도 고부에 한 총명한 청년이 있었는데 이름은 박현수(朴賢秀). 과거 보러 한양으로 갈 때 영락없이 지나는 곳이 천안삼거리요 이 고장의 버들은 이미 유명해 있었다.

어두워 더 이상 행보를 할 수 없는지라 조촐한 주막을 찾아들었다. 능소의 집이었다. 아버지는 어려서 수자리로 떠나고 어머니는 더 어려서 가난을 견디다 못해 병마로 이제 겨우 아장아장 걷는 어린 딸을 두고 눈을 감아 이를 불쌍하게 여긴 주모가 거두어 기르다가 열댓 살이 되자 기생으로 손님맞이를 시킬 때 박현수가 찾아든 것이다.

고단하여 막 잠을 청하는 참인데 건넌방에서 당기당 동기동 가야금 타는 소리가 들렸다. 때마침 동산에 둥근달이 떠오르고 오로지 학문에만 골몰하던 이 서생도 마음이 싱숭생숭해져

"이리 오너라!"

부르니 타던 가야금 윗목에 치우고 술상을 보아 들어오는 아가씨를 보니 이 천하절색 아닌가? 맞은편에 치마를 여미며 다소곳이 앉아 목례를 보내면서

"천기 능소라 하옵니다."

옥구슬 굴리듯이 청아한 소리로 인사를 아뢰는데 눈빛은 별빛으로 초승달 같은 눈썹, 앵도 같은 입술, 박 속 같이 하얗고 고른 치열, 현숙한 몸가짐이 어느 양반집 규수 못지않았다.

이 도령이 춘향이를 꼬시듯 자기는 과거를 보러 가는 길인데 과거에 붙거나 말거나 꼭 다시 찾아올 테니 아무 염려 말고 사랑을 나누자고 속삭였는데 능소가 보니 훤칠한 생김새며 의젓한 말씨며 맑은 눈빛이 믿음직한 데다가 주고받은 술잔에 손길도 스치고 마음결도 움직여 에라 모르겠다 하룻밤 풋사랑에 몸을 던졌다.

그가 떠난 후 능소는 깊은 밤마다 장독대에 정화수를 떠다놓고 빌고 빌었다. 하루를 거르지 않고 지성을 다했다.

어느 날 박현수 그가 왔다. 물론 대과에 급제하고는 금의환향하는 길이었다. 기구하게 살아온 능소의 기쁨이 어떠했으랴!

떡 벌어지게 술상을 차려놓고 평소엔 그토록 예의범절에 구애를 받았건만 사랑과 행복이 크면 클수록 사람은 유치해지기 마련이다.

몇 잔술을 거우르고 나니 긴장이 풀리고, 바로 코앞에 선녀처럼 예쁜 능소가 섬섬옥수로 술을 권하며 보내는 눈빛이 너무나 정겨워 박현수는 자기도 모르게 벌떡 일어나 덩실덩실 춤을 추었다.

천안 삼거리 흥.
능소야 버들아 흥.
제 멋에 겨워서 흥.
축 늘어졌구나 흥.

그때부터 삼거리의 버들은 능소버들인데 입에서 입으로 옮겨 다니다
가 능수버들이 되었다나? 이렇게 술은 로맨스의 향도가 되는가 보다.

각선미(脚線美)

속은 그렇지도 않은데 필자를 신사로 보는 여류화가가 한 분 있다. 놀랍게도 그녀는 '누드'만을 그리는데 필자는 그것을 까맣게 몰랐다. 개인전 초대에 응해 동숭동 어느 갤러리에 갔을 때 필자의 눈은 그만 화등잔만 하게 벌어졌다. 스물다섯 점이 모두 발가벗은 여체였다.

"누드 처음 보나? 문학한다는 사람이 정말 참 촌스럽네."

이 여장부는 홍당무가 된 필자를 이끌고 그림 한 점 한 점의 '작중의도'를 말하면서 반 정도 감상할 때에야 그 여류화가의 의도를 알아챘다. '에로'와 '예술'에 대한 분별력, '성'도 포함한 인체미의 신비감, 누구의 머리끝서부터 발끝까지 그 위치에 따라서 어떻게 아름다움이 변용되는가 하는 '각도', 스물다섯 점이 벗었다는 것 말고 어떻게 다른가 하는 '비교', 하여튼 필자는 그날 많은 걸 깨달았다.

문외한이라 할지라도 가장 마음에 드는 '누드' 한 점이 눈에 띄었다. 파도가 이는 바다를 바라보는 늘씬한 여인의 알몸이었는데 등허리로 흘러내린 검은 머리며 허리의 곡선, 수밀도 같은 둔부, 무엇보다도 그 여인의 종아리는 말할 수 없이 아름다웠다.

정비석의 〈자유부인〉에 나오는 한 장면이 떠올랐다.

장 교수는 문득 감색 '스커트' 밑으로 들여다보이는 은미의 하얀 종아리가 눈에 띄는 바람에 별안간 가슴이 설레였다. 젖빛으로 뽀얗고도 포동포동 살이 찐, 무척 아름다운 종아리다. 향기가 모락모락 피어나는 것만 같고 손으로 어루만져 보면 손끝에 분가루가 묻어날 것만 같은 종아리다. 무슨 뛰어난 예술품처럼 황홀감이 느껴지도록 아름다운 종아리다. 사람의 육체에 이렇게까지 아름다운 부분이 있을 줄은 몰랐다. 뜻하지 않았던 곳에서 비상한 아름다움을 발견한 장 교수는 점잖지 못하게 남의 집 처녀 종아리를 잠시 황홀하게 바라보고 있었다.

황산덕 교수가 여주인공이 교수부인인 '오선영'이요 제자와 춤추러 가는 것이라든지 분홍빛 내용에 열이 나서 〈침략군〉, 〈문화의 적〉, 〈조국의 적〉, 〈중공군 50만〉보다도 더 해악을 끼치는 작품이라고 신랄하게 비판할 때 인용한 구절이다.

차타레이부인 이후 '예술'이냐 '에로'냐 '상상력의 자유'와 '윤리관', '표현의 자유'와 '사회질서'의 첨예한 갈등은 수도 없이 많았지만 지금 생각하면 어설픈 해프닝에 불과하다.

필자가 지난 해 말 시드니를 목적지로 일단 인천공항에서 쿠알라룸푸르로 날아갈 때 말레이시아 스튜어디스에게 거듭 레드 와인을 청해 마시며 참으로 아름다운 각선미를 보았다.

이미 위스키를 두어 잔 마신 데다가 와인을 들었으니 감정이 증폭되어서일까 하여튼 그녀의 종아리는 〈자유부인〉 속의 장 교수가 본 '인체의 신비'를 감상하게 된 것이다.

서구 여인들은 머리털과 유방의 색과 선이 아름답고 인도 여인들은

눈이 아름답고 일본 여인은 허리의 곡선이 아리땁고 중국 여인들은
둔부가 아름답다면 말레이시아 여인들은 각선미가 뛰어나다는 걸 알
았다.

해외 나들이에 이런 잔재미를 '저속일변도'로 모는 사람 없겠지. 그
냥 보고 즐거워하라고 다리를 그렇게 가꾸면서 욕은 왜 해?

주당대처론(酒党對妻論)

자유로운 활동을 위하여 예수는 아예 장가들지 않았고 석가모니는 출가(出家)란 명분으로 가출(家出)하였으며 자기를 써 달라고 공자는 천하를 떠도는 바람에 어쩌다 만나는 마나님으로부터 바가지를 긁혀 소인과 여인네는 다루기 너무 어렵다는 탄식을 했다.

젊은이들과 토론을 벌이며 가정사엔 신경을 쓰지 않을 뿐만 아니라 밤을 새우며 술을 즐기던 소크라테스는 집에 찾아갔다가 느닷없이 마누라 크산티페로부터 구정물 세례를 받았다.

인류의 등불인 사대성현이 아내로부터 어떤 대접을 받았는가 잠깐 상기시켰거니와 우리의 주당이 과연 어떻게 이 엄청난 파워를 지닌 아내를 잘 달래거나 구슬리며 술을 즐길 수 있느냐가 이 글의 화두다.

더러 술을 함께 들어 주당의 심리를 인식시킨다면 더할 나위 없이 바람직한 일이겠으나 술을 너무 들어 제 남편을 시러베 취급하는 여인네도 보았고, '야 너희들만 외도하냐!' 맞불질로 대응해 오는 대담한 바람둥이 아낙네도 없지 않으며 '해장국 끓여 와!' 고래고래 소리

치는 주정도 서슴지 않는 앙큼한 화산댁도 있으니 하여튼 술은 남정네나 여인네나 잘 마시면 광약(光藥)이요 잘못 들면 광약(狂藥)이 되는 것이다.

다행히 우리 주당들의 아낙은 그렇지 않으니 일평생 술꾼의 뒤치다꺼리에 골치를 썩어도 이게 팔자려니 체념하는 예쁜 구석이 있어서 숨을 쉬며 기회만 닿는다면 술독에 빠지는 것이 아닌가?

입담 좋기로 자타가 공인하는 소담의 이야기를 빌려 보자.

"어이 친구들! 우리가 왜 술을 마시느냐? 사랑의 묘약이기 때문이야! 술꾼은 절대로 애처가가 돼야 해! 우리가 바람피우고 싶어 피우남? 그 좋은 기술 터득해서 아내 즐겁게 안아주려고 안 그려? 그럼 애처가 유형은 몇이나 될까 예험 귀를 씻고 애청하도록 하게. 칸트형 : 이건 본능에 의한 순수바람둥이로 들키면 눈물까지 글썽이는 사람, 링컨형 : 어 이거 당신 아녀? 시치미를 딱 떼고는 나는 말야 아내의 아내에 의한 아내를 위하여 사는데 말야. 케네디형 : 아내가 나에게 무엇을 해 줄 것인가를 먼저 바라지 말고, 내가 아내에게 무엇을 해 줄 것인가를 생각하라. 데카르트형 : 나는 아내만을 생각한다 고로 존재한다. 석가모니형 : 천상천하 아내독존. 소크라테스형 : 네 아내만을 알라. 맥아더형 : 남편은 죽지 않는다 다만 아내 앞에만 서면 작아질 뿐이다. 한국의 여당의원형 : 아내여! 믿어 달라. 더 이상 새벽 6시에 벌떡 얼어나 7분 만에 끝내는 일은 없을 것이다. 한국축구선수형 : 문전처리 미숙은 영원한 우리의 숙제. 그저 아내의 선처만을 바랄 뿐이다. 어때? 친구들은 어느 유형이야 엉? 어디 장청부터 고백해 봐!'

"길게 할까? 짧게 할까?"

"언제나 제 맘대로 하면서 그걸 왜 물어?"

"좋아! 나는 야구형이지. 대부분 볼이지만 일주일에 한 번쯤 스트라이

크도 던지지. 우리 집사람은 말이야 술 안 들던 때보다 이렇게 술 드는 내가 싫지 않은 모양일세. 왜 그런지 아는가? 훨씬 더 수컷다워진다는 거야!"

"허허 석연치 못한 대답이군."

"재? 엄처시하라서 그래!"

"재? 시인입네 하고 훈련을 잘 시켜놓았거덩."

"재처럼 편하게 술 마시는 놈도 없을 거야."

하여튼 아내에게 깔보이지 않는 술꾼이 진정한 술꾼임은 두말하면 잔소리다.

자동선(紫洞仙)의 자존심

제아무리 명기라 할지라도 영천군과 사가정이 어울려 뜨면 버선발로 달려와 맞이할 정도로 그들의 풍류행각은 당대를 주름잡았다.

그러나 송도 자하동에 사는 방년 십팔 세 자동선은 달랐다. 설마 우리를 마다하랴 다소 체신머리가 손상이 가더라도 냉큼 맞아들일 줄만 알았는데

"매우 죄송스러운 말씀이오나 저희 아가씨는 미리 소식 주지 않은 손님은 일절 받지 않는답니다. 일단 돌아가셔서 전갈을 하고 오시옵소서."

"허어 그것 참! 오래 살다 보니 별꼴을 다 당하는군."

툇마루에 앉아 보지도 못하고 물러 나오며 자동선의 집을 보니 시냇가에 있는 조촐한 초가집이기는 했으나, 뜰에는 철쭉꽃이 만발해 있고, 마당에는 옥구슬 같은 냇물이 철철 흐르고 있어서, 이건 기생집이 아니라 세상을 등지고 살아가는 거사의 초당 같았다.

임금님 조카인 영천군은

"그래봐야 기생인데 제까짓 게 뭐라고 이리 도도하단 말인가!"

껄쩍지근한 마음으로 투덜대자

"영천군 나리 자동선이고 뭐고 그냥 돌아갑시다."

"여기까지 왔다가 그냥 돌아가다니 그게 말이오?"

"그럼 삼고초려하던 유현덕의 심정으로 차분히 기다려 봅시다 그려."

사가정은 그렇게 말하고는 나뭇가지에 갓을 벗어 걸어놓기가 무섭게 풀밭에 누워 낮잠을 청하는 것이 아닌가?

사내대장부가 애송이 계집 하나 때문에 이렇게도 초조할 수가 있을까 몇 번이나 누웠다 일어났다 하면서 시간을 끄는데 저 멀리 아장아장 걸어오는 어여쁜 아가씨가 보인다. 남치마에 옥색저고리 옷매무새 걸음새 자동선이 분명하다. 무슨 명상에 잠겨 있는 듯 다소곳한 머리에 남실남실 걸어오는 그 모습에 침을 꿀꺽 삼키고 있자니 어느새 일어났는지

"하아 나리는 저 애를 먼빛으로 보고도 벌써부터 침을 삼키니 가까이서 보면 정신을 못 차리실 것 같구려. 음양지리(陰陽之理)도 모르시오? 남자가 기가 죽으면 큰일을 못 하는 법, 제 아무리 명기라도 기생이란 한낱 계집에 불과한 것."

"하하하 사가정의 고약한 버릇이 또 도지는군."

마침 자동선은 두 사람을 피하여 풀밭으로 발걸음을 움직이고 있었다.

"잠깐만, 우리들은 아까부터 자동선이를 기다리고 있는 중인데, 혹시 네가 자동선이가 아니냐?"

"쇤네가 자동선이옵니다. 점잖으신 어르신네들께서 노상에서 쇤네를 기다리고 계셨다 하오니, 자못 놀랍사옵니다."

말은 나직하나 불한당 취급이다.

"너를 만나 보기 위해서 집으로 찾아갔었다. 툇마루에 앉아 기다리겠

다고 해도 계집아이가 어찌나 앙큼한지 집안에는 발도 들여놓지 못하게 하더구나. 그래 이 꼴이다.”

“쇤네가 비록 기녀의 몸이기는 하오나 아무 말씀도 없이 오다가다 들르시는 손님은 모시지 않기로 작정하였나이다. 이 점은 양해하소서.”

당차게 한 마디 남기고는 돌아서는 것이 아닌가? 이에 크게 당황한 영천군이

“제일홍에게 전갈을 부탁했는데 듣지 못하였느냐?”

“아, 그러면 두 분 어르신네는 영천군 나리와 사가정 나리시옵니까?”

“바바바바로 그렇다.”

“진작 그렇게 말씀하시죠. 호호호. 결례했다면 너그러이 용서하소서.”

아무리 얌전해도 자동선도 여우였다.

3

시대

밤 주막을 그리워하며

기분 좋게 술을 마신 날은 꿈조차 산뜻하다. 어젯밤 참으로 오랜만에 만난 고향친구는 그야말로 불알친구여서 평소보다 더 술을 들었는데도 여간 유쾌하지 않았다. 필자의 고향 대영리는 천봉터, 육굴, 숭금말, 가작터, 양지편, 한사올 등의 부락들이 대깔고개 밑에서 너븐배로 흐르는 개천 좌우로 펼쳐 있는데 그 친구는 육굴이라서 필자 집에서 일 킬로미터쯤 떨어져 있었다. 필자는 고향을 떠나 살지만 그 친구는 농사로 뼈를 세운 고향 지킴이요 비록 배우지는 못했지만 경우가 밝고 매사 딱 부러지게 처신해서 마을 사람들의 어른으로 대우를 받는 친구다.

옛 집을 헐고 그 옆에 여봐란듯이 새집을 짓고 버젓이 사는 고우 최병우는 자기 땅을 고스란히 지키는 것도 대견하거니와 함께 술을 들어 보니 지저분한 군더더기 일절 없이 묵묵히 술잔을 기울이는 모양새가 우아해서

"허어 자네 술 곱게 배웠군 그래!"

"이 사람아 그런 말 말게. 세금을 많이 물었다네."

"그게 무슨 말여?"

"웅! 두어 번 교통사고를 냈지."

"교통사고를 당했다는 소리는 들었어도 교통사고를 냈다는 소리는 금시초문인걸!"

"술에 취해 당했으니 이 술이 웬수지, 한 일 년 술을 딱 끊었는데 거죽을 맛이더군. 그래 근래 다시 마시기 시작했다네!"

"흠 자네두 비싼 수업료를 치루었군 그래! 나라고 별수 있었겠나? 목숨 여러 번 잃을 뻔했다네."

"그랬어? 충남 제일의 풍류객이란 소리는 들었네. 곳곳마다 여자들이 환장을 한다며?"

"거야 내 사전에 외상은 없으니까 마담들이 환영하게 마련이지."

"매너가 좋군 그래, 여기는 내가 낼 테니 공연스레 지갑을 열지 말게."

"거 반가운 소리군 그래. 여기가 옛날에 밤 주막이었던 곳 아냐?"

"그렇지, 친구 아버지와 우리 아버지가 술 잡숫던 곳일세!"

"벽에 메주 덩어리가 주렁주렁 매달려 있었지!"

"초가 추녀에 고드름도 주렁주렁 매달려 있었구 고 밑엔 시래기 엮은 것도 달려 있었구 말야!"

"어머니 성화에 아버지 모시러 가면 자네 선친이 육자배기를 했는디 목소리가 참으로 좋았지! 지난번 노래방에서 자네 노랠 들었는데 멋지기는 해도 목소리는 선친만 못했네."

"어이 술이나 마셔!"

"카! 술맛 좋다! 한 잔 들게나! 그때 밤 주막이 더 멋있었는데 말야!"

농사를 짓느라고 일생 탑새기('먼지'의 충청도 사투리) 속에서 살망정 옛것을 사모한 정은 필자보다 더 윗수라서 여기도 무명의 시인이 또 있구나 감탄하면서

"아주머닐 보니까 여간 미인이 아니던데 워떻게 그런 요조숙녀를 얻었댜?"

슬쩍 화제를 돌렸더니 빙그레 웃으며

"이 사람 날 팔불출 만들려고 그러남? 아닌 게 아니라 맞선 보니 무릎에서 힘이 빠지더군. 그땐 참 이뻤어! 지금은 쭈그렁 밤탱이지만 말야!"

"이 사람이! 원래 밤 주막에선 남의 지집 밝히는 거 아녀? 어이 오 마담! 빨랑 이리로 와! 수컷끼리 마시니 신명이 없네 그려."

그날 밤 꿈은 배경이 밤 주막이었다.

딱 석 잔

세종 때의 이야기.

　문도공(文度公) 윤회(尹淮)와 집현전 학사 남수문(南秀文)은 하루도
술을 거르지 않는 데다가 마셨다 하면 늘 도가 넘어 어전에서까지 술내
가 풍기므로 이거 안 되겠구나 작심하신 세종이 하루는 두 신하만 불러
조촐한 주안상을 차려주고는 빙긋이 웃고 계셨다.

　"상감마마 성은이 망극하옵니다."

　"허허 두 분이 풍류가 하도 그럴듯하여 상으로 드리는 술이니 오늘은
마실 만큼 마시구려."

　"아니옵니다. 어찌 감히 몇 시진을 어전에서 외람되이 마시겠나이까.
그저 두어 잔 들고 물러가겠나이다."

　"호오! 그래요? 실은 경들의 나이도 나이인 데다가 건강도 염려되어
특별히 할 말이 있어 불렀소. 다름이 아니라 방금 경이 두어 잔 소리가
나왔으니 잘 되었소. 이제부터는 지금 마시는 그 술잔으로 딱 석 잔씩만
들도록 하오."

"오, 이렇게 귀한 금잔으로 말이옵니까?"

"그건 선물이요. 금잔이 중요한 것이 아니라 딱 석 잔이란 말이 중요하오. 그럴 수 있겠소이까?"

"어느 분의 명이라고 저희들이 감히 어기겠나이까. 심려 마옵소서."

그러나 그 이튿날 그들의 입에서는 여전히 술내가 풍겼다. 며칠 참아 보았지만 불그레한 얼굴에 핏발 선 눈, 술술 풍기는 술 냄새는 너하먼 더했지 조금도 가시지 않자 어진 세종 임금도 마침내 역정을 낼 수밖에 없었다.

"내 알아들을 만큼 타일렀거늘 경들은 그래 우이독경이구료. 딱 석 잔에 그토록 취한단 말이오? 왜 짐의 말을 아랑곳 아니 하고 마셔대는지 말해 보오!"

"아닙니다. 딱 석 잔씩만 마셨사온데 사연이 있나이다."

"그러면 딴 잔으로 드셨단 말씀이오?"

"처처천만의 말씀이옵니다."

화가 난 세종이 그 잔을 가져오라 하여 보니 금이란 원래 넓히면 넓힐 수 있는 것이라서 아주 얇고 넓게 두들겨서 사발보다도 더 크게 만들어 가지고 그것으로 술을 마셔댔으니 취할 수밖에.

어이도 없고 오죽 술이 마시고 싶으면 그런 수작을 했을까 측은도 하려니와 그 기지가 기발한 것이 하도 웃기는 일이라 세종도 그만 허허 웃고는

"이거 참. 짐이 경들에게 졌소. 허허, 오늘은 짐하고 한 잔을 하고 자중들 하시구려!"

했다니 그 임금에 그 신하라 아니 할 수 있겠나?

술을 너무 좋아하는 것이 탈일 뿐 청향당(淸香堂)이란 호를 지닌 명신으로 「팔도지리지」를 편찬했으며 「자치통감훈의」를 찬집했고 저 유명

한 〈봉황음(鳳凰吟)〉의 작자이기도 하다.

고려 우왕 때 태어나서 어려서부터 경사(經史)에 통달했고 벼슬은 병조판서를 거쳐 예문관 대제학까지 이른 사람이 윤회(1380~1436)였던 것이다.

과음이 문제였던지 겨우 57세로 타계했으니 수는 누리지 못했다.

마실 만큼 마시고 세상을 떴고, 또 자기를 알아주고 아껴주는 성군(聖君)의 뜻을 유감없이 발휘했으며 청사에 그 이름 길이 남겼으니 어찌 유한이 있겠는가?

아마도 세종이 내린 그 술잔은 그의 관 속에 함께 있으리라. 손수 망치로 잔을 넓히던 생각을 하면 아마 자다가도 벌떡 일어나 껄껄 웃지 않겠나? 술은 이래서 재미있다.

홀로 소주 딱 한 병

서울에서 꼼작거릴 때 자기 자신만을 상대해 마시고 싶은 밤에 찾아가던 카페는 칵테일이 일미였다. '아모레' 란 이름의 그 카페는 마담은 얼굴도 옷도 프랑스풍인데 수다하고는 거리가 먼 깔끔하고도 약간 로맨틱한 분위기를 지니고 있어 비록 좁은 공간이나마 손님 자리마다 잠깐씩 앉아 접대하는 모양새가 우아했다.

일곱 번쯤 갔을 때 그날은 밤비가 내려 필자 말고는 다른 손님이 없었다.

"오늘은 제가 한 잔 낼게요."

마틴 한 병을 들고 와 앞자리에 앉았다. 이게 웬 횡재인가? 그냥 미녀만을 눈으로만 감상하며 아무 욕망 없이 술을 드는 것도 기분이 그만인데 그 섬섬옥수로 손수 양주를 따라주며

"저도 한 잔 주세요."

하고 잔을 내밀 때 그녀의 호수 같은 맑은 눈가에 가지런히 수초처럼 둘러 있는 속눈썹이 젖어 있었다. 고독이 학처럼 앉아 있는 바로 그런

눈이었다.

우리는 그날 말도 없이 마틴 한 병을 기울였다. 당신은 어떤 남자인가, 눈으로 묻고 있었지만 필자는 말로 대답하지 않았고 그러면 당신은 어떤 여자인가 되묻는 필자의 눈길은 그녀가 외면했다.

그러한 장소 그러한 분위기에서 말을 아낀다는 것은 술꾼의 미덕이다. 아름다운 술잔을 더욱 아름답게 하기 위해선 지저분한 이야기는 생략하는 게 좋다. 고요히, 그저 표정으로만 심정을 주고받는, 오로지 오고 가는 술 속에만 마음을 붓는 경지야말로 지그시 눈을 감고 입김을 정성스레 쏟아 넣어 대금을 부는 명인(名人)과 무에 다를 것인가?

필자는 오늘 어떤 사진전에 다녀왔다. 시간이 늦어 주인공을 만나지 못했고 심혈을 기울여 촬영한 그녀의 독특한 사진만을 눈 속에 담고 왔다.

때는 오후 네 시. 시간은 이르지만 흐린 하늘에 다소 쓸쓸한 기분이 마음 가에 접혀 오는 이러한 시각엔 으레 홀로 술을 들던 저 영등포의 '아모레' 카페가 떠오른다.

면소재지라고는 하나 차도 양편으로 다방, 음식점, 주점이 드러나 있어 쉽게 발길을 넣을 수 없는 것이 항상 아쉬운데 '시장옥'은 그래도 여남은 걸음 들어가야 있고 또 그 집 내외가 법이 없어도 살만큼 훈훈해서 가끔 홀로 술 마시고 싶을 때 들어가서 딱 한 병의 소주로 스스로를 달래곤 한다.

열무김치와 양파, 짬뽕 국물은 이런 때 더할 나위 없는 안주다. 그렇게 시켜놓고 한 잔을 꺾으니 꼭 어느 포장마차와 분위기가 같다. 설설 끓는 국물에 토렴하는 국숫발같이 짬뽕의 얼큰한 국물 속엔 면발이 누워 있다. 멀국만 뜨지 말고, 해물만 건지지 말고 자기도 씹어 달라고 하는 것도 같다.

반 병쯤 마시고 시간을 보니 벌써 한 시간 가까이 되었다. 다행히 손님이 없어 마냥 홀로 앉아 자작을 한대도 누를 끼치지 않고 호젓이 자신의 내부에 생각의 추를 넣을 수 있어 좋았다. 호숫가에 앉아 홀로 낚싯대를 던져놓고 눈을 가느스름하게 뜨고 찌를 바라보듯 지금까지 견지해 온 삶이 생긴 이대로 건져지는 느낌, 필자가 이태백은 아니라도 왜 그가 독작을 즐겼는지 알 것도 같다.

적당한 외로움에 술을 첨가하는 행위는 어떤 발돋움이다. 안개처럼 그것도 물안개처럼 피어 오르는 가벼운 취기와 더불어 두메산골 필자의 방에 육신을 누이니 졸음이 파발마처럼 달려온다.

적수공권(赤手空拳)

언제 여기까지 흘러왔나
누가 여기로 우리들을 데려왔나
돌아보면 흘러온 시간들은 간데없고
등 떠밀던 그 사람들 흔적도 없네
뭐 하러 여기까지 흘러왔나
무엇을 구하러 우리는 여기까지 기어왔나
바랐던 것 하나 없으니
빈손이라도 족하겠네
구하려던 것 다 잃었으니
또 얻으려는 게 무슨 소용인가
아서라, 말어라
하늘 끝 닿도록 손을 뻗어도
꺾어 보면 적수요 공권인 것을!

술, 담배, 바둑으로 세월을 흘리고 있는 사람들, 한때 잘 나가던 문
사장, 오 척 단구에 잡역부로 구르며 살아왔지만 바둑 실력 강 일급에

술 또한 두주불사하는 '조 진사'(신세 팍 조진 자인데, '자(者)'를 '사
(士)'로 고쳐 스스로 그렇게 부르는 사람), 여편네는 여고 교장인데 노
상 술만 푸고 더러 바둑으로 파적하는 말대가리(이것도 자호). 복덕방
고추도사, 술 한 모금 제대로 못해 꾸어다 놓은 보릿자루처럼 하품이나
하는 김 박사(별명이 아니라 KKK로 나온 진짜 박사임), 한 달에 한 번쯤
상경하면 대성기원에서 그들을 만난다. 일급에서 삼급까지가 그들 실
력이라서 필자는 그들과 대국할 엄두가 나지 않지만 적어도 술자리에
서만은 좌장이다. 앞으로 먹었든 뒤로 먹었든 먹은 나이야 어쩌겠는가?

이름이 대성(大成)기원인데 실패작(失敗作)들만 모였으니 재미있고
비록 날고 기다 요 모양 요 꼴이지만 바둑과 술로야 대성했다고 고추
도사가 만사 오케이형 낙천주의로 정을 펼치고, 우리 빨리 술나라로
가자고 말대가리는 보채며 그야말로 가진 것이라고는 그것밖에 없는
나머지들이 쭈뼛쭈뼛하는 것은 제대로 술상무 못하는 것이 미안해서
그런다 치지만 가벼운 지갑을 마다하지 않고 적어도 이들에게만은 거
침없이 자주 뺀다.

'좌장' 자리를 놓칠까 봐 두렵기도 하려니와 사가정(四佳亭)의 말
대로 어디 한량이 주머니 속 헤아리며 술을 마신대서야 한량으로 통
할 수 있겠는가? 아직도 아취 있는 술집에선 팁을 필자가 주는 것이
아니라

"거마비에 보태 쓰세용."

콧소리 섞어 정표로 촌지도 주위 눈치 채지 않게 슬쩍 주는데 무슨
자존심이 남아 있다고 필자가 그걸 마다하겠는가? 그 밤에 안아주지
못하는 것이 미안할 뿐이다. 비아그라 신세까지 지면서 그 짓은 차마
못 하겠다. 이것은 필자의 의중을 늘 귀신같이 아는 김 박사의 대변이
다. 그러니까 그는 진짜 박사다.

문 사장이 마시던 술잔을 내려놓고

"어이 '땅개비', 워찌 그런 걸 다 안당가?"

"흑! 느그들 우리와 함께 노닝께 아무렇게나 대접해 드리는데 적어도 오 년 전만 해도 종로 일가 피맛골로부터 태능갈비집까지 '오후의 건달'로 통하던 우리 성님이야!"

"아니 장 시인이 그렇게 주먹이 센가? 건달은 무슨 건달."

"허어 무식하기는! 고운 최치원의 계원필경도 못 읽어 봤남? 건달파는 멋쟁이란 말야. 누가 오후의 멋쟁이라 하니까 스스로 건달로 고쳤다 이 말씀이야."

허튼소리 속에서도 꼭 박사티를 내곤 한다. 술 석 잔에 숨을 헐떡이는 그지만 입심도 박사니까.

한 잔 혹은 두 잔

시고 텁텁하고 쓴 잔 받으세요
개같이 사는 세월 받으세요
한 잔 두 잔 석탄 백탄 받으세요
말 탄 고춧가루 가랑이 좆대
이쁘다 이뻐 너는 이뻐 인마 너는 이쁘다 이쁘지 이뻐 받으세요
양복쟁이 한 잔
한산모시 두루마기에도 한 잔
수염 단 풍각쟁이 한 잔
덕대 같은 건너편 왈패에게 거푸 두 잔
총독의 소리 오동추야 우리 구포(丘甫)에게도 한 잔
이 거리 저 읍내에서 또 한 잔
웃으세요 웃으세요 오래 웃으며 많이많이 속으로 우세요
개울가에서 멱 감다 한 잔 숲에서 한 잔
연탄광에서 한 잔 뜻있는 곳에 뜻끼리 두 잔
이마를 맞대고 코가 비뚤어지게
겹잔 처마 밑에 날라리들이

깜부기들 바지저고리 머리 위에
근사한 달이 조명이네요
조명 안주 삼아 이판사판 뜻있는 곳에 열 잔.
―김영태 〈한 잔 혹은 두 잔〉

서울 토박이인 시인 김영태가 홍익대 서양화가 출신이라는 걸 제대로 아는 사람은 드물다. 음악에 대해서 조예가 깊은 정도가 아니라 너무 깊숙이 알고 즐기고 〈음악 살롱〉이란 글까지 버젓이 내놓아도 그 누구 하나 함부로 평할 수 없는 경지라서 도대체 정체가 뭐야 시인이야, 화가야, 음악가야 고개를 갸우뚱 할 수밖에 없는 그는 괴짜요 괴물이요 기인이다.

이 시만 봐도 그렇다. 콩마당질에 도리깨 내려치듯 쏟아내는 속어(俗語)에 욕설까지 뱉어내는 그 두둑한 배짱, 이쯤 되면 그가 김삿갓의 후예로 조금도 손색이 없다 하겠다.

미술과 음악, 시를 논할 때 그가 한 번도 엄벙덤벙하지 않는 프로라는 걸 인정하지 않는 사람은, 적어도 주위 사람은 다 아는데 마치 대낮에 여러 사람이 보는 앞에서 오줌을 내 깔기듯 이런 시를 쓰니 말이다.

그러나 두 번만 이 시를 읽어 보라. 썩어 문드러진 이 사회에 대한 분노와 술판을 빙자해서 직격탄으로 날아오는 항거의 거센 파도를 느낄 것이다.

시시껄렁하게 살아와 되도록 입에 비평의 소리 담을 실력도 배짱도 없는 필자지만 세상 돌아가는 꼴이 하도 속상해서

"개같이 사는 세월 받으세요."

내뱉고 싶은 것이 요즈음 세태다.

영태 형은 그 많은 재주 깡그리 팽개치고 요즈음은 어디 가서 방콕맨

이 되었는지 그토록 천방지축 쏟아내던 글귀가 없다. 지쳤는가? 아니면 어디가 아픈가? 지금도 술을 마시긴 마시는가 삭막하고 궁금하다.

괴짜가 없는 사회는 문화가 없는 사회, 재미가 없는 사회, 여유가 없는 사회와 다름 아니다. 충청도의 요란스러웠던 괴짜 김관식 시인이 가고 나서 그만한 기인이 없는 것이 안타깝다.

까마득한 선배 김수영 시인과도 터놓고 대작하던 영태 형이 도대체 그 기백 어디에 전당잡히고 입을 다물고만 있단 말인가? 소설이나 쓰지 무엇때문에 바른 말하려다가 망신당하는 이문열에게 부끄럽지도 않은가? 에라 모르겠다. 필자는 오늘 밤도 술타령이나 하리라.

한 잔 혹은 두 잔이나 읊조리면서.

술꾼을 슬프게 하는 것들

마시고 싶은 생각이 굴뚝같은데 호주머니 사정이 따라주지 않을 때, 한때는 죽이 맞아 일차, 이차, 삼차로도 성이 안 차 아예 몇 병의 소주를 들고 공원에 있는 시원한 정자까지 진출했는데 이제는 완전히 타인이 되어 목례만 보내고 마는 사람을 만날 때, 시도 때도 없이 드나들던 단골집이 간판과 더불어 주인까지 바뀌어 생소하게 느껴질 때, 일이 잘못되어 잔뜩 주눅이 든 몰골로 옛 술친구가 초라하게 나타날 때, 너무 출세하여 만나자마자 "나 바빠." 하고 꽁지를 내리는, 술벗이었다가 지금은 선을 그어 자기가 쌓아올린 그리고 울타리를 친 고지로 냉큼 돌아서는 급조된 명사(名士)를 만날 때 이런 것들이 우리 술꾼을 슬프게 한다.

수양버들 푸른 실가지 늘어뜨리고 그 아래 풀뿌리 흩어지고 잡초 우거진 사이로 손을 디밀어 튕겨내면 뒷걸음치던 가재와 새우는 간 곳 없고 농지정리란 미명하에 직선으로 수로를 만든 콘크리트 벽이 잡초 우거진 옛 둑을 대신하여 시골 맛이 사라진 고향, 뜰이 있고 박과 호박 줄기가 기어오르던 엉성한 울타리에 청대 숲이 서걱이던 옛집은 허물어지고 말았다. 몇 개 남은 주춧돌 하나를 골라 그 위에 맥없이 앉아 담배 한대 피우고 아직도 고향을 지키고 있는 불알친구를 찾아가 막걸리가 아니라 냉장고에서 꺼낸 맥주를 들며 빚타령을 들을 때, 이것이 모처럼 고향 찾은 술꾼을 슬프게 한다.

술탓만이 아닌데도 간이 상한 몇 친구의 아내나 그의 자녀를 만날 때 '당신도 공범이야' 하는 눈빛으로 필자를 바라볼 때, 돌아서는 뒤통수가 열없고, 한술 더 떠 죽은 남편이 마시다 만 양주를 소포로 부쳐 왔을 때는 황당하기 짝이 없었다.

술맛은 여전하거늘 왜 이리 사람 맛은 달라지는가? 산천이 변한다 해도 거기가 거기인데 왜 사람들은 된장찌개같이 텁텁하고 열무김치같이 수더분하고 숭늉같이 구수하고 장아찌같이 짭짤하고 젓갈 맛같이 그윽한 맛은 깡그리 가시고 인스턴트로 바뀌고 말았는가?

멋이 멋을 알고, 맛이 맛을 부르는 여유는 필자 같은 게으름뱅이의 고루한 아집에 불과하단 말인가?

뉴저지에 사는 한 친구가 맨해튼에 있는 코리아상점까지 가서 해묵은 토하젓을 사와 한 잔 들던 기억을 지울 수 없다. 곁들여 사 온 멸치젓까지 맛보면서 우리는 한숨을 쉬고 있었다.

혀까지 개화 개혁해서 무얼 어쩌겠다는 것인가? 개화가 식민지 통치를 불렀다면 개혁은 무엇을 부를 것인가? 냉수 마시고 이 쑤시는 체면 문화는 그런대로 선비의 안간힘이 느껴지는데 머릿속은 고치지 않고 혀가 변하면 말 바꾸기 명수밖에 될 것이 무엇인가?

고추장, 된장, 김치맛을 잃은 친구는 믿을 수 없다. 먹는 것, 입는 것, 사는 집이 바뀌어도 너무 바뀌었다. 그만큼 얼이 빠지고, 그만큼 얇아지는 사람 맛이 우리 술꾼을 슬프게 한다.

'오 인천'을 찍으러 한국에 왔다가 인사동 골목에서 안동소주를 들고

'이 맛이야' 하던 이탈리아 친구를 잊을 수 없다.

"제 것을 잃으면 전부를 잃는데 코리언은 남 닮는 데만 너무 골몰한단 말야."

자기 개혁은 뒷전이요 어수룩하게 살아온 우리를 뿌리째 흔들고 있는 이 풍토가 우리 술꾼을 슬프게 한다.

안양의 신사 고종명

그는 언제나 말이 없었다. 주위에서 포복절도할 일이 있어도 가볍게 빙긋 웃는 것으로 좋으나 궂으나 감정표현을 아끼는 친구였다.

작달막한 키였지만 가분수의 얼굴에 뚱뚱한 몸매로, 어느 자리에 앉건 중후한 느낌을 주는 것은 그가 풍기는 분위기였다.

필자는 그에게 두 가지 신세를 졌다. 자발없이 비위가 상한다고 사표를 던지고 나와 곤고한 그 시절에 일자리를 마련해 준 것도 그요, 며칠 건너 한 번씩 술자리를 마련하여 갈증을 풀어준 것도 그였다. 몇 살 위로만 알았는데 세 살이 아래였다. 그의 백발이 그런 착각을 불러왔다.

어느 날이었다.

"장형! 기력(棋力)이 얼마나 됩니까?

"호구 정도는 알지."

"그러면 한판 둡시다."

그는 백돌을 잡고 필자는 흑돌을 잡았지만 역부족이었다. 만방으로 깨졌으니까. 하도 형편없는 자신의 기력에 부아가 나서 짬짬이 월간지 바둑을 탐독하여 정석을 연구한 것도 그 계기가 고종명 선생과의 대국이었다. 아직도 하수를 면하지 못하고는 있지만 그와 바둑으로 어슷비슷하게 어울리게 된 것도 자정이 넘도록 대작을 하면서도 조금도 흐트러지지 않고 술 마시는 솜씨도 솔직히 그의 덕분이 크다. 지금도 미안하게 생각하는 것은 대부분 술값은 그의 지갑에서 나온 것 때문이다.

또 어느 날 여러 가지로 빚진 기분을 떨어내기 위하여 동대문 근처 그의 단골집으로 몇몇을 불렀다.

장태정, 김용일, 김용환 선생 들이라고 기억된다. 세상물정에는 언제나 한수 위인 그들이라 선생이라 불러주지만 그들은 한사코 필자를 형님으로 깍듯이 대접한다. 나이 때문이 아니라 언제나 술판의 좌장의 몫이 필자에게 떨어졌고 진심으로 그들을 좋아하는 데다가 글쎄 잘은 몰라도 '술 실력' 은 자타가 공인하였으니까.

마시고 흔들고 노래하고 떠들고 사, 오차 강물 속의 물고기처럼 놀았지만 고종명 선생은 부처님 가운뎃다리처럼 요지부동이었다.

서울대학 지리학과 출신, 모교의 교수로 자리매김했어야 할 사람이었다. 그는 한 번도 자기 입으로 자기이력을 이야기한 바 없지만 그래 필자도 아는 바가 별로 없지만 무엇인가를 스스로 경영해 보고자 한 데서 동티가 났다.

그의 불운은 사업에 국한된 것이 아니었다. 가정도 무너지고…… 그러나 그의 표정에는 변함이 없었다. 안양 제일의 신사, 그의 닉네임은 조금도 과장된 것이 아니었다. 그가 떠난 직장은 을씨년스럽기 짝이 없었다. 그제야 그가 풍기던 그 분위기가 얼마나 따뜻한 것인가를 알았다. 어디선가 그가 존재해 있다는 것으로 언젠가는 다시 만나 정담을 나누리라 작정하고 있었는데 이승을 떴다는 슬픈 기별을 장태정 선생으로부터 받았다.

하필 이런 때 필자에게 가지 못할 사정이 생겼다. 구구하여 그 까닭은 접어 두겠다. 어쨌든 가슴이 미어지는 슬픔과 허전함이 몸을 가누기 어려울 정도로 엄습한다.

낙엽이 우수수 떨어진다. 바람이 불면 산자락에 서 있는 나무에 붙어 있던 가랑잎들이 새처럼 난다. 그리고 포물선을 그리며 대지 위로 내려와 눕는다. 그 누구처럼.

당신이 걸어오는 발자국 소리

몇 번이나 다짐했건만
문든 떠오르는 당신의 영상
그 우아한 모습
그 다정한 목소리
그 온화한 미소
백목련처럼 청아한 기품
이제는 잊어 버리려고 다짐했건만

잊어 버리려고 다짐했건만
잊어 버리려고 하면 더욱더
잊혀지지 않는 당신의 모습

당신의 그림자
당신의 손때
당신의 체취
당신이 앉았던 의자

당신이 만지던 물건
당신이 신던 신발
당신이 걸어오는 발자국 소리

"이거 보세요. 어디 계세요."
평생을 두고 나에게
"여보" 한 번 부르지 못하던
결혼하던 그날부터 이십사 년간
하루같이
정숙하고도 상냥한 아내로서
간직하여 온 현모양처의 덕을
어찌 잊으리, 어찌 잊을 수가 있으리.
―〈이제는 슬퍼하지 않겠다고〉

박정희 대통령이 지은 열네 편의 시 가운데 하나다. 이 시 말고도 〈한 송이 흰 목련이 바람에 지듯이〉, 〈아는지 모르는지〉, 〈잠자는 아내 모습〉, 〈백일홍〉, 〈하늘도 자고 땅도 자고〉 등 문세광의 총탄으로 목숨을 잃은 육영수 여사를 애끓도록 사모한 고독의 몸부림을 엿볼 수 있다.

과연 이 사람이 5·16혁명을 주도한 장군이란 말인가? 또 바로 이 사람이 한 나라의 대통령이었단 말인가? 낮에는 애국충정에 철저했으면서도 밤이면 미모의 여인을 끼고 술판을 벌이던 바로 그 사람이었단 말인가? 대항하는 자는 그 누구라도 피도 눈물도 없는 듯 가차 없이 응징하던 독재자란 말인가?

그러나 그도 아내를 사랑하는 하나의 지아비에 불과했다는 건 이 시를 통해 알 수 있다. 아내가 멀쩡해야 바람피울 맛이 있었겠지. 박정희에 대해서는 아직도 거부반응이 없지 않아도 육영수 여사에 대해서는 친화력과 존경심을 지닌 사람이 많은 것은 저간의 사정을 아는 국민들의 속내리라.

아이구 당신이 살아 있을 때 하룻밤이라도 더 당신 옆에 있었을 걸 그토록 애태우지 말고 하루라도 빨리 귀가해서 아이들과 함께 오순도순 다정스레 지낼 걸 하는 마음이 얼마나 사무쳤기에 또 한편으로 그 뚝뚝하고 엄격한 군바리 정신 때문에 "여보!" 소리조차 마음대로 못 부르고 두 눈을 아래로 접고 살았던 아내에게 미안했기에 이런 시를 썼을 것이다.

사랑하는 노국공주가 타계하자 그토록 슬기롭고 다부지던 공민왕이 어떻게 무너지는가를 귀신이 곡할 정도로 잘 그려낸 박종화의 〈다정불심〉을 못 읽어 보았나? 아무리 허전하고 쓸쓸해도 일주일에 한 번쯤만 푸지. 심수봉의 콧소리 섞인 그 뽕짝이 그토록 좋던가? 시바스리갈 그 독한 위스키를 왜 그리 물처럼 마셨는지. 그것도 하필 믿는 도끼에 발등을 찍혔으니 아직까지 나라가 이 꼴이 아닌가?

과연 술은 술이요 아내는 아내로다. 취해서 애처가로 만드는 술은 아직도 없다는 걸 명심할진저!

환희 부재 시대

「내」청춘을 불사르고」의 저자 김일엽은 자유분방한 신여성으로 염문을 뿌리다가 덕숭산 수덕사의 고승 만공에게 가 삭도로 머리를 민 뒤 180도 생활태도를 바꾸어 오로지 불도에만 전념한 걸출한 여성이다.

20대 중후반 난치병에 걸려 수덕사에 속한 선수암에서 신음하던 필자가 퀭한 눈으로 힘없는 다리를 이끌고 나들이하던 곳이 그녀가 머물던 환희대 뒤쪽 숲 속 오솔길이었다. 몸이 그 지경이니 '환희' 라는 말은 그야말로 피안(彼岸)의 공염불(空念佛)에 불과했다. 그러나 그 '환희' 라는 말은 사막에서 갈증에 허덕일 때 보인다는 신기루처럼 인상적이었다.

우연히 산책을 함께하다가 그 정갈한 환희대 안방으로 들어가 녹차 한 잔을 얻어 마셨는데 청량한 그 맛은 아직도 혀뿌리에 남아 있다. 헌데 의외에도 그때 라디오에서 흘러나오는 음악이 재즈였다.

"아니 스님도 이런 음악을 듣습니까?"

물었더니

"뭐가 이상해? 이 리듬은 환희 그 자체거든."

낭랑한 목소리에 웃음까지 담고 있던 그 음성이 지금도 필자의 귓전에 또렷하다.

마음의 안정을 찾은 후라야 무슨 일이든 차분히 할 수 있듯 심안성정(心安性定) 이후라야 참 술맛이 난다. 참 술맛을 안다면 마시는 잔마다 그대로 환희요 황홀이다.

얼큰히 취해서 듣는 한밤중의 빗소리는 생명의 노래요 몽롱한 눈으로 뛰어드는 자운영 꽃밭은 생명의 불꽃이다. 마음을 비우고 술이 들어가 핏줄 속을 타고 흐르면 안이비설신의(眼耳鼻舌身意) 그 모두가 열락(悅樂)이 들락거리는 문이요, 그 비운 마음자리에 고요히 와 서리는 동심(童心)은 한바탕 퍼붓고 난 소나기 뒤 찬란히 트여 오는 법열(法悅)의 무지개다.

누구의 말을 빌릴 것도 없이 지금 우리가 숨쉬고 있는 이 시대는 '환희 부재 시대'다. 광분은 있어도 외경(畏敬)은 찾기 힘들고, 도취는 있어도 내면으로 번지는 참다운 희열은 눈을 씻고 귀를 털어 보아도 감감무소식이다. 너무 바삐 살다 보니 그저 초조하기만 한 우리 마음은 명상의 징검다리를 잊은 지 오래다.

온갖 정보는 손익계산의 딴 이름으로 범람하여 우리의 대뇌를 엄습하고 생존경쟁의 날카로운 발톱손톱은 합리적 사고로 분장하여 우리 생활의 리듬이 되고 있다. 마음을 조절하고 마음을 다루고 방향설정하기가 지금처럼 어려운 시대, 불신과 불확정시대요 '사람의 맛'이 마멸되는 시대에 이 시대를 살다 보니 '유사환희'라도 찾기 위해 우리는 열심히 술을 들고 있는지도 모른다.

시(詩)란 무엇인가? 말씀(言)의 절(寺)이다. 경치 좋고 물 좋아 산새라도 곱게 우는 곳, 바람이 불면 제때 풍경이 따라 우는 그러한 곳에 절을 짓는다. 아름다운 한 편의 시는 말로 지은 소슬한 한 채의 절이다. 아로새긴 은쟁반에 금사과다. 우리의 존재감각을 일깨우는 그러한 시를 읽으며 술잔을 들고 싶다.

지금도 눈에 선한 수덕사 환희대의 뒤 숲길이 그립다. 아리따운 겉모습 사라졌어도 별빛 같은 눈망울과 희디흰 얼굴빛의 김일엽 여사가 재즈를 들으며 미소 짓던 그 볼우물이 나시 한 번 보고 싶다.

술 너무 많이 마시지 말아요

가지 많은 나무 바람 잘 날이 없다고 팔 남매의 맏인 필자는 겉으론 껄껄 웃으며 적당히 술도 마시며 그럭저럭 건강도 꾸려가는 편인데 요즈음 부쩍 "술 너무 많이 마시지 말아요."란 기분 나쁜 충고를 듣는다.

좋은 소리도 한두 번이지 아 글쎄 몇 십 년 함께 술동무한 친구들까지 제 꼬리만 내리려고 하니 술맛이 떨어질까 봐 그게 걱정이다. '못 생겨서 미안합니다' 요상한 캐치프레이즈로 세상을 웃기는 것만으로는 직성이 안 차 국회의원까지 되고 그것도 이내 작파하면서 '정치인들은 코미디언보다 더 웃깁니다' 로 심각하게 웃기던 이주일이가 폐암환자가 되어 마도로스파이프를 조용히 내던지면 될 것을 저는 싫도록 즐겼으면서도 담배에겐 의리도 없이 '금연운동' 의 선봉에 서서 매스컴을 타는 바람에 담배 맛을 잃게 하더니 이제는 좌고우면 술맛까지 떨어지게 하니 이게 어디 살맛이 나야 말이지.

그래 담배 끊고 술 끊고 오래 오래 잘들 살아라. 이 말은 천하의 애연가요 천하의 애주가요 천하의 연애지상주의자인 필자의 죽마고우 소담의 말이다.

그의 지론은 이렇다.

술맛 떨어지면 일망(一亡)이요, 담배맛 떨어지면 이망(二亡)이요, 여자맛 잃으면 삼망(三亡)이요, 밥맛조차 떨어지면 사망(四亡=死亡)이란다.

나라 터가 그래서 그런지 각종 선거 특히 대권을 가름하는 총선 철이 되니 자칭 용(龍)들이 너무 많이 날뛰는 세상이요, 자기가 대통령이 되면 금방 세계 일류국가로 만들 것처럼 허풍을 치며 말장난에 목숨을 거는 사람보다야 이 얼마나 서민적이요 인간미 있고 솔직한 발언인가!

담배 너무 피우고 술 많이 들면 건강에 해로운 걸 누가 모르나? 뻔히 알면서도 손가락이 노랗게 담배를 피울 수밖에 없고 고주망태가 되도록 술을 퍼 마실 수밖에 없는 심리가 무엇인가?

"이 사람아 나쁘다니 더 하고 싶은 건 젊은 시절의 객기야. 좀 균형감각을 지니고 살 나이가 아닌가?"

모처럼 주석을 함께한 등산과 건강에 관해선 자타가 공인하는 의사인 친구 L이 젊잖게 타이르자

"헤헤 균형감각 좋아하시네. 자네나 그렇게 살아! 오늘 밤 객고를 풀어줄까 했더니 이거 남은 돈 저축하게 생겼군. 어이. 박사님, 술자리엔 술맛 떨어지게 하는 게 가장 큰 죄라는 걸 모르남?"

"그래 그래 실컷 먹어라!"

입담은 약해도 거시기 실력은 둘째가라면 서러워할 L이 잔을 건넨다.

필자는 꾸어다 놓은 보릿자루가 되기 싫어서

"왜 오늘은 욕 안주가 없지?"

기다렸다는 듯이 소담의 소담한 욕 한 보따리가 쏟아져 나온다.

"이 자식들아 우리 나이에 욕을 하면 되겠어?"

"지랄하고 자빠졌네. 야, 늬가 말여 우리나라 욕이 자그마치 1,280가지나 되는 것 알어? 우리나라가 딴 것은 몰라도 술과 욕은 세계에서 단연 으뜸이라는 것 알어?"

무엇에나 진지한 L의 욕 강연이 시작되었다.

"야 L! 이왕이면 네 박사학위가 메이드 인 USA니까 그 나라 말로 한 번 갈겨 봐!"

"좋지! 유 바크 더 베드 추리!"

이래서 술 너무 마시지 말아야 하는가 보다.

수컷 술꾼 김진화를 그리워하며

여럿이 술을 마시다 보면 별별 사람이 다 있다. 머리에 든 것은 쥐뿔도 없으면서 엘크 사슴같이 겅중거리는 사람, 꼰장 꼰장 비위를 긁는 사람, 아무 때나 와이담을 늘어놓아 술판을 거지판으로 만드는 사람, 그 자리에 없는 사람을 안주로 씹는 사람, 여자든 남자든 옆 사람을 물고 늘어져 치근덕대는 사람, 별것도 아닌 일을 가지고 허풍을 떠는 사람, 공연스레 목에 힘을 주고 오너처럼 노는 사람, 남의 허점을 꼬집기 일수인 사람, 탁 마시고 팍 꺼지는 사람, 이미 파장인데 더 마시자고 조르는 사람, 졸가리도 없이 이것저것 꿰어 주절거리는 사람, 담뱃재를 술잔에 터는 사람, 이번엔 네가 사야 돼 술자리의 교통순경을 자청하는 사람, 가벼운 농담도 이기지 못해 벌컥 화를 내는 사람, 마시다 말고 눕는 사람, 시중드는 아가씨 뺏어가는 사람, 신발 바꾸어 신고 가는 사람, 욕지거리가 입에 붙어 있는 사람, 똥오줌 가리지 못하는 사람, 바둑 골프 등산 낚시 증권 자기 관심사에 좌중을 끌어넣기 위해서 안달하는 사람, 술판은 이래서 지루하고 이래서 재미있다.

먹고 마시다 보면 모든 구멍이 다 바쁘다. 가장 바쁜 것이 입이다. 말도 해야 되고 술도 마셔야 하고 안주도 넣어야 하고 담배도 피워야 하고.

눈도 바쁘고 코도 바쁘다. 손은 술을 따르는 것 말고 딴 곳에 바빠서는 안 되지만 그 재미로 술판에 끼어드는 사람이 많고 걸어 들어오고 걸어 나가야 할 때만 써야 할 발을 술상을 걷어차는데 자주 애용하는 사람도 있다.

어떤 어른이 "술자리엔 목구멍과 귓구멍만 가지고 가게." 하는 소리를 들었다. 하긴 가만히 있으면 중간은 가는데 중뿔나게 나섰다가 개망신하기 십상이다.

술꾼들이여, 가만히 생각해 보라. 위에 늘어놓은 가지가지 실수에 몇 가지나 자기에게 해당하는가를! 우리 술꾼은 모름지기 그 과정을 다 거치지 않았던가? 하늘을 올려다보는데 무슨 도덕과 격식이 필요한가? 마찬가지로 본능회귀운동의 대장격인 술잔을 앞에 놓고 주도(酒道) 운운한다는 것은 좀스럽다.

모름지기 술은 술답게 마셔야 한다. 그래야 술이 술술 넘어간다. 슬슬 술술 실실거리며 되도록 유치하게 되도록 덜 고상하게 시끌벅적하게 취하면 모든 것이 아름답고 모든 것이 선하며 모든 것이 더럽고 모든 것이 아니꼽다.

술은 물의 불이다. 아래로도 흐르고 위로도 치솟는다. 물을 불로 마실 때도 있고 불을 물로 마실 수도 있지 아니한가? 여자와 마실 때는 불로 마시고 동성끼리는 물로 마셔야 후환이 없다. 핏줄에 알코올 조금 넣었다고 기고만장할 때도 더러 있지만 마실 때마다 그래서는 명 재촉이다.

술은 엉큼하게 마셔야 제 맛이다.

"청아! 넌 다 좋은데 좀 더 걸쭉하게 마셔 봐! ○○찬 자식이 고렇게 샌님같이 마시니 덩치가 아깝다."

힐난하던 술벗이 1999년 9월 9일 9시에 59세로 세상을 버렸는데 지금까지의 필자의 글은 그의 주장이요 스스로 일컫기를 오리지널 수컷이라 자랑하더니 무엇이 그리 바빠 제 말대로 '싸가지' 없이 황황히 떠났단 말인가?

필자가 그를 이리 그리워하니 그와 욕 콘테스트를 하며 배꼽을 잡던 나머지 욕꾼들이야 얼마나 사무치게 그리우랴!

잘 먹고 잘 살아라!

무슨 소리를 해도 씨가 먹히지 않아 부아김에 내뱉는 말에 그래 잘
먹고 잘 살아라 하는데 요즘 들어 이 말이 썩 재미있다. 나에겐 이 말이
잘 마시고 잘 살아라는 말로 들린다. 술을 잘못 마시면 더럽게 살기 마
련이다. 재산을 탕진하는 것은 예사요 애꿎은 마누라와 자식을 들들 볶
아대는가 하면 심지어 나라까지 말아 잡순 사람이 어디 한둘인가?

평소엔 샌님같이 얌전한 사람이라도 술이라는 마약이 목구멍을 타고
넘어가고 나선 마음도 말도 헤퍼져 실수는 물론이요 온갖 해프닝이 빚
어지게 마련인데 그런 것까지 쫀쫀하게 따지는 사람 앞에서는 숨이 턱
턱 막힌다. 이것쯤은 애주가의 애교로 넘겨 버리는 아량이 술꾼의 기본
에티켓이다.

걸쭉한 쌍소리나 질펀한 육담(肉談)마저 양념으로 칠 수 있고 본인이
없을 때는 나라 상감님도 욕을 먹는다는데 어딘지 얄미운 짓거리만 골
라하는 사람을 술자리에서 씹어주지 않으면 어디서 씹는단 말인가? 이
런 것쯤은 눈감아 주자. 쩨쩨하게 그런 걸 꼬치꼬치 따져서 술 잘못 마

신다고 못 박기에는 술의 성분상 어쩔 수 없는 구석이 있다.

문제는 잘 마신다는 말인데 어떻게 마시면 술을 잘 마신다는 말을 들을 수 있느냐를 관점에 따라서 각양각색이니 명쾌하게 해답을 내릴 자신이 없을 뿐만 아니라 좋아서 마시는 술에 현학적인 명분을 달아주는 것도 바쿠스의 뜻은 아닐 것이다.

일단 쫓기듯 마시지 말 일이다. 술에 무슨 원수가 진 것도 아닌데 입술에 대자마자 한여름에 냉수 켜듯 마셔대는 데는 멋대가리가 없다. 회면 회, 갈비면 갈비를 걸신들린 사람처럼 우기우기 먹어 치우는 사람들은 비만증, 간경화가 따라붙는다.

두 번째는 여유 있고 분위기 있게 마실 일이다. 포장마차면 어떻고 일류 요리가 나오는 요정이면 어떤가? 사람이 문제지 장소는 어디든 괜찮다. 느긋이 호탕하게 자연스레 마실 때 소위 풍류(風流)의 문이 열린다.

이왕이면 다홍치마라고 홍일점이든 청일점이든 이성이 낄 때 술자리의 격조(格調)는 무르익는 법이다. 술 따라주는 걸 마치 술집 작부라도 되는 것처럼 쑥스럽게 여기는 여성은 정말 질색이다. 속은 늑대라도 신사인 체하는 남성을 솜씨 있게 다룰 줄 아는 여성이야말로 술자리의 구세주다. 가끔 서로 눈이 맞아 화장실 가는 것처럼 슬그머니 사라지는 것도 미소로 보내주고 좀 취했다 싶으면 꾸벅꾸벅 조는 친구도 빙그레 웃어주고 동맥, 정맥 모든 핏줄에 주기(酒氣)가 배어 알딸딸해지는 오장육부도 지나친 무리가 가지 않도록 그 술에 알맞은 안주도 적당히 공급해 주고 아취(雅趣) 있는 화제(話題)로 분위기를 돋우는 사람은 술자리의 오너다.

지갑을 빼는 데 인색하지 말아야 할 것이다. 내 경험으로는 얻어 마시는 코냑보다는 내가 사는 술이 비록 소주라 할지라도 "마음대로 마셔." 어쩌고 하면서 술친구들이 내 술을 마셔줄 때가 술맛이 달더라.

잘 먹으면 잘 산다. 잘 마시면 멋이 있다. 헌데 왜 우리는 이 아름다운 또 의미 있는 말을 욕대신 쓰는지 모르겠다. 서로 잔뜩 틀려 있다가도 술 나눠 마시고 다시 지남철에 따라붙는 쇳가루처럼 친해지는 것도 화해주(和解酒)의 마력이요, 서로 티격태격하다가도 칵테일잔을 부딪고 나서 이내 금슬을 회복하는 술은 합환주라, 몇 십 년간 소식이 뚝 끊어져 궁금하던 차에 우연히 길에서 마주쳐 서로 얼싸안고 아무 데나 들어가 즐겁게 꺾는 술은 이 곧 지기주(知己酒)라 무릇 인간관계에 있어 거멀못의 구실을 톡톡히 하는 술의 공덕을 어떻게 일일이 다 표현할 수 있으랴.

애정의 첨병이요 우정의 향도요 선후배 혹은 사제지간의 존경심 겸손이 표출되는 친화력의 극치를 맛보게 하는 것도 술이다. 괴테는 '눈물 젖은 빵을 먹어 보지 않은 사람은 인생의 맛을 모른다.' 했거니와 술을 마셔 보지 않은 사람이 풍류를 논하는 것처럼 어색한 것도 없더라. 술이 문제가 아니라 술 마시는 사람의 품격이 문제일 뿐이다.

자유인 중광의 타계

개성은 피요 자유는 숨결이며 술은 예술이고 기행(奇行)이 생활양식이었기에 더구나 자신을 과신하는 말투 때문에 살아생전 늘 세인의 입방아에 오르내리던 걸레 중광(重光)이 67세로 3월 9일 오전 11시 20분 이승을 떴다.

보통 사람 머리로는 이해할 수도 없고 이해되지도 않는 미치광이 사촌쯤으로 치부되었지만 근엄하기로 유명한 영국 왕립아시아학회(77년) , 버클리대학(80년), 록펠러재단(83년)에서 천재화가로 외국에서부터 경탄적인 대접을 받고서야 국내에서도 그의 진가(眞價)에 대해서 말하는 사람도 생겼지만 그의 몸과 마음의 친정인 불교계에서는 1979년 승적을 박탈했던 것으로부터 오늘날까지 색다른 아웃사이더로, 걸레 그 자신조차 "나는 걸레요 똥이요 사기꾼이다." 서슴없이 외치던 중광(重光)!

혜화동에 있는 무쇠중의 술집에서 필자가 그를 목격한 것도 벌써 이십 년 가까이 되었다. 천상병, 이외수, 무쇠중과 통음하고 있을 때 눈치도 없이 딴 일행과 그 집에 갔었는데 그때만 해도 그들의 기행이 하도 장안을 와자하게 해 필자는 피하고 싶었지만 임모 사장이 "재미있지 않아?" 잡아끄는 바람에 따라갔다가 이 준거지 떨거지들과 맞닥뜨리게 된 것이었다.

상병 형이 이미 몽롱한 눈으로 건너보더니 말없이 손을 내밀기에 천원짜리 지폐 한 장을 건네주었다. 더 이상 준다면 "임마 내가 거지야?" 외칠 것이 뻔하고 또 그가 손을 내밀지 않는다면 사람대접 안 한다는 표시니 그런 묘한 분위기에 이 왈패(실례)까지 입에 거품을 물고 "나는 똥이로소이다." 자작시를 읊어대니 견딜 수가 없어 화장실 가는 체하고 빠져나오고 말았다.

개지랄 발광을 해야 돈도 벌고 정치도 하고 예술도 한다는 것은 평범한 속인들의 착시(錯視)현상일 뿐인가? 하여튼 도가 지나친 그들의 언행은 목불인견이요 방약무인이며 "너 따위가 이 경지를 어떻게 알아?" 교기까지 흐르는 그 고양된 분위기는 꼭 드라큘라나 지킬 박사처럼 위악적 분위기요 데카당스요 도깨비 장난 같아서 그만 질려 버렸던 것이다. 열정을 꼭 저렇게 표현해야만 직성이 풀릴까?

그러나 이것은 심리학적으로 약한 마음에 대한 역설적 표출인 것이다. 불과 술 두세 병에 고래고래 소리를 지른다든지 과장된 몸짓이나 좌중을 휘어잡으려는 술꾼을 자주 보게 되는데 이것이야말로 여린 자신을 철저히 가리고 내유외강의 주권행사일 뿐이라는 걸 필자는 알고 있다. 어찌 보면 그들은 물장구치며 노는 하동(河童)과도 같다. 물장구 대신 술장구를 치면 프리즘을 통해 햇빛을 보는 것처럼 빨주노초파남보 무지개가 떠오르는 것이다. 그래 술판에서 어느 정도 취기가 오르면 잠자리 눈알로 변해 버리는지도 모른다. 초가을에 동동 뜨는 고추잠자리.

걸레는 갔다. 마지막 전시회 현수막에 '괜히 왔다 간다' 내걸고 끝까지 파격과 일탈 성속(聖俗) 초월의 한평생이 이제 밤안개가 되어 넘실거리다가 이 땅에서 그 현란한 그림자를 거두어 떠나고 말았다.

　인정받으려고 몸 달아 하는 이 세상에 남의 인정쯤 개똥으로 여기며 춤추듯 취한 듯 살던 그것으로 짙은 인정을 남기고 걸레는 거듭빛(重光)을 닦다가 훌훌히 떠났다. 아마 그의 영혼은 그 누구보다도 개운할 것이다. 멋대로 살다 갔으니까.

술과 시일야방성대곡(是日也放聲大哭)

1905년 일본은 마각(馬脚)을 드러내 을사보호조약을 강제로 체결할 때, 황성신문(皇城新聞)의 장지연(張志淵) 선생이 저 유명한 〈시일야방성대곡〉을 쓰던 정황은 처절하고도 엄숙하였다.

이 사설(社說)이 나가면 이 신문은 없어질 것이다. 마지막 쓰는 것이니까 차마 맨 정신으로는 안 되겠다. 나라를 빼앗기고 말았으니까 더 이상 누구 눈치 보고 자시고 할 필요가 어디 있겠나. 아예 커다란 술동이를 옆에 끼고 앉아 한 잔 들고 한 줄 쓰고 가슴을 치고, 한 잔 들고 한 줄 쓰고 꺽꺽 울다가 또 한 잔 마시고 한 줄 쓰고 그래 가지고 나온 〈시일야방석대곡〉이란 저 유명한 명논설이 되었던 것이다.

그래 최남선의 〈기미독립선언서〉, 만해의 〈조선독립이유서〉와 함께 삼대 독립명문으로 남게 된 것이다. 어떤 개인의 불만, 사회에 대한 불만이나 울분을 술이라도 마시면서 풀어야지 어떻게 푸느냐는 말도 있지만 비장한 각오를 할 때 마시는 술, 의리를 다짐할 때 마시는 술 이를테면 유비, 관운장, 장비의 도원결의 같은 엄숙한 맹약의 장소에서 마시는 술은 그 차원이 다르다 할 것이다.

장지연 선생의 카이저 수염과 길쭉한 얼굴 형형한 눈빛도 예사롭지 아니 하거니와 대쪽 같은 기개로 당대를 주름잡던 대논객의 풍모 못지 않게 그가 장안을 뜨르르 울릴 만큼 호주가였음은 누구나 아는 바다. 뿐이랴! 〈기인열전〉을 쓸 정도로 '아웃사이더' 들도 끌어안을 수 있는 '국량이 넓은 사람' 임도 드러난 일이다.

만일 그분이 오늘날 살아 계신다면 술동이 옆에 끼고 무슨 글을 쓰실까?

"너희가 용이냐 미꾸라지냐? 너희가 나로 하여금 또다시 시일야방성대곡을 쓰라 하느냐?'

불꽃 같은 눈빛으로 대노(大怒)하실 것만 같구나.

정말 나라 꼴이 말이 아니다. 술자리에선 일절 정치 얘기는 배제하던 아랫마을 이 형이 이번에는 술도 몇 잔 안 들었는데

"그놈의 햇볕과 게이트 좀 떠들지 말았으면 좋겠어! 신문, TV 맨날 그 소리니 이거 지겨워 살겠나?'

"허허 이 형! 술이나 들자구."

말은 이렇게 하면서도 한스 모겐소의 말을 연상하지 않을 수가 없었다.

권력에의 지향은 권력을 추구해 나가는 과정에서 언제나 살의(殺意)를 동반한다. 경쟁자를 죽이지 않곤 목적을 달성할 수 없는 것이다. 일단 죽어버리면 어떤 경쟁의 대열에도 나설 수가 없다. 그러나 이 방법에도 결점은 있다. 오늘 경쟁자를 죽이고 권력을 장악한 그 사람이 내일 다른 경쟁자에 의해 살해될 경우가 있기 때문이다. 물론 살해의 방법엔 갖가지가 있다. 인명을 노리는 물리적 방법, 살아 있어도 산송장일 수밖에 없게 하는 심리적

방법, 아무튼 이러한 정쟁이 계속되는 상황 속에서 산다는 건 '실로 고독하고 가난하고, 지겹고 허무하기 짝이 없는 노릇' 이다.

정치의 속성이 원래 그런 것임은 요즈음 태조 왕건의 견훤과 신검에서 적나라하게 보여주지만 한때는 민주화의 화신처럼 잘도 놀던 사람들이 요즘 보여주는 추태는 점입가경이다.

세계 일류가 안 되어도 좋으니 이제 제발 '국민' 을 편안하게 해 주었으면 좋겠다. 사는 맛 음미하며 그저 평범하게 살더라도 술맛 좀 떨어지지 않게 말이다. 맛은 떨어져도 술은 마시지만.

박용래 시인의 눈물

늦은 저녁때 오는 눈발은 말집 호롱불 밑에 붐비다
늦은 저녁때 오는 눈발은 조랑말 발굽 밑에 붐비다
늦은 저녁때 오는 눈발은 여물 써는 소리에 붐비다
늦은 저녁때 오는 눈발은 변두리 빈 터만 다니며 붐비다.
—〈저녁 눈〉

시인 박용래, 그는 풀꽃을 사랑하여 풀잎처럼 가벼운 옷을 입었고, 그는 그보다 술을 더 사랑하여 해거름녘의 두 줄기 눈물을 석 잔 술의 안주로 삼았다. 그는 그림을 사랑하여 밥상의 푸성귀를 그날 치의 꿈이 그려진 수채화로 알았고, 그는 그보다 시를 더 사랑하여 나날의 생활을 시편(詩篇)의 행간에 마련해 두고 살았다.

그는 나물밥 30년에 구차함을 느끼지 않았고, 곁두리 30년 탁배기에도 아쉬움을 말하지 않았다. 달팽이 집이라도 머리만 디밀 수 있으면 뜨락에 풀포기를 길렀고, 저문 황톳길 오십 리에도 달빛에 별밭이 어리면 뒷덜미에 내리던 이슬조차도 눈물겹도록 고마워하였다.

이것은 소설가 이문구의 시인 박용래의 평이다.

소설이 가슴 속으로 울었다면 용래는 두 눈방울을 통하여 맑은 영혼으로 울었다. 대담무쌍한 술고래 김관식과 같은 강경 사람인데도 왜 그는 그리 착하디착한 눈물만 바가지로 쏟고 갔나 알다가도 모를 일이다. 그는 가난했지만 결코 가난이 더럽힐 수 없는 격조(格調)가 있었다.

그는 생김새는 말할 것도 없고 뼈다귀까지 시인으로 생긴 사람이다. 아마도 박재삼과 더불어 이 나라의 그 시대 쌍벽일 것이다.

두 잔만 들면 어느새 눈물이 그렁그렁 고였던 그, 슬픔만이 아니라 기쁨조차도 눈물을 흘렸던 그, 대전엔 이제 그가 없으니 삭막하다.

가난이 그를 키웠고 가난이 그를 괴롭혔지만 바로 그 가난이 콧대를 세워준 사람이 박 시인이다. 하긴 동서고금 시인치고 넉넉한 사람이 어디 흔할까만은 결 곧기는 대쪽이요 맑다 못해 깊은 산골짜기 물같이 서늘하던 그가 아주 드물게 몹시 화가 나서 불호령을 칠 때면 천둥번개가 따로 없었다.

옥천에서 태어난 한 젊은 시인이 제 고장 자랑을 늘어놓자

"산 좋고 물 좋은 것은 어느 두메나 일반인데 명색이 시인이라면 그런 건 관광객에게 맡기고, 내가 오로지 옥천을 기억하는 건 시인 정지용을 낳은 땅이기 때문이오."

납북인지 월북인지 정지용은 북측으로 갔고 해금되기 전이기에 이 젊은 시인은 뜨악해서

"그런가요? 정지용이가 우리 고향 사람인 줄 몰랐는데……."

"야! ○○개. 너 정말 한심하구나. 이 따위도 문인이랍시고 데리고 왔네? 정지용 시인이 제 고향 선배인 줄도 모르는 이런 것도 이런 무녀리 두 시를 쓴다는 겨? 이런 것두 사람이라구 마주 앉아 술 마시네?"

술잔을 벽에 던져 박살을 내던, 그리고 자리를 박차고 휭하니 밖으로 나가 버리던 그를 잊을 수 없다.

시인 박용래의 눈물 뒤에는 이런 놀라운 자부가 있었다. 그는 가난에 울지 않았고, 애달픔에 울지 않았고, 외로움에 울지 않았다. '삶의 부질없음', '누리는 것의 덧없음', '헤어짐의 속절없음', 억지로 말하면 '노자의 슬픔' 그 울음을 울었다.

설봉(雪峰) 심범섭

누가 필자더러 그대가 만난 사내 중에 가장 깨끗하고 조용한 사람을 꼽으라면 지금으로부터 35년 전 충남 예산군 광시면에서 만난 심범섭이라는 친구를 드는데 주저하지 않을 것이다.

대학을 갓 졸업하고 취직이라고 한 것이 시골 중학교였는데 전공과는 다르게 영어를 가르치게 되었다. 우체국에 근무하던 그는 영어를 배우려고 어느 날 밤 필자의 하숙방을 노크하였다. 어쭙잖은 실력으로 얼마나 도움이 되었는지는 기억이 나지 않는다. 그러나 그와 더불어 산책을 즐긴 것은 또렷이 뇌리에 남아 있다.

어느 가을날, 우리는 시목리 뒷산으로 가벼운 등산을 했다. 보리수 열매가 새콤하게 익을 때였다. 일찍 어머니를 여의고 융동에 내의도 못 입고 어린 동생과 함께 국민학교(지금의 초등학교) 가는 길이 얼마나 춥던지 사시나무처럼 떨었다고 한다. 모진 바람을 조금이라도 막아주려고 바람 부는 쪽에서 걸었더니 아우가 "형 그쪽으로 내가 걸을 게." 할 만큼 착한 동생이었다고 했다.

식사는 몇 번 같이 한 것 같은데 술 한 잔을 서로 노느지 못했다. 미션 스쿨이라서 철저히 금주, 금연을 강조했으며 퍽이나 보수적인 그 교단은 십계명을 범한 것보다도 한 잔의 술과 한 대의 담배를 더욱 터부시하였기에.

백설같이 흰 피부, 짙은 눈썹에 길고도 각진 얼굴, 귀공자 타입의 그의 용모로는 그가 겪어 온 신산의 역정이 거짓말만 같았다. 필자는 그가 한 번도 소리내어 웃는 것을 보지 못했다.

필자는 그에게 큰 빚이 있다. 집안이 거덜이 나 큰 고통의 와중에서 갈팡질팡할 때 쌀 열 가마니의 돈을 무이자로 꾸어주었는데 아직도 갚지 못하고 있다. 머슴살이 일 년에 새경이 겨우 쌀 대여섯 가마인 것도 상머슴이어야 하던 시절이었다.

필자가 먼저 전근 가고 그도 청주를 떠난 뒤 제때 못 갚는 것이 미안해서 사죄하러 그를 찾아갔을 때 그는 사슴을 키우고 있었다. 오히려 필자를 위로하며 파카 만년필을 선물로 주던 그.

사슴목장도 그만두고 서울로 가 어느 사장의 자가용 운전수가 되었다는 소리를 전언으로 들었다. 이십 년 전의 이야기다.

그의 성격으로 보아 잘 살지는 못할 것이다. 그러나 그의 인품으로 그다지 가난하지도 않을 것이다. 하지만 박봉으로 모은 저금을 모조리 털어 필자를 도와준 그 마음은 일평생 빚이다. 재촉하지 않는 빚처럼 무서운 것도 없다.

더러 홀로 술을 들 때, 문득문득 그의 얼굴이 떠오른다. 살다 보니 많은 사람의 신세를 지고 살았는데 가장 부끄럽고 미안한 것이 설봉에게 진 빚이다.

하도 파란만장한 시대를 살아온 우리이니 그도 많이 변했을 것이다. 광시까지 찾아와 그와 똑같이 희고 기품이 있던 그 소녀와 혼인하여 살고 있는지 모르겠다. 아이들은 몇이나 두었는지 그가 자기 몸보다 더 아꼈던 그 동생은 어떻게 되었는지도 궁금하다.

한때는 인연이 닿아 네 것 내 것 구분할 수 없을 정도로 친하다가도 마음 속의 별로 남아 아련한 사람 두셋은 누구에게나 있는 법이다.

설봉 심범섭, 그도 살아 있다면 꼭 찾아서 훈훈한 마음으로 서로 빙그레 웃으며 술잔을 들고 싶다.

백일몽(白日夢)

열 평쯤 넓은 방에 창호지로 벽지를 발라놓고 옛날 초가집에서 쓰던 짚자리로 방바닥을 꾸미고 싶다. 동서남으로 문이나 창을 내되 문은 완자무늬로 창은 투명한 유리창이며 동트는 새벽과 불그레한 저녁노을을 눈에 담을 수 있도록 한다. 되도록 크게 만들어 흐르는 구름과 밤하늘의 별을 바라보고 싶다.

일체의 장식을 생략하고 벽엔 그저 거문고 한 틀만 걸어놓고 싶다. 상냥한 가야금 소리보다 묵직한 거문고 소리를 듣고 싶다. 그러나 그 거문고는 무현금(無絃琴)과 진배없다. 왜냐하면 필자는 거문고를 탈 줄 모르니까.

잠은 푹 자고 때때로 한눈도 팔고 싶다. 보약 중의 보약이 잠이다. 한때 불면증에 시달려 본 사람은 그걸 절실히 체험했을 것이다. 잠은 몰아자기, 흩어자기로 피로를 풀 수 있다.

필자같이 밤을 좋아하고, 뒤척여도 좀처럼 잠을 못 이루는 사람은 낮잠을 적당히 자 두고 밤을 즐겨야 할 것이다. 낮잠은 오후 세 시쯤 스르르 눈이 감길 때로부터 짧으면 한 시간 길어도 두 시간쯤 즐기는 오수야 말로 그 맛이 꿀맛이다. 아름다운 꿈은 바로 그때 잠의 허리를 무지갯빛으로 두르고 이른바 백일몽이다.

물 마시고 싶으면 물 마시고 배고프면 밥을 먹고 출출하면 막걸리 한 사발 열무김치 안주 삼아 벌컥벌컥 들이키는 배꼽시계면 그만이지 무엇인가를 싹둑싹둑 자르는 듯한 초침, 분침, 시침이 달린 시계는 손목에서 풀어던진 지 오래다.

시간이란 그 질에 따라서 빠르게도 느리게도 느낄 수 있는데 아무래도 시계를 안 차는 것이 심리적으로 편하기 때문이다. 문제는 누군가와의 약속인데 가능하다면 약속에 매이지 않고 싶다. 지켜지기보다는 깨어지기 쉬운 것이 약속이요 맹서가 아니던가?

타고 나기를 무음모, 무책략의 사람이므로 바람을 심어 태풍을 거두는 모험은 생리에 맞지 않을 뿐더러 세상을 고쳐 보려고 안달하는 잘난 사람들이 하도 많아 이리 시끄러운데 마음 속에 전개되어 있는 심상 풍경이나 맛보며 사는 것이 구제받지 못할 게으름뱅이인 필자로서는 그저 낮잠이나 자며 백일몽을 꾸는 것이 제격일 것이다.

경험에 의하면 한 잔 들고 나서의 낮잠일수록 맛이 있고 달콤한 백일몽도 스스럼없이 찾아들더라.

결국 술 이야기로 돌아왔는데 술 마시고 잠이 들어 꾸는 꿈 속에서야 무슨 짓인들 못하랴. 자동차를 몰아도 좋고 평소 거북한 녀석 두드려 패도 무방하며 남의 여자 건드려도 대로에서 벌거벗고 춤을 춘들 꿈 속까지 파고들어 시비하는 육법전서는 지구상에 없다.

술은 날개 없는 거미로부터 날개 단 새로 힘차게 날게 하는 힘이 있다.

'너희들 거미 같은 인생들이여! 네가 엮은 그물은 너 스스로를 사로잡기 위한 바로 그 그물이다. 승리는 그 그물을 용감무쌍하게 파괴하는 데 서부터 비롯된다.' 는 말은 니체의 말이다.

술? 좋지! 잠? 좋지! 백일몽? 그야 더 좋지! 이 치사스런 무한경쟁 속의 여유가 얼마나 빛나고 값진 것인가를 음미할진저!

성북동 길

초가을 햇살이 막 이슬을 말렸을 때 우리는 간송미술관 앞 향나무 앞에 섰다. 간송 전형필의 동상이 서 있고 고풍의 정원, 아담한 미술관 그곳을 꿋꿋이 지키고 있는 최완수 씨를 만나고 싶어서다. 그러나 기대는 이내 실망으로 끝났다. 미리 연락을 주지 않은 것이 불찰이었다.

필자의 고향은 홍성, 그의 고향은 예산, 국보 70호의 훈민정음을 비롯해서 국보 71호 동국정운, 국보 73호의 금동삼존불감, 겸재의 금강산 그림의 산수진경을 감상하려고 별러온 밧자가 물거품이 되고 말았다.

필자는 이내 발걸음을 돌려 만해 한용운이 기거하며 유마경을 번역하던 심우장으로 향했다. 서서히 더워지는 날씨, 가파른 언덕길로 허위허위 오르니 만해의 딸 한영숙 여사 또한 나들이를 나갔다 하지 않는가?

모처럼 옛 향기 그윽한 성북동 문화의 거리를 걷는 것만으로 만족할 수밖에 없었다. 월북 소설가 이태준의 생가나 183평짜리 한말의 가옥 이재준의 고택도 둘러보고 싶었지만 벌써 점심때가 되어 김용이 냉면으로 뜨고 있는 모란각으로 갔다. 금강산도 식후경이니까. 안내 역할뿐 아니라 이리로 가자고 유혹한 강 군이 적이 민망해 하며 소주를 시켰다.

한두 잔이면 얼굴이 붉어지던 강 군도 이제는 거의 한 병 거뜬히 껵을 수 있는 실력(?)이 붙었다. 명찰이나 사적지에 대한 관심이 많은 강 군은 이런 문화유적답사엔 언제나 앞장을 서 왔다. 참으로 고마운 후배라 아니 할 수 없다. 그가 만일 여인이라면 즐겨 애인이 되어줄 만큼 마음씨가 곱고 또 독실한 불교신자이기도 하다.

술을 마시면서도 필자의 뇌리엔 만해의 생각이 가득했다. 둘도 없는 친구 만공과의 그 수많은 에피소드도 파노라마처럼 떠올랐고, 어울리기만 하면 곡차를 마시며 키득거리며 동심으로 돌아갔던 대인의 발자취가 이곳에 서려 있다는 생각 하나만으로도 기분이 상쾌했다.

남쪽에 있는 조선총독부 청사가 꼴도 보기 싫어 북향으로 지었댄다. 이런 우국열사가 집 한 간이 없이 떠도는 것이 안타까워 방응모 씨가 돈을 대어 지었건만 친일파에 공정하지 않게 신문을 낸다고 감방까지 보내는 요즈음 세태가 참으로 곤혹스럽다. 최남선도 이광수도 온갖 회유책으로 달래고 을러 지조를 꺾게 한 식민지정책에 상처받지 않고 살아남은 사람이 과연 누구란 말이냐?

만해 한용운이 워낙 독종(실례)이라서 홀로 버텼을 뿐이 아니던가!

되도록 아침이나 점심에 반주를 하지 않는 필자인데 그날은 세 병이나 마시고도 영 취하지 않았다.

"선생님! 이제 그만 드시죠! 벌써 오후 세 시가 넘었어요."

"여길 떠나면 만해 시인의 향기를 더 맡을 수 없을 것 같아서 그래!"

"지조가 아니구요?"

"하하하 지조? 지조라! 요새도 그런 말이 남아 있던가?"

"저야 알 수 없지요."

"임이 침묵하니까 그렇지!"

"말 되네. 선생님 고향이 만해의 고향인 홍성이라면서요?"

"응, 홍성군 결성면에 가면 그의 고택이 있지. 고 옆 갈산면에 백야 김 좌진의 고택, 홍북면 홍동산 기슭엔 최영 장군, 성삼문 고택도 있고, 고 옆엔……."

"고 옆에는 요?"

"하하하 거기에 우리 집이 있지 하하하."

동묘(東廟)

동대문 밖 숭인동과 신설동 접경에 있는 동묘는 한수정후 관운장의 소상(塑像)이 있는데 좌우엔 관평과 주창이 큰 칼을 짚고 모시는 형국이다.

얼굴은 붉기가 잘 익은 대추와 같고, 봉(鳳)의 눈에다 미염공이란 별명을 들은 수염이 배 밑까지 닿을 정도로 길게 드리웠다. 마치 살아 있는 것만 같다.

원래 임진왜란 때 이런 장수가 나와 외적을 물리치고 나라를 평정했으면 하는 민족적 비원(悲願)의 표현이리라.

얼마 뒤 영남의 안동, 성주 두 읍(지금 안동은 시지만)에도 묘를 건립했는데 안동의 것은 돌을 깎아 상을 새겼고, 성주의 것은 흙으로 빚었는데 성주의 상이 더욱 신령스러웠단다.

왜 하필 관운장을 들먹이느냐 하면 신설동에서 살며 아침저녁으로 동망산 산책은 빼놓을 수 없는 일정인 데다가 그 일대의 주점은 거의 다 기웃거렸을 정도로 밤중엔 꼭 술을 폈는데 술도 깰 겸 들르는 곳이 동묘였고, 또 하나는 음력으로 오월 열사흘엔 제사를 드리는데 그날은 필자의 생일이라 용띠는 아니지만 대장부 관운장의 생일이 마치 필자의 생일인 것처럼 느껴져서였다.

「서애집」에, '내가 왕년에 연도(燕都)에 갈 때, 요동으로부터 연경까지 수천 리에 이르는 사이에 유명한 성이나 큰 읍과 여염이 번성한 곳이면 빠짐없이 묘우를 세워 한수정후 관공을 제사하고 인가에 이르러서는 사사로 화상을 설치하여 향을 피우고 제사를 지내며 심지어 관원이 새로 부임했을 때는 목욕재계하고 관왕묘에 나아가 알현할 정도로 공경하였다.'는 기록이 있다.

동묘에는 또 하나의 추억이 묻어 있다. 바로 4·19혁명 전, 필자는 창신동에 있는 닥터 최의 집에서 가정교사를 하고 있었는데 어느 주말 집안이 넉넉지 못해 향토장학금(집에서 보내는 학비를 이렇게 불렀다)이 변변치 못한 올챙이 훈장(가정교사를 이렇게 불렀다)끼리 참으로 오랜만에 거나하게 마시고 대여섯이 기고만장하여 떠들다가 근방의 불량배와 시비가 붙었다. 친구 강은 억수로 마셨는데도 검도 삼단의 실력으로 그들을 말끔히 청소했는데 그곳이 동묘였다.

"이것은 말여, 관운장의 귀신이 우리를 도와준 거여. 내 실력만으로는 어림도 없지."

손을 툭툭 털며 강이 뇌까리는 바람에

"한수정후 관운장님 참으로 고맙습니다."

하고는 일제히 땅바닥에 엎드려 재배하도록 한 것은 아마 필자의 말이었으리라. 술에 취해 꼭지가 돌면 기상천외의 일이 예사롭게 벌어지는 법

"야야! 우리 관공을 위해서 또 한 잔 어때?"

통쾌한 기분에 이차, 삼차 술을 퍼 댔으니 그 꼬라지가 어떠했을까?

"장 선생 얌전한 사람인 줄 알았는데 어젯밤엔 그게 뭐여?"

조용하지만 힘이 실린 주인의 말에

"죄송합니다. 제가 술주정을 했나요?"

"아냐 아냐, 아들 놈 공부만 가르치지 말고 사내 연습도 시키라구. 아직 술은 이르고 말야."

이것이 빌미가 되어 아주 가끔 주인 닥터 최와 술자리를 함께했는데 코냑이 어떻고 위스키가 어떻고 와인이 어떤 것인가를 그때 배웠다. 이왕이면 동묘 앞에서 고량주나 마실 것을!

4

방랑

거리도 없이 이것저것 꿰어 주절거리는 사람,

안줏재를 술잔에 터는 사람,

이번엔 내가 사야 돼 술자리의 교통순경을 자청하는 사람,

하찮은 농담도 이기지 못해 벌컥 화를 내는 사람,

마시다 말고 졸는 사람,
어떤 신간보다 술 마시는 동안이 가장 행복감을 느끼니 어쩔 도리가 없다.
하중으로는 아가씨 뺏어가는 사람,

술을 배경으로 하여 체재로 다룬 시나 노래는 무엇인가?

서양을 망라해서 가장 멋진 술꾼을 찾아내는 이 일이 마음에 쏙 들었다.
술판은 이래서 지루하고 이래서 재미있다.
그러나 자신의 체험이 아니라 남의 경험을 추적해

이야기를 오륙 년간 끌어 오는 동안에

대체 너는 술의 깊이를 얼마나 알아 지껄이느냐 고작 그 정도냐 하는 회의에 빠졌다.

이런 생각이 드는 걸로 보아 더 이상 쓴다면 맥빠진 글밖에 더 되겠는가?

술 마시기와 술 이야기보다 필자에게 더 신명나는 시간이나 일은 아마 없을 것이다

먹다 남은 술병 허리춤에 차고

〈공고(公告)〉
오늘 강사진.

음악부문
모리스 라벨
미술부문
폴 세잔느
시부문
에즈라 파운드
모두 결강

김관식, 쌍놈의 새끼라고 소리지름. 지참한 막걸리를 먹음. 교실 내에 쌓인 두터운 먼지가 다정스러움

김소월
김수영 휴학계

전봉래

김종삼 한 귀퉁이에 서서 조심스럽게 소주를 나눔. 브란덴부르크 협주곡 제5번을 기다리고 있음

교사(校舍)

아름다운 레바논 골짜기에 있음
〈시인학교〉

〈목마와 숙녀〉의 박인환과 더불어 5, 60년대 댄디스트 김종삼의 이 시는 당대 글줄이나 쓰는 문화인들의 대표적 애송시이다. 어느 정도 취기가 돌면 삐딱하게 쓴 베레모 아래 당시의 창녀촌 종로 3가의 약자 종삼과 자기의 이름을 연결시켜 '자기 비하'의 쓴웃음으로 옆 사람들을 웃겼던 시인 김종삼.

소풍 가는 어린 딸을 따라갔다가 슬그머니 사라져 애가 탄 딸이 겨우 찾았는데 후미진 나무 그늘 아래 잔디밭에 누워 낮잠을 들었겠다. 가슴에 넓적하고도 꽤 큰 돌을 얹고서. 까닭을 물으니 "응, 하늘로 날아갈 것 같아서 그래." 생뚱맞은 대답을 했다는 그.

동아방송에 밥줄을 대고 있으면서도 매스컴이라면 송충이 같이 싫어하던 순수파. 그런가 하면 한 번 정나미가 떨어지면 같이 시를 쓰는 형 김종문조차 '똥장군'이라고 내뱉으며 아예 상종조차 꺼리던 결벽.

하여튼 이 희귀한 괴짜는 한 번 술을 들기 시작하면 사흘이고 열흘이고 죽자 사자 마셔대던 헤비드링커였다.

그 궁핍한 시대에 꽤 두툼한 월급봉투였건만 천상병, 김관식 등 애주가들을 위성으로 그 돈을 모조리 날려야만 비실비실 술집에서 빠져나와 사글셋방으로 기어들었고 딸이 대학에 간다니까 도대체 뭘 배울 것이 있다고 그딴 곳에 가느냐고 했다니 철저히 자기 내면으로만 귀를 기

울이고 철저히 자기식대로 살다간 기인이었다.

　낡은 베레모 앞으로 눌러 대머리를 감추고
　여윈 양손 바지 호주머니에 찌르고서
　성병 걸린 사람처럼 어기적어기적 걷던
　안짱다리 사내

　툭하면 '쌍놈의 새끼' 소리를 연발했던 못 말릴 선배
　그는 시에 있어서 지독한 구두쇠였다
　일상에 있어서는 밉지 않은 무뢰한이었다
　정신적으로는 고독한 배가번드였다
　삶의 철저한 리버럴리스트였다.

　이 시는 그를 애도한 황명걸의 〈마이너리그〉의 후반부다. 아리랑 고개를 넘어 정릉 청수장 근처에 가서 술을 마실 때 필자는 언제나 그를 떠올린다. 먹다 남은 술병 허리춤에 차고 비틀거려도 멋이 있던 시인 김종삼을.

산중 방뇨(放尿)의 맛

몇 덩이 돌을 주워다 화단가에 놓고 뒷산도 능선 따라 한 바퀴 돌고 너저분한 거실도 깔끔히 정돈하고 나서 샤워를 했다. 고단했던지 초저녁잠에 깜박 떨어졌다.

'따르르릉' 벽시계를 흘낏 쳐다보니 밤 열한 시. '이 시간에 무슨 전화람.' 꿍얼거리며 수화기를 귀에 댔더니

"형님, 우리 한 잔 했소이다. 쳐들어가도 되쥬?"

혀 꼬부라진 신설동 우진서점 젊은 사장 임중규의 목소리였다. 양주 산적 임꺽정처럼 우람한 체구에 소탈한 성격이면서도 철학·역사·문학이 화제로 등장하면 뛰고 날만큼 해박한데도 말을 아끼는 청장년 틈새의 나이.

그 시간대면 서울에서 공주까지 두 시간이면 족하다. 어찌 마다하랴. 술꾼 일당이 분명한데 안주가 부실해서 그렇지 비록 깊은 두메산골일망정 소주 맥주는 박스째로 술 창고에 박혀 있고 양주도 몇 병 꼬불쳐 뒀으며 작년 가을에 뒷산에서 따온 영지버섯으로 담가놓은 술도

맞이 들었으니.

한 시 반이 조금 넘자 필자는 슬그머니 걱정이 앞섰다. 이 친구들 고속도로에서 스피드를 내다가 어떻게 된 것이나 아닌가 혹 음주운전으로 걸린 것이나 아닌지 방정맞은 생각들이 끼어들었다.

하지만 술로 끌어낸 신명은 그 무엇으로도 막을 수 없는 광분의 요소가 짙은 것이요 또 지금까지 시공을 초월하는 음주행각을 상기하면서 잔걱정은 털어내기로 하였다. 그들이 알딸딸 취해서 여기까지 내려온다면 말똥말똥한 맨 정신으로 맞이하는 것도 어울리지 않을 터. 냉장고에 꾸깃꾸깃 집어넣어 두었던 참치 캔, 육포, 오징어도 꺼내고 냉동실에 있는 조기, 대구포까지 꺼내어 끓일 것은 끓이고 지질 것은 지지고 섞을 것은 섞어서 주안상을 마련하였다.

소주 한 병 반쯤 마셨을 때 마침내 그 악당들이 쳐들어왔다. 이른바 산불끄기작전이군 너털웃음을 치며 임 사장이 들어서자 성님 성님 여기저기서 손을 내미는데 아귀힘이 너무 세었다.

무슨 이야기를 했는지 도대체 몇 병의 술을 들었는지 지금은 가물가물할 뿐이다. 다만 음주동락의 경지가 충천하였고 유치찬란, 기상천외, 고성방가, 거리낄 것이 없이 마음껏 취해서 일부러 잠자리를 마련할 틈도 없이 하나 둘 쓰러져 세로 가로 코를 골며 모두가 잠 속으로 빨려 들어갔다.

며칠 후, 임 사장으로부터 전화가 왔다. 한밤중에 몰려가 누를 끼쳤지만 그걸 사양할 형이 아니라서 자기들은 행복하다는 것과 언제 서울로 오면 반드시 그 멤버들을 불러 그때와 다를 것 없는 술판으로 벌이겠다는 것이다.

한 친구가 전화를 바꾸더니

"형님, 그날 최고의 맛은 베란다로 나가 나란히 서서 방뇨하는 맛이었습니다. 형님 오줌 줄기도 무척 세던데요. 이 아우가 서울 오시면 책임질게요."

하고 필자를 버릇없이 놀리는 것 아닌가? 여러 번 서울 나들이에 함께 들 때는 그토록 깍듯하더니 이제는 허물없이 바람피우는 이야기까지 들먹이니 그토록 마음 여는 것은 반갑지만 왜 진작 객고 풀어줄 생각은 실천하지 아니하고 뒷북을 치는 것은 아무리 생각해도 괘씸하기 그지 없다.

필자 비록 산중의 초목에 방뇨할지언정 황진이라면 몰라도 함부로 아무 데나 뺏국물은 쏟지 않으리.

정이 많은 거냐, 정에 약한 거냐?

모처럼 별러 전화를 넣었더니 대뜸 한다는 소리가 나 바빠 하는 소리를 들을 때 아차 이거 내가 너무 헤펐구나. 후회막급이다.

이번엔 생각이 굴뚝같아도 공연히 바쁜 사람 불러 부담주는 것 같아 참았더니 걸려 온 전화에

"친구 마음 변했어? 왜 한 달이 넘도록 전화 한마디 없어? 어디 아퍼?"

소리를 들을 때 또 아차 내가 너무 꼬치꼬치 헤아리며 참다가 당하는구나 낭패감이 엄습해 오곤 한다.

요는 이것저것 가리다가는 '정'이란 아예 존재하지 않는다는 그 말이다. 주책없다 소리를 들을망정 생각나면 직방 찾아가든지 '우리 오늘 한 잔 어때? 곧바로 감정을 표시해야 정은 살게 마련이다. 정은 손익계산서와는 딴판의 세계다. 정은 반드시 오래 사귀었다고 드는 것도 아니다. 또 정은 마음이 통해서만 생기는 것도 아니다. 어느 술꾼이 본 마누라는 미녀인데 첩은 곰보딱지였다. 헌데 거개 잠자리는 곰보집으로 갔다. 미녀를 두고 곰보 첩을 얻은 것이 의아해서 어느 날 한 친구가

"어이! 이거 묻기 쑥스러운데 왜 자네는 얼굴도 예쁘고 행실도 요조숙
녀인 아내를 두고 박색 첩을 두었나?"

"훙! 죽마고우가 그것도 몰라? 불 끄고 자 보면 알지!"

하고 엉뚱한 대답을 했겠다. 더 캐묻기도 무엇해서 집으로 돌아와 제
아내를 보니 잘 생긴 구석이라고는 눈을 씻고 찾아보아도 없는데 그래
도 수십 년간 탈 없이 살아온 스스로가 대견해서 아내에게 술상을 보게
한 다음

"지금까지는 친구들과만 술을 마셨지만 오늘은 당신과 들고 싶군. 당
신 술 마실 줄 알아?" 했더니 아내 왈 "나는 입이 없는가유?" 스스럼없이
말대꾸를 하곤 대뜸 술상을 보아 오는 것이었다.

이런저런 이야기를 하다가 미인 아내를 가진 친구가 곰보 첩을 두었
는데 나는 당신이 미인이 아니라서 첩이 없다는 식으로 농을 거니 아
내 왈

"하이구, 당신은 미남인감유? 당신이나 나나 제 몰골 아니까 가끔 밸
이 꼴려도 이걸 운명으로 알지만 원래 예쁜 여자는 어려서부터 귀염을
받은 것이 동티가 나서 스스로 나 잘났다 하는 바람에 상대방이 넌덜머
리가 난대유. 생각해 봐유. 우리야 서로 잘난 것이 없으닝께 엄벙덤벙
자식 낳고 살았고 새끼 부끄러워 고무신 거꾸로 신지 않았지만 아무리
생긴 게 양귀비라도 저만 위하라는 여편네 참는 것도 한두 해지 몇 십
년을 머슴살이 할 것이며 병신이 아닌 댐에야 옆 눈 주지 않겠어요?"

하는 게 아닌가?

"헌데 이 사람아, 첩을 얻으려면 미인은 아니래도 평균치는 얻어야 그
런대로 살맛이 있지 하필 곰보딱지를 얻었을까?"

"하이고 당신두. 미인 박대는 있어도 박색 박대는 없다는 옛 말도 모
르남유? 여인이 스스로 결격사항이 있다고 생각하는데 멀쩡한 남정네

가 자기 같은 걸 여자로 만들어 줄 때 얼마나 고맙고 얼마나 감개무량하겠슈. 몸과 마음 이 남자를 위해서 몽땅 바치자. 삭신이 걸레가 되어도 좋아 이게 여자 마음이예유. 내가 그렇게 살아온 사람이란 걸 몰랐슈?'

이건 변호사 뺨치게 말 잘하는 것이 아닌가? 되는대로 놓고 보았던 마누라가 아니라 생활인의 철학에 익은 아내를 보는 그 술꾼 스스로 탄식하기를

"이 사람은 술맛을 아니 보고도 이 경지인데 수백 섬 술을 마시고도 오히려 한 수 배우니 술에게 미안하군." 했다는 것이다.

술도 오래 마셨다고 술꾼이 되는 것은 아니다. 정이 많은 거냐 정에 약한 거냐? 그건 그거다.

도(道)가 없으니 이리 즐겁다

도가 없으니 이리 즐겁다
아이같이 웃으면 되고
아이같이 곯아떨어져 자면 되고
맛있는 것 좋아하고
모르는 것 많아서 오히려 두렵지 않고
놀고 싶을 때 놀아도 되니 말야

왜 사느냐구?
그 따위는 왜 물어?
태어나서 사는 거고
살아지는 대로 사는 거지
온갖 따짐에서 만병이 생긴다

언제나 느긋하고
더러 슬픈 일에 몇 방울 눈물 흘리며
땅에 발 붙여 사는 죄 값이라 여기면

저 하늘 이 땅이
더할 나위 없는 보금자리인 것을

그러나 애써
보기 싫은 것 외면하지 말거라
그냥 보고 스쳐 지나가는 거지 뭐
마음 밭에 새싹이 트거든 밤새
이슬 맞혀 보석같이 품어 보리
도가 없으니 이리 즐겁다.

어느 겨울날, 미친놈인지 걸인인지 가늠할 수 없는 사십대 초반의 한 남자가 필자를 찾아왔다. 그의 손엔 오징어 한 마리와 소주 두 병이 들려 있었다. 불쑥 노크도 없이 들어와 툭툭 눈을 털 때 그것이 비듬같이 느껴져 여간 불쾌한 것이 아니었다.

"저는 요 위 동망산 자락에서 삽니다. 혼자 삽니다. 선생님이 시인이라기에 시를 이렇게 쓰면 되는가 궁금해서 가져 왔습니다."

원고지가 아니라 노트를 북 찢어 두 장에 쓴 것인데 공들인 구석이라고 없는 그의 모든 행태에 잔뜩 식상해 그 자리에서 읽을 맛이 나지 않았다. 차가운 필자의 태도에 주눅이 들어 기어드는 목소리로

"선생님이 애주가라는 소리를 듣고 술 조금 사왔습니다."

그렇게 공손히 나오는 그에게 더 이상 냉대를 할 수도 없고 마침 술 생각도 나던 때라서 간단히 매운탕을 끓이고 건건이도 두어 가지 얹어 주안상을 차렸다.

"나도 혼자 삽니다. 우리 함께 들어 봅시다."

술 한 병을 들고 나니 딴엔 용기를 내어 찾아온 그의 시를 읽어주는 것이 도리라는 생각이 들었다. 그것이 앞의 시다. 동심(童心)을 뼈로 낙

천(樂天)을 살로 삼아 제법 틀이 잡혀 있는 시였다.

"시인의 자질이 충분해! 술은 잘 하는 편인가?"

"꼬라지가 이래서 주로 혼자 듭니다."

"몇 병쯤?"

"대중없죠 뭐."

"그래? 우리 한 번 취해 보자구."

밖에는 눈이 오고, 주붕자원방래(酒朋自遠方來)라 어색했던 처음 분위기는 싹 가시고 봉두난발의 그가 베토벤처럼 보이기 시작했다.

"도가 없으니 이리 즐겁다. 멋진 역설이군 거기 말야 술 냄새를 푹 끼쳤더라면 읽을 맛이 더 나지 않을까?"

"아직 시 속에 술을 넣을 생각은 없습니다. 그놈의 술 때문에 제 오장 육부와 가정이 거덜이 났거든요."

이것은 십 년 전 이야기다.

술 마시는 남자를 위하여

늘 먼 곳만 바라보는 사나이
슬픈 노을만 그리워하는 사람
아침부터 술로 온 가슴 불 지르고
따습고 편한 것을 모두 버리고
흰 머리칼 강바람에 허위허위 날리며
끝 모를 수심(水心) 속으로 빠져들었네

바람의 혼에서 태어났는가
귀밑머리 풀고 만난
아내의 손목조차 견디지 못해

광풍에 덜미 잡혀 떠도는
백수광부, 고조선땅 내 애인이여
……(중략)
—문정희 시

어디서 어떻게 살다가 얼마나 목멘 사연이 있기에 밤새도록 술을 퍼마시고 그 술병조차 한 손에 움켜쥐고는 그 사내는 강물로 휘적휘적 걸어들어 갔을까? 죽을 줄 뻔히 알면서. 그 아낙도 그렇지 손가락에 피멍이 들도록 공후인을 타주며 달래 보아도 안 되는 미친놈을 아무리 잡아도 한사코 뿌리치는 그런 놈을 얼마나 정이 깊기에 따라붙는단 말인가?

시인 문정희의 상상력은 바로 여기서부터 날개를 편다. 아마도 그 백수광부의 꿈은 살아생전에 도저히 이루어질 수 없다는 절망감으로 꽉 막혔겠지. 술이라도 싫도록 마시면 혹시 잊을 수 있을까? 그러나 마셔도 마셔도 정신은 오히려 말짱하여지고 그 꿈은 오히려 줄 끊긴 연처럼 나울나울 멀어만 가니 이를 어쩐단 말인가? 그래 '늘 먼 곳만 바라보는 사나이'가 설정된다. 아침부터가 아니라 밤새도록 술로 온 가슴을 불 질렀을 것이다. 어른이 되면 구슬과 딱지는 버리는 법이다. 누군들 단란한 가정을 마다할까만 거대한 꿈을 지닌 자라면 어디 거기에 묶이겠는가? 여기서 문정희의 말을 들어보자.

아내의 만류에도 불구하고 술 마시고 강물에 뛰어든 백수광부의 디오니소스적인 열정과 자유혼도 여간해서 만나기 드문 사나이의 매력이라고 생각했다.

디오니소스적 열정, 이 말이 참 마음에 든다. '열정'만이라도 좋다. 열정이 없는 사내, 그것도 사내더냐? 성공, 실패를 떠나서 무릇 사내가 사내 냄새를 풀풀 풍기려면 박력이 있어야 하고 그 박력을 뒷받침하는 '열정'이 이글이글 타는 용광로 같아야 되지 않겠는가? 영웅이 여기서 태어나고 예술가가 여기서 불붙는 것 아니던가?

백수광부야말로 단순한 술꾼이 아니라 죽음도 초월하여 영원성 속으로 소멸해 간 예술가요, 영웅인지도 모르지 않는가. 드디어 초월과 영원성이란 말이 나왔다.

목숨을 걸만큼 큰일을 꿈꾸라. 잔머리 그만 굴리고 이 땅의 남자들아 좀 더 어기찬 사내다운 사내로 다시 태어나라. 멋지게 라이벌이 되어 대장부답게 싸우되 아옹다옹 싸우지 말고, 뒤통수치지 말고, 거짓말 그만하고, 주먹이면 주먹 발길이면 발길이지 남의 약점 잡아 껍질 벗기려고 구질구질하게 추접하게 싸우지들 마라.

이 땅의 사내들에게 호소가 아니라 강력히 요구하는 것이다. 열정으로 무장하고 먼 곳을 바라보며 모자란 에너지를 술로 충전시켜 전력투구하다 죽는 남자라면 차라리 그 시체를 끌어안고 우는 것이 낫지 불의에 타협하고 강자 앞에 아양 떠는 꼬락서니들은 정말 보기 지겹다 이거지? 회초리 맞은 기분이다. 하지만 얻어터져도 유쾌하기만 하다.

당신은 얼마나 웃으며 사는고?

노상 벙글벙글 웃으며 사는 안 사장은 필자의 죽마고우다. 그는 아마도 잠잘 때도 웃음 지은 얼굴로 잘 것이다. 수염이 풍성하고 주량이 넉넉하고 헤플 정도로 웃음이 많고 두루 싱싱한 그와 술판을 벌일 때마다 필자는 푸근함을 느낀다.

그러나 웃음이 다 좋은 것은 아니다. 거짓 웃음(假笑), 같잖아서 웃는 웃음(可笑), 간교한 웃음(奸笑), 남을 업신여기는 웃음(輕笑), 속에 칼이 있는 웃음(劍笑), 쓴웃음(苦笑), 속이는 비웃음(欺笑), 조롱하는 비웃음(譏笑), 찬웃음(冷笑), 코웃음(鼻笑), 놀리는 비웃음(嘲笑), 가장 기분 나쁘게 빈정거리는 치소(嗤笑) 따위는 사회의 독버섯이라 아니 할 수 없겠다.

건강의 가늠쇠가 되어 명약이 되는 웃음은 어떤 것인가? 껄껄껄 갑자기 터져 나오는 폭소(爆笑), 입을 딱 벌려 목젖까지 드러나는 홍소(哄笑), 저절로 입 꼬리가 위로 치켜지는 희소(喜笑), 예쁘지만 조금은 꼭지가 덜 떨어진 희소(嬉笑), 탱글탱글 애교 넘치는 교소(巧笑), 횡격막이

울리는 가가대소(呵呵大笑), 아양기가 귀여운 교소(嬌笑), 방긋이 혹은 빙긋이 짓는 미소(微笑), 응석과 아양이 잘 버무려진 미소(媚笑), 신경 끄고 배꼽까지 들먹이며 웃는 방소(放笑), 바보 같은 웃음 치소(癡笑) 등은 스트레스로 구겨지기 쉬운 마음 자락을 펴주는데 그치지 않고 희망을 불러 오는 복음(福音)이라 하겠다.

술판이 싸움판이 되느냐 아니면 웃음판이 되느냐는 모두 사람에게 달려 있지만 이해상관도 없이 깐족거리는 버릇이 있거나 평소엔 샌님이다가도 그저 도깨비 국물이 어느 정도 들어가기만 하면 자존심이 왕창 증폭되어 목소리가 커지고 사소한 문제로도 목숨을 내걸고 이기고자 하는 자들이 웃음판이 될 술자리를 싸움판으로 몰아가는 수가 왕왕 있는데 그들은 무엇보다도 이 웃음의 철학과 유머의 느긋한 향기를 익힐 일이다.

안 사장의 웃음은 언제나 웃음판으로 이끄는 청신호가 되는데 감정이나 운명에 삶을 얹지 않고 나름대로 명쾌하게 살아가는 그의 인생관이 돋보인다.

웃음은 이렇게 삶의 윤활유가 되고, 언제나 엄습해 오는 고민의 해결책이 되며, 분위기 창출의 향도가 된다.

우리의 왜소한 삶에 그나마 자주 술자리를 펴는 까닭은 가랑잎 구르는 소리에도 까르르 웃음을 터트리는 가시내처럼 아주 사소한 생활의 기미(機微)에도 기(氣)를 넣고자 하는 욕구다.

헌데 이 마음을 열었다는 표시요, 한바탕 어울려 먼지처럼 쌓인 시름을 날려 버리는 껄껄웃음이 없다면 제 아무리 산해진미를 안주로 하는 금준미주라도 사양하는 것이 필자다.

류머티즘의 일종인 강직성 척추염을 앓다가 재미있는 코미디를 보고 배꼽잡고 웃다가 이제는 더 이상 진통제의 도움 없이도 잠들 수 있다는 신기한 경험을 하게 되었다. '웃음의 전도사' 란 별명으로 웃음에 대한 가장 해박한 미국의 저명한 저널리스트 노만 커즌이 바로 그 사람이다.

「생활의 발견」으로 일약 생활철학자로 우뚝 선 임어당과 쌍벽을 이루는 노만 커즌! 필자는 그들의 술 실력은 잘 모르지만 그들의 이야기 속에는 언제나 약간의 알코올 냄새가 난다.

당신은 얼마나 웃으며 사는고?

유쾌하게 사는 방법 1

적어도 하루에 한 편 이상의 시를 찾아 읽는다. 이렇게 한 달쯤 되면 그달의 가장 좋은 시를 뽑아 일기장에 옮기고 그 시인이 살아 있다면 전화라도 걸어주어 필자가 열렬한 팬이라는 것, 당신의 시 한 편이 가슴에 살아 있어 등대지기의 몫을 하며 외워 암송하고 있다고 전하고 싶다.

적어도 한 달에 한 번은 여행을 하고 싶다. 이건 이미 몇 년 전부터 실천하여 버릇이 되었으므로 크게 걱정할 것도 없이 여행 가방만 메면 된다.

칫솔과 치약, 메모장과 수첩, 면도기, 만년필, 양말 두어 켤레와 팬티, 타월 무엇보다도 내용이 그다지 무겁지 않은 수상록이나 시집 이를테면 여러 번 읽은 임어당의 「생활의 발견」 정도가 좋다.

알음알이가 있는 사람을 의외의 장소에서 의외의 때에 우연히 만난다는 사실도 유쾌하려니와 초면인데도 인연이 닿아 게타리 풀어놓고 술잔을 나누는 일도 더러 있는데 이 얼마나 즐거운 일인가?

떠나고 돌아오는 이 여행이라는 형식의 일탈행위는 가장 자유로운 무애인(無碍人)의 기초소양이자 멋이 아닐까?

한때 식도락에 흠뻑 빠져 맛있는 것이 있다면 제백사하고 설령 그곳이 아무리 멀더라도 꼭꼭 찾아다니던 일은 그만두었다. 동심(童心)을 가장 소중히 간직하고 단순하게 살아가는 게 내 소망이지만 너무 어린애 같아서다.

이제는 술로 대신했다. 적어도 일주일에 한 번쯤 창자가 찡하게 울리도록 취하고 싶다. 세월아 네월아 마시고 또 마셔도 도무지 물리지 않는 것이 술밖에 더 있겠는가?

술이 자기를 마셔 달라고 조르는 일이 없었는데 저녁답 언제나 고즈넉한 새새댁 같이 끌려오는 술, 그 술이 입술을 스쳐 혀 위를 굴러 목구멍을 타고 들어오는 것이 술밖에 더 있겠는가? 아직은 덜 익어 친구가 필요하고 분위기가 중요하고 우수사려를 승화시켜 줄 화두(話頭)가 요구되지만 이 술만큼 위로를 주고 위안이 되는 '기쁨조'가 또 어디 있단 말인가?

적어도 하루에 한 번은 시간의 구애를 받지 않고 산책을 하고 싶다. 사색이니 명상이니 그딴 것은 안 해도 좋다. 그저 그냥 시적시적 걷기만 하면 된다. 다행히 필자가 사는 산 속은 여기저기 얼마든지 오솔길이 흩어져 있으므로 언제나 일어나 검은 고무신을 신고 첫발을 내디디면 그만인 것이다.

산책은 술과 달라서 홀로 하는 것이 좋다. 이목구비(耳目口鼻)가 상큼하기 이를 데 없는 것은 눈여겨보고 귀담아 듣고 코 속으로 스미는 초목의 향기와 고무신 바닥으로 느낄 수 있는 낙엽과 흙과 돌의 묘미를 만끽할 수 있기 때문이다. 어찌 저 도심의 딱딱한 콘크리트와 쉴 사이 없는 굉음(轟音)과 먼지 속에 눈이 시뻘개서 발버둥치는 삶과 비교가 되겠는가? 도피심리라도 좋고 은둔이라도 무방하다.

아옹다옹하는 세상의 티끌로부터 벗어나 나를 나로 오롯이 놓을 수
있고 나를 나로 호젓이 이끌 수 있는 것은 이 산책밖에 또 있겠는가?
봄 여름 가을 겨울, 자연의 표정을 가장 민감하게 표현하는 산골생활
의 진미는 아무래도 산책이 제격일 것이다.

유쾌하게 사는 방법 2

사내가 나이 오십이 되면 공처가가 되든지 바보가 되든지 그것도 아니라면 영웅밖에 될 것이 없다. 고래로 처자(妻子)는 남아를 쫀쫀하게 만드는 굴레요 고삐다. 필자같이 심약(心弱)한 사람이 처자가 있음에도 불구하고 거실과 침실이 따로 있다는 것은 어쩌면 기적에 가까운 일이다. 더구나 아내의 방은 200m 밖이요, 아들 녀석 또한 뚝 떨어진 곳에 자기 방이 따로 있어 제 생활방식대로 철저히 자유롭게 지내며 몇 년 전 출가한 딸은 메밀꽃 필 무렵의 배경인 저 멀리 평창에 가 사니 우리 네 식구는 민들레 가족인가 보다.

게으른 데다가 털털하기 짝이 없는 필자인지라 아내와 아들이 와 필자 없을 때를 골라 치워주는 수는 더러 있어도 소우리가 되었든 돼지우리가 되었든 먼지가 수북이 쌓이든 그걸 탓하지는 않는다. 비록 아기자기하고 오순도순 함께 사는 살뜰한 맛은 없어도 아마 우리 가정만큼 서로를 이해하고 서로를 존중해 주는 가정도 흔치 않으리라고 아내와 아들은 좋게 좋게 말한다.

그러나 어찌 필자가 그 속뜻을 모르랴! 너무나 가정생활에 등한하고 무능하며 방관하는 필자를 편안하게 해 주고 싶어서 하는 말인 줄을. 다만 애주를 넘어 탐주에 가까우면서도 폭력을 혐오하고 말조차 조용조용 나직이 하는 필자인지라 더 이상의 주책은 삼가라는 경고도 내포되어 있는 말이렷다.

차를 끓여 마시는 것도 운치 있는 생활의 방편이다. 주로 커피를 자주 마시지만 어떤 때는 작설차나 선물로 받은 철관음차니 오미자차니 두향차가 아니면 자스민도 더러 끓여 마신다.

차는 끓일 때의 향기도 상쾌하거니와 따뜻한 찻잔을 손바닥 위에 올려놓고 지그시 바라볼 때도 병아리 물 마시듯 아주 조금씩 맛보아 음미할 때도 마지막 한 방울까지 다 기울여 마신 뒤 입 안에 머물러 있는 향취도 아취 그 자체다.

초의선사의 〈동다송〉은 무어니 무어니 해도 격조 높은 다인(茶人)의 품격을 고양시키는 것이로되 그 정도가 되려면 거기에 들이는 정성이 너무 깊어야 함으로 그런 꼼꼼함과는 거리가 먼 필자로선 일부러 초연한 체하는 것도 성질에 맞지 않는다.

초도 몇 자루 사 두었고 향도 몇 종류 마련해 두어 어쩌다 멋있는 친구가 방문해 와 오랜 시간을 보낼 때는 슬며시 활용한다.

청산(靑山)만큼 우람하게 살진 못해도 그 청산에 뿌리박고 사는 수목처럼 의젓하고 싶고 분수를 지키며 고요히 살고 싶다. 청태 묻히고 앉아 있는 바위처럼 말없이 살고 싶다.

정(情)이야 어디 인정뿐이겠나? 계룡산, 봉황산, 태화산, 연미산, 팔봉산, 칠갑산, 광덕산, 무성산, 다소 멀기는 해도 백월산, 오서산, 덕숭산, 가야산, 초롱산, 그 산 자락을 밟을 때마다 지펴 오는 산정(山情)의 맛은 언제나 청초하기 그지없다. 비록 계곡미가 저 설악이나 지리산 혹은 금강산에 떨어지지만 그 물들의 흐름 새나 물맛이야 다르겠나?

공산성 앞의 백사장은 금강의 일미(一美)요, 서해로 뻗어 있는 안면도, 원산도, 간월도, 태안반도 앞의 바다와 파도와 갈매기와 저녁놀은 호서인들의 심혼을 흔드는 그 무엇이 들어 있다.

무어니 무어니 해도 자연과 더불어 사는 삶이 가장 유쾌하다.

취했다 장항행 똑딱선 찬바람으로

이마로 흘러내리는 머리, 밑으로 약간 쳐진 눈꼬리, 꾹 다물고 있는 편이지만 어쩌다 입을 열면 오른쪽 위 치열에 크게 틈새가 보이며 싱그레 웃을 때의 그의 뺨을 보며 '어허 여간한 괴짜가 아니로군!' 하는 생각이 들었다.

우리는 원탁에 술잔을 놓고 자연스레 만났다. 대여섯 명에, 술꾼은 오로지 시인 강병철과 필자뿐이었다. 뻐끔담배를 피우듯이 나머지는 적당히 마시는 체했을 뿐 그날 만일 그가 없었더라면 술맛도 없었을 것이다.

며칠 후 이 술 동지는 〈하이에나는 썩은 고기를 찾는다〉를 보내 왔다. 비릿하고 탱탱하고 사내 냄새가 후끈 풍기는 팔팔한 시구들이 이제 막 끌어올린 그물에서 폴짝폴짝 튀어 오르는 멸치 떼 같았다.

방파제로 돌진하던 파도
그 즈음 시국처럼 발톱을 감춘 채

먹빛 안개만 흩뿌리고 있었다
때맞춰 던진 자갈은 한 번도 뱃머리에 맞지 않고
소금물 포물선만 공복으로 흔드는 바람에
포구가 연기처럼 아스라이 불안해서
취했다 장항행 똑딱선 찬바람으로
취해서 잊으려는 가슴 헤치고
수상한 신음 터치는 깡마른 갈매기 떼
술잔에 파묻혀 흔들리다 보면
날것들이 하강할 때마다 던져주는 꽃소금이 겨드랑 안창까지 피어 오르
기도 했다
무엇인가
출항의 닻 올려도 손수건을 흔들지 않는 그대
고깃배 따라간 사람들 그믐달로 돌아오더라도
분연히 일어서야 하는가
버릴 수 없는 그런 갈망의 그림자들이
제련소 굴뚝마다 무시로 눈물 솟구쳐서
기적소리 터질 때마다 기우뚱거리기도 하면서.
―〈군산횟집 앞에서〉

아름답게 거칠다. 어휘를 휘어잡는 손아귀에 힘이 실려 있다. 취했다
장항행 똑딱선 찬바람으로 취해서 잊으려는 가슴 헤치고, 톤이 멋있다.

비단 이 시뿐만 아니라 그의 시편 도처에 알코올 냄새가 풀풀 난다.
약간 삐딱하게 또 약간 느물거리는 투로.

어떤 구석은 〈목마와 숙녀〉의 박인환 냄새도 나고 또 어떤 모퉁이는
눈밭에 피를 뱉던 김수영 체취도 풍긴다.

어차피 시의 실뿌리가 빨아들이는 자양분이 경쾌한 즐거움이나 꽉 찬
행복이 아니라면 이 나라의 그 많은 소시민의 쓸쓸함과 두려움, 불안함,

소심함, 오기와 분노, 연민을 몸으로 앓아내야만 하는 시인이 있다는 건 당연한 것인지도 모른다.

그의 시에서는 채 걸러내지 못하고 가슴에 엉힌 아픔의 술지게미 냄새가 난다는 시인 최은숙도 강병철 시인과 더불어 한 잔 기울이며 하이에나가 찾는 썩은 고기라도 즐겁게 씹고 싶다. 거대한 절망의 벽에 물보라처럼 튀어 오르고 싶다. 술에 취한 제비꽃이 되어 얼마나 사무치면 그 빛깔로 모여 있느냐 뇌까리고 싶다. 아지랑이가 되고 싶다. 안개가 되고 싶다.

시인 강병철의 약간 음습한 분위기는 영혼이 출출할 때 함께 고주망태가 될 수 있는 충분조건이다. 그래 똑딱선으로 물결을 타고 가는 것이다. 아득한 수평선 어깨에 걸고…….

창신동 조 사장

씨구씨구 들어간다. 술통으로 들어간다. 막걸리 먹다 뒈진 놈 황토 무덤에 묻히고 소주 꺾다 뻗은 놈 화장장으로 직행하고 청탁불문 안 가리고 아무 술이나 자시던 놈 소복소복 내리는 함박눈에 묻히고 양주깨나 푸던 놈 비행기 속에서 객사하고 와인 마시다 가는 놈 꾸벅꾸벅 졸다 죽고 술꾼 같은 애국자 없다 큰소리나 치면서 보드카도 마다 않고 독주만 찾던 놈은 비아그라 찾다가 미인 배 위에서 쓰러지고.

어얼씨구 들어간다. 저절씨구 들어간다. 제 아무리 독한들 술 끊고는 못 살겠데이. 고구려 백제 신라 손바닥만한 이 땅에 싸가지 없이 싸우고 있는 엽전들 구리구리 더러운 그 속 에탄올로 싹 씻어내세.

김삿갓이 놀고 간 땅 백호가 껄껄 웃고 반야탕 걸치시고 무애춤 추어 보세 덩실덩실 추어 보세 이판저판 살얼음판 술판으로 바꿔 사세.

군이 이름을 밝히기를 거려하는 술 아우 조 사장의 넋두리다.

자그마한 키에 동그스름한 얼굴 건축업에 종사하다 높은 데서 떨어져 약간 뒤뚱거리며 걷는 폼새 등 그저 평범한 용모인데 나이와 상관없이 머리엔 하얀 서리가 내리고 꾹 다문 입과 선량한 눈빛 강 일급의 바둑 실력도 대단하지만 도대체 그의 주량은 그야말로 고래여서 그가 먼저 술자리를 작파하는 걸 보지 못했다.

어느 날 몇 사람과 더불어 '노래방' 엘 갔는데 글쎄 이 괴짜가 장타령 조로 술타령을 부르기에 그 걸 듣다가 누구 작이냐니까 싱그레 웃고 마는 것이 아닌가?

며칠 후 요단강 대신에 또다시 노래방으로 이끌어 이 사람 저 사람 다 부르게 한 후 예의 그 장타령을 시켰더니 한 자도 안 틀리고 그대로 부르는 것이 아닌가? 더 젊은 술 아우에게 녹음기를 가져오게 해 몰래 녹음한 뒤 그냥 버리기가 아까워 소개하는 것이다.

문제는 여기에 나와 술 마시다가 죽은 사람들이 하나도 가공의 인물이 아니라 조 사장의 술벗들이라는 것이다.

그래도 술꾼하면 필자도 만만치 않은 에피소드와 또 버르장머리 없이 먼저 술잔을 놓고 간 사람도 십수 명 되는데 이렇게까지 다양하게 고루 고루 골로 가는 방법이 따로 있다는 건 미처 헤아리지 못했다. 물론 내용이 특이한 것은 없지만 얼큰하게 취해서 덩실덩실 춤까지 추어가며 고인들의 넋을 위로하기 위해 손수 지어 때때로 그리움이 넘쳐 불러대는 그의 노래가 기가 막히게 감동적이라는 것은 표현력 부족으로 다 쓰지 못한다.

이왕 조 사장 이야기가 나왔으니 스스로 낙서라고 비하하지만 하나 더 소개하면 이렇다.

막걸리 마시다가 소주로 넘어가고
맥주로 목축이다 양주까지 왔다만
와인이 고전이란 걸 요즘에사 알았다

위스키냐 코냑이냐 형형색색 칵테일
죽엽청주 이과명주 마호타이 배갈 맛에
뼛속이 다 녹는구나 얼씨구 차이나 차이나

잘 익은 오징어 발 어금니로 씹으며
도수 센 쐬주 술로 목구멍 축이도다
오늘 밤 홀로 마시니 개똥일세 이 세상.

내 몸은 너무 오래 서 있거나 걸어왔다

2000년 동인문학상 수상작인 이문구의 소설 제목이다. 장평리 찔레나무, 장석리 화살나무, 장천리 소태나무, 장이리 개암나무, 장동리 싸리나무, 장척리 으름나무, 장곡리 고욤나무, 더더대를 찾아서 이상 여덟 편의 소설집이다.

발상이 희한하다. 순 나무판이다. 그리고 순 충청도 사투리판이다. 소설 장한몽 이후 줄곧 충청도 사투리로만 소설을 구사해 온 그의 고집은 정말 대단하다. 서라벌예대 문창과 동창끼리 만나면 그는 더 신명나게 충청도 사투리로 종횡무진 입심을 자랑한다.

"어이구, 술이 사람 맹근다더니만…… 됐네유 됐어. 허는 말마다 쇠주 먹구 막걸리 마신 소리만 더럭더럭 허더랑께. 넘의 걱정 작작 허시구, 아침에 더운밥 얻어 자시구 싶거들랑 니열버텀이래두 아저씨네 새벽종이나 제대루 치시는 게 나슬뀨."

"우리집 새벽죙이야 끄떡없으닝께……."

이건 그의 소설에서 뽑은 거구

"즈이들이 지랄발광 떠니게 우리라구 가만히 자빠져 있을 수 있남? 내버려두면 그 버르쟁이 누가 고칠껴? 이문구라두 나서야것어!"

느릿느릿 하는 그의 말소리와는 달리 술잔은 매우 빨리 입술로 운반한다. 그만큼 그는 팔팔했고 허우대도 우람했다. 고은, 황석영, 김지하, 백낙청 등 소위 실천문인협회의 간사로 궂은 일 마다하지 않던 그가 불치의 병, 암에 걸러 홀쭉해지다니!

누가 뭐라 해도 이문구는 충청도의 자랑이다. 대천해수욕장이 있는 보령에 가면 가장 먼저 떠오르는 사람이 이문구다. 사람을 너무 좋아하고 정이 많아 그야말로 마당발이다. 하긴 광대뼈가 나온 너부죽한 인상이 그럴 만도 하지만.

그는 한 번 마음만 먹으면 끝장을 보는 사람이다. 일 년 이상 망우리 공동묘지에서 송장 뼈다귀 추리는 날품팔이 노동자로 버틴 친구니까.

그는 술맛도 고루고루 안다. 그의 안주론 해장론 지사론은 몇 사람만 듣기엔 아깝다.

「매월당 김시습」이란 역사소설을 쓸 때의 그의 집념은 실로 굉장했다. 어디서 자료를 구하는지 불철주야 김시습이 간 곳이라면 천리를 마다하지 않고 달려가 꼭 캐내고야 잠이 들었으니까.

그 고집이 병을 불렀을 것이다. 이제 겨우 환갑인데 그의 필재가 아깝기 그지없다.

하긴 그 억척이라면 제아무리 난치병이라도 물리칠지 누가 아는가?

그를 둘러싸고 있는 위성같이 많은 술친구들은 걱정이 태산이다. 그가 없는 술자리는 오아시스 없는 사하라사막처럼 썰렁하기 마련이니까.

이문구의 충청도 사투리와 풍요로운 풍유는, 대거리와 어깃장의 수사

학은, 높은 나무들이 우뚝 솟아 있는 저 엄숙주의의 숲을 이리저리 굼실거리며 돌아다닌다. 능청스러운 충청도의 사투리의 힘이 그의 소설의 뼈다. 헌데 용케도 느끼하게 느껴지지 않으니 이상한 일이다.

그는 자기 말로 김동리 선생의 수제자다. 김동리라면 그 집 화장실도 아끼는 사람이다. 그래 문단 선거 때마다 그는 김동리 선생을 위해 뛰다가 구설수도 많았다. 한 번 마음을 주면 모든 것을 바치는 그의 성격이 부러워서 하는 소리다.

스스로 가겠다고 여쭈어라

죽은 정승보다 산 개가 낫다는 말이 있다. 오래 사는 것보다 삶의 질이 문제라고 생각하는 사람도 있다. 그러나 세속적인 성공을 거두거나 말거나 사람이라면 그 누구나 갈등 없이 일생을 보내진 못한다. 제 아무리 백만장자의 자식이라도 눈물 한 방울 없이 살 수는 없다. 눈물과 함께 빵을 먹어 보지 못한 자는 인생의 맛을 모른다는 괴테의 말은 진실이다. 눈물과 함께 술을 마셔 보지 못한 것도 사람이냐. 이것은 외우 인종식의 말이다.

"구질구질하게 살아온 놈이 더 살려고 발버둥치는 이유를 아남?"

"거 본능 아녀?"

"틀린 말은 아니지만 찡하게 와 닿지 못하는 대답이구먼."

"그야 술이 있으니까!"

"아주 쬐끔 와 닿는군."

"혹시 신명나는 일 하나쯤 남아 있을 거야 하는 미련 때문에."

"거의 도달했네."

"살아야 하는 이유가 없듯이 죽어야 할 까닭도 없잖어?"

"괜찮군!"

"그 얘긴 돌아가지. 이유 목적 따지면서 사는 건 젊을 때 얘기지. 찌개 식어. 자! 족 가며 들자구."

늘 술맛나는 분위기로 이끄는 소담의 얘기다. 하긴 그렇다. 이미 전쟁도 가난도 넝마같이 너덜너덜 흘린 세월 속에 퇴색해 버린 우리의 젊음도 행복이라 느낀 착각도 절망의 늪 속에서 피어 오른 안개도 지나고 나니 그립더라.

"추억을 오징어 씹듯 씹으면서 우리 오래오래 살자구. 손발을 덜덜 떨면서 술잔을 들고 우리 젊어서 개지랄 발광하던 그 시절을 회상하는 맛도 수수할 거야. 어차피 밥 수저 놓는 일은 비극 속의 희극 아닌가베? 죽을 때 죽을지라도 우리 마시자구."

애주가 박성일의 지론이다.

나이 예순에 저승에서 데리러 오거든

지금 안 계신다고 여쭈어라

나이 일흔에 데리러 오거든

아직은 이르다고 여쭈어라

나이 일흔일곱에 데리러 오거든

지금부터 노락(老樂)을 즐긴다고 여쭈어라

산수(傘壽) 여든에 저승에서 데리러 오거든

이래도 아직은 쓸모가 있다고 여쭈어라

미수(米壽, 88세)에 데리러 오거든

쌀밥을 더 먹고 가겠다고 여쭈어라

졸수(卒壽) 아흔에 데리러 오거든

그렇게 서둘지 않아도 된다고 여쭈어라

백수(白壽)에 데리러 오거든
때를 보아 스스로 가겠다고 여쭈어라.

속으로는 장수(長壽)하고픈 생각이 굴뚝같으면서도 의연한 체 떠벌리는 구실이 사뭇그럴듯하다. 냉장고에 슬리퍼 집어넣고, 벼람박('바람벽'의 충청도 사투리)에 똥 바르더라도 살고 싶은 욕망은 속기(俗氣)의 절정(絶頂)이라고 비웃지 마라. 살아질 때까지 가 봐야 알지 입에 당찬 말을 자주 올리는 사람치고 변변한 사람 드물다는 것은 우리가 익히 아는 바다.

술버릇 고약한 친구가 천연한 척하는 것도 재미있고, 술 몇 잔에 팽그르르 돌아 고해성사하듯 제 죄를 되풀이하는 친구도 실은 오래 살고 싶은 마음의 푸념이다. 하여튼 스스로 가겠다고 여쭈어라.

우연인가 필연인가?

太양계에 무수한 별이 떠도는 것처럼 푹 익은 술꾼에게는 언제나 술 동무가 따르게 마련인데 어떤 경우에는 우정의 심도에 상관없이 그저 술이 있기에 어울리는 때가 있다. 그것은 우연이다.

살기는 잘 살아도 맨 정신일 때는 선비인데 술만 몇 잔 걸치면 야차가 되는 고향친구와 마주치면 손은 일단 반갑게 내밀어도 오늘 나는 죽었구나. 떨떠름해도 술자리를 피할 수는 없다. 이것은 악연이요 필연이다. 그러나 비 오는 날 마른 땅만 골라 밟을 수 없는 것처럼 이것저것 가리고 사람 골라 마실 수는 없다. 당할 때 개망신을 당할지라도 술이 있는 것을 비껴가는 것은 술에 대한 대접이 아니다. 그만큼 술 없이는 못 산다. 그러자니 구설수에도 오르고 신뢰성에도 문제가 생긴다. 잔뜩 취한 채 한 약속을 까맣게 잊고

"아니 사람이 왜 그래? 전화 한 마디 없이 찰떡같이 약속한 걸 팽개치면 어쩌자는 거여?"

할 때는 쥐구멍에라도 들어가고 싶다.

술은 자유의 물이라기보다 그런 때는 망각의 물이 되기가 십상이다. 시계, 손수건, 만년필, 핸드폰, 수첩, 지갑, 우산, 모자 등을 어디에 떨어 뜨리고 왔는지 도무지 생각이 나지 않는 것도 난처하지만 술김에 한 약속이 식언(食言)이 되어 버릴 때의 그 황당함은 당한 사람만이 알리라. 변변치 않은 정신에 얼렁뚱땅 살아가는 필자에게 둘도 없는 친구, 술은 이렇게 망신살을 불러들이는 데에도 크게 한몫 거들고 있다.

사랑엔 이렇게 희생이 따른다. 이것은 필연이다. 잃은 물건, 잊은 약속, 그 허물을 잘 알면서도 부르면 언제나 총알처럼 달려오는 정덕영 아우는 인연이요 필연이다. 처음 만났을 때는 피차 딴 별에서 사는 것처럼 의식구조가 크게 차이가 있었는데…….

어느 날 그와 나는 귀엽고도 깜찍한 두 여자 친구와 넷이 4 · 19탑이 있는 수유리 위 아카데미 하우스의 일환인 구름의 집에서 양식을 안주로 와인을 들었다. 필자는 이미 몇 차례 와 본 곳이라서 그저 언제나 좋구나 정도였지만 세 사람은 난생 처음이다. 커다란 팔각정 형의 구름의 집에 앉아 있으면 갑자기 자기가 명사라도 된 것 같은 착각이 들 정도로 풍광이 빼어났다.

"어쩜 이런 곳을 알면서 이제야 겨우 보여주는 거예요?"

마치 애인이라도 되는 것처럼 미시즈 강은 코 먹은 소리를 하고

"큰 아즈버니 덕분에 이런 기막힌 곳에 오다니! 당신도 좀 배워요 배워!"

미시즈 박은 자기 영감에게라도 하는 것처럼 아양 섞인 응석이다. 이쯤 되면 분위기가 백점 아닌가?

하여튼 우리 넷은 삼차까지 코가 비뚤어질 정도로 흠뻑 마셨다. 촉촉해진 여자 둘과 축축해진 남자 둘이 왔다 말았다 하는 우중에 우산을 들고. 이런 만남은 필연이다.

술 아우 정덕영은 그 활달한 성격이나 한없는 주량이나 기똥찬 말솜씨나 운동으로 다져진 몸매나 부실한 필자와는 비교가 되지 않을 만큼 화려 찬란한 경력이 돋보이는 사람이다.

그런데 필자가 좋아하는 그 이상으로 필자와의 술로 만남을 '기막힌 인연'으로 아는 눈치이니 여간 고마운 것이 아니다. 우리에겐 모든 만남이 필연이라는 이 느낌이 언제까지 갈까? 또 모르지 어떤 친구처럼 특별한 이유도 없이 바람과 함께 사라질지는.

저 혼자 폴짝 뛰는 개구리

난 말이야, 이렇게 술을 마시면서 백 살까지 살고 싶었어

술에 반쯤 절어서 기분 좋게 죽고 싶었어

봄에는 아지랑이 속에서 나도 아지랑이 되어 흥얼거리고

여름에는 뜨거운 자갈돌에 알몸으로 퍼질고 누워 독한 중국술을 빨고

가을에는 단풍을 안주로 삼고

겨울에는 메주로 익고 싶었어

내 관절 마디마디 술이 가득 고여서

흐르는 시간 속에 형체도 없이 스며들어 가는 액체로

영혼 저편으로 흘러가고 싶었어

그런데 틀렸어, 다 틀렸다

이 세상이 날 술 마시게 하지 못했어

십 년을 긴장하고 살다 보니까

아무리 술을 마셔도 취하지 않아

두 눈 똑바로 뜨고 살아야 한다 하길래

그렇게 십 년을 보내고 나니

내 관절 마디마디가 굳어져서

당최 술을 받지 않아
그래서 난 지금 복날 털 빠진 개로 이렇게 드러누웠어
소주가 되려고.
—이윤택 〈취객〉

小박하고 정직해서 지절로 진실한 사람이 귀한 시대에 우리가 숨 쉬고 있다. 쉽고 재미있게 살려고 한다면 이 진실한 심성에 거멀못을 박고 살아야 하는데 마치 진실을 외면해야 그리 되는 것처럼 한없이 가볍고 더없이 어설프게 꾸려가는 삶의 뒤끝이 찜찜하기 그지없다.

이윤택의 시에는 그 진실이 소나무처럼 박혀 있다. 그러면서도 쉽고도 재미있다. 이 부산내기의 〈취객〉이란 시를 읽다 보면 '어허 이 사람 봐라 나뭇잎 떨군 겨울나무가 눈을 이고 있는 것 같잖아.' 하는 생각이 든다.

술을 술답게 마시고 싶은, 더도 덜도 말고 봄의 아지랑이처럼 가을의 단풍처럼 아주 자연스레 내면의 골목길에 술안개를 피우고 싶은 어찌 보면 하찮고 사소한 일상의 오솔길을 자분자분 걷고 싶은 그 마음이 아닌가?

누가 뭐래도 술은 잡동사니 생각 다 떨구고 그냥 취하고 싶은 마음으로 마실 때 제 맛이 돈다. 누구와 더불어도 좋고 홀로라도 괜찮다. 고즈넉이. 마른 논다랑이에 물꼬를 대듯 쫄쫄쫄 도랑물이 흐르듯 그렇게 마시다보면 덧없는 우리 인생은 어느새 풀눈 트는 강 언덕이 된다.

우리가 영웅호걸이 아닌 바에야 왜 굵은 일에만 매달려야만 직성이 풀린단 말인가? 밥 세 끼니 때우는 것 같고, 똥오줌 누는 것 같고, 코골며 자는 것 같고 길어봤자 백 년도 못 넘기는 시한부 생명이 아니던가? 헌데도 분수 모르는 우리의 감정은 큰 성공 거머쥐는 행운이 없더라도 이렇게 술을 마시면서 백 살까지 살고 싶다는 소박한 소망이 기본 박자다. 술을 사랑하는 이윤택 시인은 너무 엉망진창으로 취해서 교통사고나 동사를 하지는 않고 반쯤 취해서 어느 정도 의식을 놓지 않고 기분 좋게 죽고 싶댄다.

　흐르는 시간 속에 형체도 없이 스며들어 가는 알코올을 영혼 저편으로 흘리고 싶단다. 틀림없이 개소주집 앞에서 시상을 얻었을 것이다. 큰 소리 땅땅치는 것에 질려서 스스로 저 혼자 폴짝 뛰는 개구리로 응석을 부리면서 조용히 술을 마시는 이윤택 시인을 만나 보고 싶다. 그래 한 잔 따라주고 한 잔 받아 마시고 싶다.

어느 날 나는 흐린 주점에 앉아 있을 거다

'당신은 내 이름에서 무엇을 느끼는가?' 만일 황지우 씨가 나에게 묻는다면 나는 이렇게 대답하겠다. 술꾼! 황지우란 이름을 귓전에 들을 때 얼핏 난초에 빗방울 떨어지는 소리에다가 그 성 황이 쓸쓸하다 못해 황량해서도 그렇고, 72편이나 되는 여러 시가 있는데 왜 하필 〈어느 날 나는 흐린 주점에 앉아 있을 거다〉란 시를 간판으로 문밖에 세웠느냐 말이다.

잘 되고 못 되고를 떠나서 일단 술을 제재로 한 시는 관심이 가는데 그치지 않고 시맛과 술맛을 비교하기를 즐겨 하는 필자로선 우선 제목에 홀리지 않을 수 없었다.

주호 김관식 시인에게선 소주 냄새가 절어 있고 박용래 시인의 싸락눈에는 막걸리 냄새가 배어 있고 장만영이나 김광림의 시편에는 칵테일 향기가 신석초의 바라춤에선 한산 소곡주의 향취가 묻어 있다. 김수영에게선 코냑이 박남수나 조지훈에게선 위스키 또는 고량주 냄새가 푹푹 난다. 서정주의 시에선 약간 시큼한 가양주요, 박목월의 초기시에

선 경주 법주 냄새가 스며 있다. 김소월은 두견주, 이용악은 인삼주, 공초 오상순은 배갈, 이동주는 동동주 냄새가 물씬 난다.

황지우의 시집을 들고 남이사 청승맞다고 보든 말든 소줏집을 찾았다. 안주로 머릿고기를 시켜놓고 소주를 슬슬 꺾으며 서문부터 끝까지 다 읽었을 때는 이미 소주 세 병이 비어 있었다. 툭툭 어휘를 내던지는 것 같아도 깐깐한 구석이 많아 술술 풀리지 않는 곳은 대충 넘어갔지만 적당량의 슬픔과 자조(自嘲), 감성화한 역사의식에 관념을 제거하려는 흔적이 돋보였다. 이건 위스키 냄새, 이건 코냑, 이건 소주, 이건 죽엽청주 멋대로 규정하며 읽다가 〈발작〉에 시선이 멎었다.

삶이 쓸쓸한 여행이라고 생각될 때
터미널에 나가 누군가를 기다리고 싶다
짐 들고 이 별에 내린 자여
그대를 환영하며
이곳에서 쓴맛 단맛 다 보고 다시 떠날 때
오직 이 별에서만 초록빛과 사랑이 있음을
알고 간다면
이 번 생에 감사할 일 아닌가
초록빛 사랑 이거
우주 기적(奇蹟) 아녀?

'터미널' 에서는 일탈(逸脫), '이별에 내린 자여' 에 스민 에트랑제(이방인)의 우수(憂愁), '쓴맛 단맛 다 보고 다시 떠날 때' 에 묻어 있는 나그네의 이소심리(離巢心理), 그러나 오직 이 별에서만 초록빛과 사랑이 있음에 보는 생명경외와 사랑에의 희구가 반전을 꾀하는데 이 시의 묘미는 아무래도

'초록빛 사랑/이거 우주 기적(奇蹟) 아녀?'

이 결구에 집약되었다 할 것이다. 도수가 그냥 소주의 두 배가 넘는 안동소주의 팍 튀는 맛이 '이거 아녀?'에 짙게 배어 있다. '이거다'가 아니라 물음표를 던져 '이거 아녀?'에 아이러니컬한 페이소스가 사슴뿔을 자를 때 튀는 녹혈처럼 뻗쳐오른다.

알딸딸하게 취기가 오를 때 맛보는 뻥튀기한 감정이라 할까? 제기랄 이놈의 인생이란 말을 어금니로 꾹 누르고 정나미 떨어진 이 세상에서 쓰레기통 속의 장미꽃을 찾는 심정이라 할까? 초록빛 사랑 좋아하네 이 죽거리는 심정 등이 그 물음표에 숨어 있지 아니할까?

황지우의 시를 읽는 것은 뻘밭을 산책하는 것과 같다. 질퍽거리는 고뇌가 그의 시에 녹아 있고 전신으로 나부끼는 갈대의 서걱임이 거기에 묻혀 있다. 어지러움에 경이가 없다면 그의 시는 더 칙칙하고 을씨년스러웠으리라.

소박하고 정직하니 이 시인의 목소리는 진실하다. 겸허하게 술을 마시다 보면 자기 내면의 소리에 정직하게 반응할 수밖에 없듯이. 그러나 술꾼은 때로 미친듯이 마실 때도 있다. 폭풍이 바다의 파도를 높이 불러 일으키듯 저 본능 밑바닥의 온갖 더러운 뻘밭까지 뒤집어엎어 버리고 싶은 욕망에 전속력을 주고 싶을 때도 있다.

박봉술의 적벽가

박봉술(1922~1989년)은 송만갑 바디의 정확한 전승자이기 때문에 동편제 소리를 확실히 터득하여 소년명창이 되었다. 서편제가 탁월한 영화감독 임권택에 의하여 삼척동자라도 알만큼 유명한 영화가 되었지만 과문의 탓이겠지만 동편제에 대해선 전문적인 국악인이 아닌 다음에야 캄캄하기에 몇 마디 하려 한다.

필자가 태어나기도 전 1939년 5월 13일 '부민관 조선소리 경창대회'에 불과 열일곱 나이로 출연해 〈진국명산〉과 〈어사또 장모상봉〉을 불러 촉망받는 신인으로 화려하게 등장했지만 같은 해 스승 송만갑이 타계하고 변성기를 겪으며 고향에 돌아와 무리한 독공과 음주벽으로 목이 꺾이고 말았다.

1961면 영문도 모른 채 서울로 불려 와 술 한 잔 대접받고 얼떨결에 끌려 간 곳이 신세기 녹음실이었는데 고수로는 저 유명한 거문고의 명인 신쾌동이 북을 쳤으니 꽤 융숭한 대우였다.

〈심청가〉, 〈흥보가〉, 〈수중가〉, 〈적벽가〉가 바로 그것인데 필자가 판소리에 관심을 둔 것은 박봉술의 〈적벽가〉 때문이다. 박동진 옹의 소리는 그 이후에 들었다.

〈적벽가〉는 영웅호걸의 지략과 기개를 유감없이 펼치는 우람한 남성적인 소리여서 그야말로 호방하기 짝이 없었다.

특히 〈적벽가〉의 '눈'인 동남풍 대목은 기가 막혔다.

자진모리로─주유가 반기 들고─천천히 칠성단을 눈에 선연하게 쌓은 뒤 동남풍을 빈 뒤 유유히 탈출하는 제갈공명의 여유작작한 모습은 중모리로 묘파하다가 이윽고 동남풍이 서서히 불어 깃발이 나부끼자 질투에 찬 주유가 공명을 죽이려고 다급하게 추격전을 벌이는데 자진모리로 점점 급박해지는 호흡하며, 불똥이 튀어 나올 듯 시뻘겋게 분노한 조자룡이 따르르르르 활을 쏘아 유성같이 뻗어가서 딱 적선의 돛대를 맞추는 대목이 클라이맥스다. 1973년에야 박봉술의 적벽가를 무형문화재로 지정한 것은 오히려 늦은 감이 있다.

필자가 그의 적벽가를 사랑하는 까닭은 그의 소리에서 나는 술 냄새 때문이다. 결코 좋은 소리는 아닌데 약간 쉿소리와 쉰소리, 듣기 거북한 고음에서는 적당히 취한 주정꾼의 음성이 교묘히 스며 있다.

전주나 수유리에서 더러 판소리를 들으며 술을 들 때마다 필자가 가장 그리워하는 소리꾼은 박봉술이다. 까마득한 선배라서 동석하여 술을 함께 들지 못한 것이 한이요, 딱 한 번 공연을 시청한 것이 아쉽고, 1989년 갑자기 교통사고로 타계하여, 그토록 듣고 싶던, 동편제 춘향가가 빛을 보지 못한 것 때문에 그도 눈을 제대로 감지 못했으리라.

그의 소리엔 동편제 판소리의 원형을 고스란히 지녔고 그 누구도 추종을 불허하는 그만의 소릿길의 예술성, 언어, 장단, 성색의 조화가 그 요체임은 두말 하면 잔소리다.

그가 독공을 쌓으며 떠돌던 고흥 순천에 가서 목이 타면 마시던 그 고장의 가양주를 마시고 싶다.

그가 부른 적벽가를 그의 고향에서 듣고 싶다. 귀를 잘 기울여 보면 그 언저리에서 바람결에 섞여 오래 잠들었던 그의 소리가 묻어날지 누가 아는가?

귀명창은 못되어도 이리 후인의 뇌리에 사라지지 않는 것은 무엇 때문인가?

5
주흥

술 마시고 꽥 꺼지는 사람,

이미 과장인데 더 마시자고 조르는 사람,

줄가리도 없이 이것저것 꿰어 주 절거리는 사람,

화젯제를 술잔에 타는 사람,

이번엔 내가 사야 돼 술자리의 교통순경을 자청하는 사람,

가벼운 농담도 이기지 못해 벌컥 화를 내는 사람,

마시다 말고 늦는 사람
어떤 시간보다 술 마시는 동안이 가장 행복감을 느끼니 어쩔 도리가 없다.
의중드는 아가씨 뺏어가는 사람,

술을 개성껏 자제끼 마시는 영화는 무엇이며 술을 가장 잘 다루는 소설가는 누구이며

술을 배경이나 체재로 다룬 시나 노래는 무엇인가?
나도 골프 등산 낚시 증권 강의 시에 저주을 끌어넣기 위해설 안달하는 사람,
서양을 망라해서 가장 멋진 술꾼을 찾아내는 이 일이 마음에 쏙 들었다.
책판은 이래서 지루하고 이래서 재밌있다.
그러나 자신의 체험이 아니라 남의 경험을 추적해

이 이야기를 오륙 년간 끌어 오는 동안에

도대체 너는 술의 깊이를 얼마나 알아 지껄이느냐 고작 그 정도냐 하는 회의에 빠졌다.

이런 생각이 드는 걸로 보아 더 이상 쓴다면 맥빠진 글밖에 더 되겠는가?

술 마시기와 술 이야기보다 필자에게 더 신명나는 시간이나 일은 아마 없을 것이다

즐거운 지옥

소주가 왔다. 이홉 들이 두 병이었다. H는 즐거웠다. 그는 술을 사랑했다. 아니 술 자체보다는 술에 취한 자신을 더 사랑했다. 그는 술병 하나를 집어 들었다. 손바닥에 문득 서늘한 냉기가 전해 왔다. 소주만이 낼 수 있는 소주 특유의 체온이다. 그것은 늦가을의 서리처럼 싸늘한 체온이었다. 그는 소주의 첫잔을 좋아했다. 소주의 첫잔은 입에서는 달고 목구멍에서는 차고 뱃속에서는 뜨거웠다. 그는 소주가 목구멍을 타고, 뱃속에 들어가, 잠자는 위를 흔들어 깨우고, 점액질의 위벽을 슬슬 어루만지며, 처음에는 느리게 나중에는 빠르게, 눈에 보이지 않는 수천 개의 불씨들이 되어 두꺼운 위벽을 뚫고 활기에 차서 와 함성을 지르며 거미줄 같은 모세관으로 고무줄 같은 질긴 동맥으로, 투구를 쓰고 작은 창을 쥔 장난기 많은 꼬마병정들이 되어, 영차영차 합창을 하며 여기도 집적 저기도 집적 기관차처럼 뛰어다니다가, 나중에는 사람이 술을 먹은 건지 술이 사람을 먹은 건지 어리둥절하게 만드는 그 활기와 혼미와 G 마이너스 현상이 매우 좋았다. 그것은 기분 좋은 지옥이었다.

1970년 현대문학 5월호에 발표된 홍성원의 단편 〈즐거운 지옥〉의 몇 구절이다.

주인공 H는 소설가다. '에라' 하고 내팽개치는 웃음을 흘릴 만큼 왜소해진 소설가다. 청운의 꿈으로 셰익스피어나 괴테만큼은 못 되어도 역사에 이름이 남거나 말거나 멋있는 소설을 써서 적어도 '나는 이런 사람이다' 라는 자부심을 지니고 출발하여 고등고시보다 어려운 신춘문예로 데뷔하여 몇 권의 소설집을 낼 때까지는 신들린 듯 쓰고 또 써냈지만 결국은 스스로 냉소할 만큼 세상은 알아주지 않았고, 가족들조차 조금도 대견하게 생각하지 않는 눈치여서 술로 자신을 달래는 그런 소설가다.

한때 장안의 지가(紙價)를 올리던 홍성원의 이 자전적 소설은 술에 대한 이 대목이 유독 빛난다. 주로 잡지나 신문에 기사를 쓴다거나 작품을 쓰는 고만고만한 대여섯 술꾼이 적당히 냉소적인 체취를 풍기면서 권커니 잣거니 술잔이 오고 갈 때 눈곱만큼의 가식도 없이 치고받는 식의 방담, 육담, 욕설도 맛이 있다.

소주는 근사했다. 그리고 그들은 이렇게 모여 앉아 가끔 근사할 필요가 있었다. 그들은 지독한 고생을 하고 있었다. 그들의 고생은 대한민국에서는 가장 심한 고생 중의 하나였다. 그러나 그들의 그 지독한 고생을 대한민국에서는 백오십 원이나 이백 원 정도로 대우하고 있었다.

등에서 보여주는 정황은 말이 언론인이요 작가요 시인이요 기자이지, 외면상 문화인에는 도무지 걸맞지 않는 백수로 언제나 주머니에 먼지가 폴폴 나는 가난뱅이라서 제육 편육 동그랑땡도 비싸 두부찌개 빈대떡 조금 목에 힘을 주면 낙지볶음 정도를 안주로 소주를 꺾는 것이다.

찌들대로 찌든 삶에 멀미를 하면서도 애써 외면하려는 술꾼의 심사들이 찡하게 다가오는 그런 소설 〈즐거운 지옥〉.

흠뻑 취해서 비틀걸음으로 귀가를 할 때의 그 황량한 기분, 늙은 개처럼 외로운 늑대처럼 지극히 동물적인 너무나 동물적인, 본능만이 드글드글 끓고 있지만 이미 탈진상태가 되어 버린 술꾼의 끝마무리는 언제나 씁쓸하게 마련이지만 술이 깨면 또다시 거창한 문화인이 되어야 하는 삼류 문인의 삶이 지독히 잘 그려 있다.

기인(奇人) 향파(香坡)

4·19가 터지던 해 여름방학이 끝나고 등록을 하려고 미아리 고개를 넘어 가파른 비탈에 서 있는 캠퍼스로 갈 때 그를 만났다.

희고 곱상한 얼굴인데 눈썹이 짙고 콧날이 오뚝 선 스님이었다. 편입하러 왔단다. 고향은 경상도 봉화. 지극히 무뚝뚝한 사투리로 "향팝니더!" 했을 뿐이다. 화장한 여인의 루즈 바른 입술처럼 발그족족한 입매가 선연한 친구였다.

가사를 걸치고 학교를 다닐 수 없으므로 돈암동 시장으로 가서 작업복을 사는 일을 거들었는데 저녁식사를 함께하자는 걸 마다했다. 입주하여 가르치는 가정교사였으므로.

며칠 후 슬며시 필자 곁에 다가온 그는 지금은 복개된 정릉천 어느 술집으로 이끌었다. 그는 단도직입적으로 가정교사를 그만두고 자기와 함께 있자는 것이었다. 이유는 단 한 가지. 세상 물정을 모를 뿐 아니라 관여하고 싶지도 않다는 것. 후에 알고 보니 그는 봉화부자 천석꾼의 손자였다.

서울대 철학과에 들어갔던 그는 아들의 애인인 줄도 모르고 범한 바람둥이 아버지가 짐승같이 여겨져 절로 들어갔다가 할아버지에게 붙들려 할 수 없이 대학에 왔단다. 시인 지망생인데 써놓은 몇 편을 보니 제법 쏠쏠하였다.

머리도 기르고 같은 작업복이라도 옷맵시도 나는 데다가 귀공자풍이어서 여러 여학생이 추파를 던졌지만 그는 거들떠보는 일이 없었다.

그는 필자 이외의 그 어떤 사람과도 마음빗장을 열고 싶지 않아 했다. 그러나 필자는 이미 영시동인(零時同人)이란 동아리에 깊숙이 관여하고 있었고 그들 또한 향파에게 호감이 있는 터라 몇 번 술자리에 함께 이끌고 가 폐쇄적인 그의 마음을 녹이고자 했지만 끝내 그는 입을 꾹 다물고 있다가 술만 그저 벌컥벌컥 들이켤 뿐이었다.

한 가닥 웃음도 없이 만나면 목례만 보낼 뿐 한 마디 말도 없이 깊은 갱내로 헬멧을 쓰고 터덕 터덕 들어가는 외로운 광부처럼 그는 침묵의 터널에서 혼자 살아가는 사람이었다. 그가 말문을 연 것은 졸업하기 바로 전 단 둘이 마시던 술자리에서였다. 절로 간다고 했다. 미정이란다. 표정이 조금은 누그러져 있었다.

"장 형! 그동안 고마웠어. 이것도 인연이란 앞으로 고달프게 살 것 같은 장 형에게 나까지 짐이 될 수가 없어 이별을 고하는 거야. 또 인연이 닿으면 그때 반갑게 손을 잡자구!"

가족과의 또 동창과의 그 어떤 인연과의 줄을 끊기가 이렇게 어렵다며 손을 내밀었다.

"나 그 따위 악수는 안 해. 새파란 젊은 나이에 뭐야 이게. 어이 자네가 도사야?"

성난 필자의 목소리는 그의 귓전을 때렸지만 그냥 호젓이 웃고 말던 향파의 미소를 잊을 수 없다.

　이후 약 40년간 필자는 그를 만나지 못했다. 그 고집불통의 기질로 보아 환속(還俗)은 하지 않았을 것이다.

　억수로 마시던 곡차, 그러나 그는 한 번 마음만 먹으면 그대로 가고 마는 대쪽 같은 사람이었기에 그 의지가 부럽다. 굳이 그에 대한 글을 남기는 건 옛 동창들이 혹시 너는 알 게 아니냐고 채근하는 문의가 더러 오기 때문이다. 향파여 제발 이제는 나타나다오 하는 바람의 소치이기도 하리라.

뛰어난 입담의 소담(笑潭)

같은 술꾼이면서도 나라면 때때로 귀찮아하는 입담으로는 정평이 나 있는 소담이란 친구가 있다. 아직도 공직생활을 하고 있는 데다가 자리 또한 국장이어서 스스로 술꾼을 찾아갈 짬이 없기에 망정이지 그가 만일 자기 주량대로 '너 왔으니 나 가지' 하는 식으로 술을 폈다면 벌써 거덜났을 것이다.

그가 서산시에 있을 때의 일이다.

깊은 겨울, 함박눈은 펄펄 내리고 목이 컬컬한데 도무지 그냥 버틸 수가 없어서 저녁답에 그를 찾았다. 서울에서 서산시라면 적어도 네 시간은 걸린다. 그도 컬컬했던지 싫은 기색은커녕 옛사랑을 찾은 것처럼 반색을 한다.

초저녁부터 깊은 한밤중까지 그의 단골집을 차례로 순방하며 주거니 받거니 목구멍에 술을 붓다 보니 우리 둘의 다리는 구십 노인처럼 후들거리며 벌려 있었다. 그러나 워낙 죽이 잘 맞아 아침에 깨어 보니 신수가 멀쩡했다.

그는 자기소개의 명수다. 중국엔 등소평이 동충하초주를 즐기고 충남지사 심대평은 현직이라 그만두고 나 강○평은 청탁불문(淸濁不問)에 고주망태라고 넌지시 국내외적인 술꾼임을 과시한 후 또 한다는 소리가

"나는 삼소삼대(三少三大)라 키 작고 눈 가늘고 손발이 작은 대신 얼굴 크고 코 크고 또 그게 크다나?"

그가 없는 술자리에서 내가 늘어놓는 와이담은 순전히 소담(笑潭)으로부터 전수받은 것들인데 여러 번 들어도 소담의 입으로부터 구수하고 소담지게 풀려 나와야지 내 입으로는 택도 없다는 걸 깨달은 지 오래다. 우리가 이미 아는 눈치를 채면

"늬덜 지난번에도 들었지? 시작은 같아도 끝은 달러. 잘 들어 봐."

어쩌구할 때 그의 천부적 머리는 기막히게 도는데 원형보다 변형이 더 재미있으니 소담은 타고난 익살꾼임에 틀림없다.

적당히 마시고 나면 드디어 나오는 것이 그의 노래다. 애창곡은 〈산포도 처녀〉, 그 다음으로는 〈신라의 달밤〉인데 제스처나 바이브레이션이 현인과 너무나 방불해서 우리를 무척이나 즐겁게 하는데 언젠가 게슴츠레한 눈을 떠 노래하는 그의 얼굴을 보니 큰 코에 긴 얼굴 다리 떠는 모습이 영락없는 현인이라

"어이 현인! 한 곡조 더 때려."

소리친 적도 있다. 니나노면 니나노 마이크면 마이크 무불통지요. 일단 한 번 유행했던 노래 중의 어느 뽕짝이든지 술술 잘도 불러 댄다.

술, 입담, 노래. 이 삼박자를 완벽하게 갖춘 친구는 소담 이외엔 또 없다는 것은 이미 정론이며 술꾼이 적으면 적은 대로 많으면 많은 대로 분위기 조성이나 흥을 돋워 술판의 클라이맥스를 도출해 내는 그의 솜씨는 신출귀몰의 경지라 아니 할 수 없다.

한 달에 한 번씩 고향 친구들이 돌려가며 술을 사는데 어쩌다가 그가 빠지면 그 모임은 오아시스 없는 사막이요 앙꼬 없는 찐빵에 불과하다.

초등학교 때 그가 달음박질 선수였다는 것은 나중에 들었고 중학교 때 오몽내가 넘쳐 귀가하지 못하고 고색창연한 그의 초가집에서 잔 적도 있다. 공부만 파는 아이들 치고 대부분 맹꽁이가 많은데 머리 쓰는 것으로부터 노는 데까지 고루고루 두루두루 다 갖춘 이 괴짜는 어디에 서나 또 언제나 부담을 주지 않는 매너의 소유자다.

그러나 가끔 정색을 하고 정문일침(頂門一針)을 가해 흐트러진 분위기를 바로 잡을 때엔 본색이 드러나는데 외유내강일 뿐 천하의 고집쟁이요 함부로 대할 수 없는 인품이 마음 속 깊이 꽁꽁 숨어 있는 것은 적어도 오륙 년 함께한 사람이라면 또렷이 알 것이다.

하도 오래 술을 같이 마시다 보니 아주 가끔 그도 필름이 끊길 때도 있다는 걸 안다. 술에 웬수졌남? 그대나 나나 적당히 마시자구.

물렁팥죽 수미쌍관법

어려서는 필자의 별명이 물렁팥죽이었다. 조금만 빨리 움직여도 땀이 비 오듯 했고 숨이 찼다. 심지어 찬밥을 먹어도 땀을 흘렸으니까. 그토록 허약한 체질이었다.

지금도 바다낚시나 높은 산 등반은 겁이 나서 사양하는데 그렇다고 맨날 누워 있을 수만은 없으니까 운동이라야 고작 산책뿐이다.

십이 년 만에 태어난 장손이라는 명분도 작용했겠지만 할머니의 과보호, 어머니의 편애는 연약한(?) 자손에 대한 모성애의 발로요 두 분을 잃고 두 눈이 캄캄했다가 어느 정도 정신을 차릴 만하니까 손아래 누이동생들이 항상 걱정하고 아내와 딸 며느리까지 지나치게 보살피는 걸로 미루어 볼 때 필자는 무던히 여복이 있는 셈이다.

어느 정도 커서는 물렁팥죽에서 고바우로 별명이 바뀌었다. 입을 꾹 다물고 지내다가도 불쑥 한 마디씩 던지는 말투가 그런 구석도 있지만 중학생 때부터 동아일보를 끼고 살았으니까. 친구들은 필자를 통해서 김성환 화백의 '고바우'를 보았고 그것을 보려면 이름을 부르는 대신

"야, 고바우." 한데서 생긴 별명이었다.

이후 십 년이 세 번 흐르는 동안 하도 조용히 살아서 그런지 별명이 붙지 않다가 술꾼이 되어 나타났더니 '장삿갓' 이란 애칭을 꼬리표로 달았다.

글줄이나 쓴답시고 깝죽대며 여기저기 떠돌며 두주불사한 연고로 그만한 풍류가 없고 그만한 문재(文才)가 없는데도 '장삿갓' 이라 부르는 것은 김삿갓에 대한 결례다.

그러나 필자는 가족 구성상으로나 밖에 나가 단골집에서의 마담들이나 여제자들 덕분에 '아하 나는 여복이 무척 많구나' 하는 생각은 종종 한다.

더듬거나 만지지 아니하고, 투정하거나 신경질 안 부리고, 큰 돈은 몰라도 조촐하게 몇 사람 마시는 술값은 인색하지 않으며 지갑이 가벼우면 사준다는 술도 맛이 없는 까닭에 술집에 외상거래가 없으니 이런 봉이 어디 있겠는가?

짓궂은 술꾼들로부터 말로 볶이고 행동으로 달리고 없는 아양까지 긁어 방실방실 웃으며 별별 서비스를 다해도 실컷 장난치며 마시고 나서 한다는 소리가 "달아 놔!" 하고는 구두를 신는 한량들과는 차원이 다르다나 어쨌다나.

죽마고우 몇과 만나 거나하게 취해서 자랑삼아 이런 이야기를 했더니

"야! 그런 걸 거죽여복이라구 하는 겨. 여자들은 말야 아이 징그러 어쩌구 하면서도 임자 만나 봐. 오히려 집적대길 바라지."

"맞아! 저 자슥 점잖 떠는 거 왕내숭이라구. 야, 술판에 군자와 숙녀가 따로 있냐? 일단 지분거려 보는 거라구."

"이 친구들아 진작 가르쳐 주지, 이 다리 저 다리 힘 빠진 다음에 그게 다 무슨 소용여? 양기가 입으로만 올랐군 그래."

"허허 물러두 한참 물르는구면 그래! 칠십 넘은 아랫마을 조영감이 새파랗게 젊은애 건드리다가 간통죄로 걸린 것 몰라? 야 존경스럽더라."

"사실 먹는 재미 그것 재미 잃으면 사는 재미 꽝이지 뭐! 쟤는 놔둬라. 원래 물렁팥죽 아니냐?"

비교적 술은 곱게 마셔 몸은 덜 상했지만 마음은 여려 물렁팥죽 소리 들어도 할 말은 없다. 이래서 필자는 다시 물렁팥죽이 되고 말았다.

연정(戀情)의 징검다리

액션 스타의 용모지만 체코슬로바키아의 저항 작가 밀란 쿤데라 하면 우리는 흔히 〈참을 수 없는 존재의 가벼움〉을 떠올린다. 〈프라하의 봄〉이란 타이틀로 영화화도 되어 있어 금상첨화 격이지만 실상은 〈농담(Ztrt)〉이란 소설이 전력투구한 역작으로 노벨상까지 넘보았던 그의 대표작이다. 그러나 나의 관심은 그의 문학적 성과가 아니라 그의 소설 속에 나타나는 술의 힘과 또 가끔 나타나는 시(詩)의 인용이 천의무봉(天衣無縫)이어서 매력 만점이란 점이다. 술 마시는 동기부여나 술 취하는 저 환상적 과정의 묘사. 그리고 술을 깰 때의 후련하면서도 허망한 감정의 표현이야말로 가히 일품이다.

주인공 루드빅은 툭 한 마디 던진 농담 한 마디로 공산당에서도 쫓겨나고 지금까지 사귀어 온 남녀의 모든 친구로부터도 배반당해 '그렇다. 모든 끈이 끊어져 버렸다. …… 의미 깊은 인생의 진로도 모두 끊어져 버렸다.'는 깊은 절망감에 사로잡히게 된다. 수영 초보자가 깊은 물에 던져진 것처럼. 바로 그때 나타난 여인, '타고난 조용함과 단순함과 수

수함을 느꼈는데 이들은 내가 필요로 하는 가치들이었다.' 로 표현된 루
찌에다. 악랄한 부대장으로부터의 핍박, 너무나 순진해 사랑하면서도
육체를 허락하지 않는 애인에 대한 욕구불만, 루찌에 이외엔 탈출구가
없는 혈기는 마침내 탈영병으로 만들고 이미 알고 있는 몇 사람의 공부
로부터 몇 잔의 독한 술을 얻어 마신 뒤 어릿광대 채플린의 모습으로
그녀의 방에 가게 된다.

　술의 힘으로 꺾을 수 없는 것이 여자의 몸보다 마음이라는 걸 극명하
게 나타낸다. 파국이 온다. 차라리 그가 별로 좋아하지도 않는 시지만
루찌에의 어깨 위에 손을 얹어놓고 암송했던 시. 그때의 분위기가 더욱
좋았다는 걸 늦게야 깨닫는다. 그렇다! 대부분의 여인은 분위기에 약하
다. 그 시는 이렇다.

당신의 몸뚱이는 가냘픈 이삭이라
낟알은 떨어져도 싹은 틔우지 못하는
당신의 몸뚱이는 가냘픈 이삭이라

당신의 몸뚱이는 비단 실타래라
굽이굽이마다 그리움으로 수놓인
당신의 몸뚱이는 비단 실타래라

당신의 몸뚱이는 타버린 하늘이라
타고 남은 재에서 죽음이 꿈꾸는
당신의 몸뚱이는 타버린 하늘이라

당신의 몸뚱이는 그토록 침묵이라
그 눈물방울이 나의 눈꺼풀 위에서 떨고 있는
당신의 몸뚱이는 그토록 침묵이라.

돌연 나는 루찌에의 어깨가 들먹거리는 것을 느꼈다. 그녀는 울고 있었다. 무엇이 그녀를 울게 하였을까? 시의 의미일까? 혹은 시의 가락과 내 목소리의 음색에서 흘러나온 형언할 수 없는 슬픔일까? 아니면 이 시가 그녀의 내부에 있는 은밀한 빗장을 열어 젖혀 갇혔던 무거운 짐들이 한꺼번에 쏟아져 내렸기 때문일까?

모처럼 시로 징검다리를 놓은 연정에 술의 힘으로는 폭력에 그치고 마는(어쩌면 이것은 쿤데라의 실제 경험일 것이다) 안타까움이 적절히 묘사되어 있다. 시가 술이 되고 술이 시가 되는 경지에서만 사랑은 존재하는지도 모를 일이다. 춤추는 언어로서의 시, 액화된 시로서의 술, 열병 같은 사랑의 속성에는 이런 환각적이요 환상적이요 로맨틱한 장치가 필수인지도 모를 일이다.

그러나 평범한 우리 술꾼의 사랑은 술의 힘만으로도 족한 경우가 얼마나 많은가?

고삐

암소 한 마리는 우리 집의 큰 재산이었다. 그 암소가 송아지 한 마리를 또 낳으면 그야말로 온 집안이 축제 분위기였음은 말할 나위도 없다. 무쇠 솥이 걸린 사랑방 아궁이 앞에 앉아 솔껄(마른 솔잎)이나 버굽(소나무 껍질)으로 불쏘시개를 하여 여물을 삶는 것과 저녁나절 풀밭으로 소를 몰고 가서 꼴을 뜯기는 일이 대여섯 살부터 필자의 몫이었다. 다윗처럼 어린 목동으로 아주 궁벽한 산촌에서 살았다. 소, 닭, 돼지 그리고 똥개. 이것들과 사귀면서 말이다.

집안에 큰일이 있을 때는 가라미(청양 비봉면에 있는 마을)에서 큰 할아버님의 그 우람한 체구와 더불어 말문을 열 때마다 '안나'로 시작하므로 '안나 할아버지'가 오면 주막집으로 달려가 약주를 사 오는 것도 필자의 몫이었다. 주전자에 가득 담긴 그 술은 어차피 길바닥에 흘릴 것임으로 아예 몇 모금 미리 마셔주는 것도 썩 재미있는 일이었으니까 술 심부름이 조금도 귀찮지 않았다.

또래 친구가 없는 필자의 손에 저녁나절 몇 시간 동안은 소고삐가 늘 잡혀 있었다. 왕방울만한 양 눈에 날파리가 성가시게 달려들고 등에(왕파리)가 부드러운 사타구니에 엉겨 붙을 때는 참을성 많은 그 큰 덩치의 암소도 무작정 달리기 마련이어서 힘에 부쳐 질질 끌려 가다가 기어코 소고삐를 놓치는 일이 왕왕 있었다. 그 난감함이란!

직고 달게 마시년 술이 보약이라는 걸 번연히 알아 오늘은 딱 한 병만 마시리라 작정했는데 그게 어디 마음대로 돼야 말이지. 마음의 고삐를 놓치고 이튿날 치매 걸린 노인처럼 멍청하게 거의 하루를 걸레가 되는 일이 자주 있을 때마다 어린 시절 소고삐를 놓치고 허둥거리던 찝찔한 추억이 되살아나곤 한다.

마음의 고삐, 이것은 술꾼의 화두(話頭)다. 도연명이나 이태백쯤 된다면야 그깟 고삐타령을 할 필요도 없다. 핏줄과 위장을 일일이 가늠하면서 또 음미한다는 명분을 내세우면서 끽 해야 한 시간에 두 병쯤의 수량으로 애주가연(愛酒家然)하는 필자 따위는 그들에겐 발뒤꿈치의 때니까! 그러나 그것은 술의 거인(巨人)들의 호연지기(浩然之氣)인걸 이왕 뱁새인데 황새를 흉내내다 가랑이 찢어질 우를 범해서야 되겠는가? 새는 날만큼의 그 높이 이상은 날지 않는 법이다. 그것이 고삐다. 낚싯줄로 친다면 붕어 낚을 때와 상어나 고래, 블랙마린을 낚을 때의 낚싯줄과 비유하면 될 것이다.

신설동에 있는 옛 단골집을 찾으니 마셨다 하면 스코틀랜드 위스키 한 병을 마파람에 게 눈 감추듯 마셔 치워도 눈자위만 약간 붉어질 뿐 말이나 행동거지가 조금도 흐트러짐이 없던 X마담이 반색을 하며 맞아들인다. "그때 어울리던 애들 부를까?" 하기에 "좋을 대로!" 부추기니 종로 1가로부터 청량리까지 술꾼들의 고삐를 꽉 잡고 있는 Y, L, K, O마담들이 제백사하고 달려왔겄다! 하도 겁나는 여장부들인지라 혼자 몸으로는 도저히 감당하지 못할 것 같아 왕술꾼 둘을 불러 여덟이 마셨는데 X마담 왈 "그까짓 거 게타리 풀고 고삐 놓고 밤새워 푸자구!" 하는 바람에 시작부터 걸쭉하게 되었다.

새침데기 Y가 떨어지고 구미호 L이 갤갤거리고 왕내숭 K도 예전 같지 않은데 앙큼한 O와 호쾌한 X 그리고 필자가 삼위일체로 새벽까지 술을 마시게 되었다. 질펀하게 곯아떨어진 나머지는 술상과 더불어 그냥 놓아두고 청진동 해장국집까지 달려간 것은 말할 것도 없다.

할망구가 다 된 J마담이 입을 삐쭉 내밀면서

"날 왕따시키고 잘들 노는구먼."

어깃장을 놓자 O마담 가라사대

"그래도 얘 게타리도 안 풀고 고삐도 안 놓친 것은 우리 셋뿐이야 알 것어?"

재는 꼴이 우스워 또 한 바탕 웃었다.

펑계

벽안 코쟁이들과도 몇 번 와인이나 위스키를 들어 보았지만 눈빛 숨소리가 달라서 영 제 맛이 아니요 더구나 필자의 외국어 실력이라는 것이 고작 수인사나 나누는 정도라서 가고 오는 정감의 볼륨이 느껴지지 않아 답답하기 그지없었다.

술은 핑계가 따라야 제 맛인데 이거 원 핑계가 통해야 말이지. 술꾼의 핑계처럼 다양하고 애교 있는 것도 또 있는지 모르겠다.

이태백이나 김삿갓이라면 모를까 우리 같은 장삼이사(張三李四)들이야 일단 엄처의 눈치를 통과해야 함은 물론이요 때로는 친구의 배우자까지 아주 그럴듯하게 녹인 다음에야 봇물을 틀 수 있으므로 꾀죄죄한 변명으로 사후에 시달리느니 아예 처음부터 '산뜻한 핑계'로 대처하는 것이야말로 슬기롭다 할 것이다.

횡보 염상섭의 절친한 술친구로 연출가 박진은 그런 면에서 대가(大家)급이다. 다달이 철철이 그가 대는 핑계를 들어 보자.

정월 초하루는 세배술, 정월 보름에는 귀밝이술.

이월이라 한식날은 개자추의 넋을 위로한다는 날, 조상의 산소에 가서 벌초술, 삼월이라 삼짇날에 제비가 날아드니 봄이 왔다고 영춘(迎春)술, 사월이라 초파일은 부처님의 탄신이라 곡차 한 잔 없을쏘냐?

오월이라 단옷날에 그네 뛰는 아가씨네 속옷 가랑이 벌렁벌렁 시호시호 부재라고 일배일배부일배라, 유월이라 유두(流頭)날은 머리 감은 저 처녀야 네 살결이 하 곱구나. 흐르는 물에 발 담그고 권커니 잣거니 취해나 보세.

칠월이라 칠석날은 견우직녀의 이별 눈물, 비는 어이 이리 오냐. 축축하니 한 잔, 팔월이라 보름달이 천지만물 다 비치니 네 속 내 속 환하구나 신곡주 맛 좀 보세.

구월이라 중양절에 너와 나와 만났으니 아기자기 살아 보세 주불쌍배 아홉 잔. 시월이라 상달에는 단군님께 고사(告祀)하고 우리 살림 늘려 가세 고스레 음복.

십일월이라 동지팥죽 동네방네 나누어 먹고 화평하게 살아 보세. 이리 와서 한 잔 드소. 십이월이라 그믐날 밤잠을 자면 눈썹 센다. 신발마다 들여놔라 암괭이가 신어 볼라 뜬눈으로 새자 하니 밤참이 없을쏘냐. 술 한 잔 따끈히 데워라.

세시풍속에 자기 말 몇 마디 섞어놓고 술에 대한 즉흥시로 이보다 더 명시가 있느냐고 능청까지 떠는 데야, '그렇습니다' 꾸뻑 인정하고 한 잔 올리는 것이 멋이지 어쩌고저쩌고 깐죽거려서야 되겠는가?

이것저것 자료를 끌어 모아 주도 18단을 확고히 정한 분이 시인 조지훈이라면 연출가 박진(朴珍)은 주국(酒國)의 헌법을 세운 분이다.

개벽사 별건곤(別乾坤) 시절 이야기다. 일불가삼소오의칠가구족(一不可三少五宜七可九足) : 한 잔은 안 되고, 석 잔은 좀 모자라고. 선비라면 다섯 잔쯤 마셔야 껄껄 웃음이 나오는데 그래도 아홉 잔은 꺾어야 너털웃음이 횡격막을 울린대나?

　그러나 그 잔의 크기는 제각각이니 주국의 대신들이 도량형법에 의거 적절한 크기로 제정하자고 큰소리 친 사람이 그다. 박진도, 그는 평계의 경지는 넘은 술꾼이었다.

김달수 옹과 국화주

이승만 정권 때 공주 국회의원이었던 김달수 옹을 만난 것은 우연이었다. 그가 이웃 면인 우성 출신인 것도 벌써 연세가 여든을 훌쩍 넘은 것도 고(故) 박정희 대통령의 미움을 받아 의원직을 떠난 것도 그를 회유하기 위해 JP가 무던히 노력한 것까지 또 상처한 후 새 장가를 든 사연들은 큰딸 김숙자 여사로부터 소상히 들었다.

청소년기에 그가 대쪽의원이라는 걸 지면을 통해 어렴풋이 알고 있었는데 가까이 접하고 보니 그런 낌새는 많이 가셔져서 그저 평범한 노인네로 보였다. 다만 눈빛이 좀 세고 무슨 말을 할 때 은근히 주위를 압도하는 기상이 되살아나 과연 왕년의 정객으로 자존심이 대단한 분이었구나. 짐작할 뿐이었다. 비록 정계는 떠났어도 이 나라에서 살기엔 심기가 불편하였으리라.

또한 자녀들이 미국으로 이민을 가 있고 체력의 한계를 느낌으로 내키지 않는 마음을 달래어 자녀 곁으로 가는 심사가 별로 좋지 않다고 했다. 애국이라는 말이 지금은 퇴색되어 별로 쓰이지 않지만 그는 애국자였다.

황송하게도 국화주 두 병과 스스로 쓴 묘비명(墓碑銘)을 가져 와 술은 마시고 글은 손봐달라는 부탁이었다.

"이거 입술에 술 대 보기도 오래간만이군. 묘비명 내용이 너무 유치하죠?"

십오 행의 그의 시는 자랑하고 싶은 공적도 뭔가 깨달았다는 자부(自負)도 내가 누구의 자손이라는 족보상의 긍지도 보이지 않았다. 공수래공수거(空手來空手去)를 주제로 아주 담담히 어떤 마음으로 살아왔고 남은 몇 년간은 어떻게 살고 싶다는 소박하고 진지한 그런 내용의 시였다.

노정객의 탈속(脫俗)한 풍모를 앞에 두고 향기로운 국화주를 받고주다 보니 동산에 달이 뜨고 짙었던 산거미가 벗겨지기 시작했다.

산 속에 벗이 있어 허위허위 올라 보니, 동산에 달 떠 오고 주고받는 국화주라. 시인은 말이 없으니 내가 시를 읊으며 잔잔에 넘치는 정 이 밤은 멋이 있어라.

뜻밖에도 즉흥시를 읊는 노정객 김달수 옹의 얼굴엔 주기(酒氣)가 올라 동안(童顔)이 되어 보기에 썩 좋았다. 세월의 무게도 고난의 그늘도 떨쳐 버리고 천진한 동심으로 돌아가게 하니 이래서 마음 맞는 술벗끼리 이윽히 마주 보며 대작하는 것을 '동심회귀운동' 이라 하겠지.

적당히 마시고 일어서는 김달수 옹의 다리는 조금도 벌어져 있지 않았다. 술도 사랑하거니와 산행(山行)을 무척 즐거함으로 건강을 잃지 않았다지만 보청기를 끼고 목소리가 높은 걸로 보아 귀는 한물 간 것이 표가 났다. 웃을 때 드러나는 이도 튼튼하고 꼿꼿이 오래 앉아 있는 정정한 모습을 보니 백수(百壽)는 너끈히 지탱할 것이다. 하긴 더러운 시절을 너무 길게 사는 것도 욕(辱)이란 말도 있지만.

이후 한두 차례 더 뵈었지만 해외로 나가시고 보니 만날 기회가 없어 아쉽기 짝이 없다.

백범(白凡) 김구(金九) 선생을 가까이 모셨고, 신익희·조병옥·장면 등 당대를 주름잡던 분들의 총애도 듬뿍 받던 김달수 옹이 이렇게 산 속의 농부로 사는 필자를 찾아와 껄껄껄 소탈한 웃음과 함께 국화주의 향기로 잠깐이나마 어울려 주신 것은 두고두고 꺼내어 반추할 수밖에 없는 '빛나는 추억'이다.

스카이 라이프(Sky Life)

참나무 머리 쪽에 하나, 낙엽송 정수리에 하나, 은행나무 어깨춤에 하나, 세 개의 까치 둥우리가 걸려 있다. 알을 낳고 그것을 품어 새끼를 까서 훈련을 시키더니 요즈음은 어디로 먹이 사냥을 다니는지 잘 보이지 않는다. 그것들의 하늘 생활은 자못 신비하기 그지없다.

산이 높은데도 안테나가 말을 안 들어 공중파로 오는 스카이 라이프를 설치하였다. 하늘의 새만큼은 날지 못 해도 타고난 역마살로 여기저기 떠돌아다니며 술을 즐기는 아비를 묶어 두기 위한 방편으로 아들 내외가 공모(?)한 것이 틀림없다.

'산도 맑고, 물도 맑고, 사람의 마음도 맑아진다' 해서 옥황상제의 별장이 삼청관(三淸關)인데 옥황상제라면 도교(道敎)의 하느님 아닌가? 우리나라 국무총리 공관의 이름이 삼청당(三淸堂)인데 그 희구하는 바가 이토록 고상하건만 나라는 언제 맑아질까?

하여튼 필자는 하늘 아래 첫 동네인 청우산방(聽雨山房)에 살면서 느긋이 곡차를 즐기고 있으니 거복(居福)이 있는 셈이다. 삼청(三淸)을 누리기 때문이다.

능선은 땅의 입장에서 만들어진 어휘지만 서구권에서는 스카이 라인(Sky Line)으로 통한다. 하늘을 우선시하는 시각이다. 노상 능선을 바라보며 능선의 한 기슭에서 살고 있으니 산청 수청을 배경으로 하늘을 바라보는 시간이 많다.

올해엔 두릅을 많이 심었다. 오르막 오솔길 옆에 말이다. 오돌오돌 두릅나무의 가시도 보기 좋고 연둣빛으로 돋아나는 두릅 순처럼 귀여운 때깔이 또 어디에 있을까. 두릅은 우수한 단백질과 비타민 C가 많은 편이고 간장해독 동맥경화 및 자율신경 장애를 치유하는 산나물 중의 으뜸이다.

그 두릅나무 숲 사이로 서너 뙈기 손바닥만 밭을 일구어 토란을 심은 뜻은 토란잎을 보기 위해서다. 한껏 자라 너펄거리는 그 잎 위에 청개구리도 앉아 있고 여치도 앉고 방아깨비도 앉아 피서를 하는 모습도 볼만하거니와 그러나 마음을 텅 비우고 선풍도골(仙風道骨)로 살 수 없는 것은 무슨 까닭일까?

이런 때 이언적의 무위(無爲)란 칠언절구는 제 맛이 난다.

만물변천무정태(萬物變遷無定態)
일신한적자수시(一身閑寂自隨時)
연래점성경관력(年來漸省經管力)
장대청산불부시(長對靑山不賦詩)

변하는 게 만물이니 제 모양 따로 없듯
이 몸은 한가하게 때 따라 자적하네
이 마음 달래기 위해
청산 보며 시는 안 짓네.

그렇다. 동서남북 겹겹이 둘러싼 청산과 시시로 변하는 하늘 그 사이로 바람도 불고 구름도 일고 해와 달이 또 별이 떴다가 지는 모습을 내가 서 있는 이곳만큼 명징하게 보여주고 느끼게 하는 곳은 없다. 그야말로 스카이 라이프가 아닌가?

오늘은 날씨가 제법 차가워져 잠바를 걸치고 산책길로 나섰는데 실은 영지 몇 개 따려고 계곡을 훑었다.

'요놈! 산이나 바라보며 단풍이나 구경하고 하늘이나 올려보고 들판이나 내려보지 영지는 무슨 영지?' 하는 것같이 손을 탔는지 찾지 못했다.

깊은 잠 기막힌 꿈

내가 왜 이렇게 구질구질하게 살까 자신의 꼬락서니가 너무나 초라하게 느껴질 때, 그리하여 전혀 엉뚱한 길로 접어든 자기가 밉고 싫어지고 민망할 때 물먹은 걸레처럼 축 쳐진 몸을 이끄는 것은 술이다. 그래 꼭지가 돌 때까지 필름이 끊길 때까지 세월아 네월아 부어라 마셔라 술독에 빠진다. 이와 비슷한 경험, 아니 타성에 젖어 본 일이 없었다면 그건 술꾼이 아니다.

몸이 고단하든 심리적으로 그로키 상태이든 치료약은 깊은 잠인데 술의 사도들은 이미 바쿠스에게 덜미가 잡혔는지라 깊은 잠 이전에 우선순위로 술집으로 기어들게 마련이다. 명분은 뚜렷하다. 쉽게 잠들기 위해서 오래 오래 깊은 잠을 자기 위해서 해맑은 정신과 신선한 감각을 탈환하기 위해서 또 어이없는 모험을 과감하게 저지른다.

윌리엄 포크너가 시나리오를 쓰고 험프리 보가트와 로렌 바콜이 주연한 〈깊은 잠〉이란 영화를 감명 깊게 본 적이 있지만 어쭙잖은 영화론은 접기로 하고 다만 그 제목 '깊은 잠' 이 풍기는 원초적 욕망과 약간은 시적(詩的)인 분위기는 아직도 필자의 마음에 닿아 있다. 이십대 초반부터 오십대 초반까지 불면증에 시달렸기 때문이다.

술이 어떻게 수면제 구실을 할 수 있단 말인가? 자해적 충동을 일으키거나 도피의식을 조장하는 등 이성(理性)을 마비시키기 십상인 음주벽은 실상 자신을 황폐화시키는 지름길이 아니었던가?

그러나 그것은 비술꾼의 지극히 타산적인 험구로 동원될지언정 애주가들은 온갖 상상력을 동원하여 이 도깨비 국물을 예찬해 왔으며 필자도 쾌히 그 부류의 일원으로 동참한 지 오래다.

"이젠 그만 하겠소."

나직이 입으로 사표를 제출하고(95년 봄) 차마 집으로 들어가지 못하고 단골집을 찾았는데 미친개처럼 헐떡이며 살아 온 필자의 술벗이 기다렸다는 듯이 반기며

"그래 한 사흘 내리 마셔 보자지?"

부추기는 바람에 맥주, 소주, 양주 할 것 없이 정말 마시다 자고 깨어서 또 마시고 꼬박 사흘을 완전히 술에 절어 고주망태가 되었다가 긴긴 잠 속에 떨어졌다.

깨어나 보니 내리 나흘을 '깊은 잠' 에 푹 빠졌었는데 잠도 잠이지만 그때 시리즈로 꾼 꿈이 지금도 선명히 기억할 수 있을 만큼 기가 막힌 꿈이었다. 아마도 이것은 이 주졸(酒卒)이 불쌍해서 바쿠스가 특별히 서비스한 것임에 틀림없다. 무슨 꿈이었냐고 묻지 마라. 말하면 뻥이라고 코웃음 칠 것이 뻔한데 그걸 뇌까릴 바보가 어디 있나?

꿈 속처럼 일본, 미국, 사이판, 괌으로 단순히 '술을 마시러' 몇 달 여행이 계속되고 마침내 괌의 교포 재력가인 이태복(실명 실례)이라는 죽마고우를 만나게 되었다. 이 친구는 우리 소주를 수입해서 짭짤하게 재미 보는 친구면서 공인회계사이니 일류 술집을 순회하며 밤이 새도록

술대접을 해 주었다. 정성이 구석구석까지 미치는 왕후장상 저리 가라 할 융숭한 대접이었다.

벌여놓은 일이 너무 많고 챙길 일이 너무 많아 한 번 깊은 잠을 자는 것이 소원이란다.

"너도 그래? 야! 깊은 잠도 좋지만 그 속에 기막힌 꿈이 없다면 앙꼬 없는 찐빵이야 알어?"

술김에 씨부린 적이 있다. 인생은 한바탕 꿈에 불과하다. 뭘 그리 따지고 뭘 그리 욕심내고 주접들을 떠나. 꿈은 선몽(仙夢)보다 개꿈이 재미있고 달더라.

말맛과 술맛의 함수관계

우리 충청도 사람들 중에 어느 정도 지긋한 나이이고 보면 '참 그 사람 개갈나지 않는구먼' 하는 말이 그대로 먹힐 것이다. 신중한 것은 좋지만 '글쎄' 하며 꽁무니를 사리는 불투명성은 어느새 '멍청도' 란 말로 이슈화된 지 오래다.

최영 장군, 사육신 성삼문, 청산리 싸움의 김좌진, 영원한 젊은이로 자처한 월남 이상재 옹이 보여준 딱 부러지고 화끈한 저 정신, 〈님의 침묵〉의 시인이자 감옥에서 지은 〈조선독립이유서〉로 일제의 간담을 서늘하게 했던 만해 한용운의 주체성, 개혁의지와 놀라운 융통성으로 젊은 임금 정조의 언덕이었던 채제공의 균형감각, 이 모두가 충청도민의 정서의 기저에 잠재되어 있거늘 왜 우리는 멍청도 소리를 들어야만 하는가?

양보에도, 자기 PR에도 소극적인 착함이 '응큼' 으로 굴절되어 나타나고, 상대방을 헤아릴 줄 아는 도량이 '내숭' 으로 떨어지고, 멋대가리 없이 송아지 엉덩이에 뿔나듯 나서는 것을 싫어하는 양반정신이 언제나 뒷전에 밀려 쿵덕거리는 '용기 부족'으로 낙찰되었단 말인가?

충청도 술꾼들은 이것이 슬프다.

'이랫슈, 저랫슈, 거짓말 마유, 그랬남유, 생각해 볼께유.'

그놈의 '유' 자도 맛이 갔고, 나중에야 간을 빼먹든 쓸개를 가져가든 애교덩어리인 타도 여성들에 비해 뚱하고 밍밍한 이 고장 여성들의 '상냥지수 미흡'에도 넌더리가 난다.(충청도 여성들이여 실례)

그러나 서울이나 타도에 가서 고향의 사투리를 들으면 저절로 친화력이 붙어 정이 가는 것은 어쩔 수 없다.

사람 맛은 말맛에 달려 있다. 말맛이 웅숭깊은 것이 본래 이 고장 사람들의 특색이다. 되바라지지 않고 톡톡 튀지 않으며 생각이 깊으니 도량이 넓은 표가 느릿느릿 감칠맛나게 구현되는 말이 우리 사투리의 핵심이었다.

다듬어지지 않은 비판의식이 함부로 쏟아내는 말 속에 뼈처럼 박혀 있을 때, 너무 확신에 차서 마치 자기 말이 결론인 양 성급한 말을 할 때, 우리는 '성숙도가 미숙한 조악한 성품'을 느낄 뿐이다.

서너 도를 돌며 직장생활을 했고 여행과 술을 즐기다 보니 글벗, 술벗도 여기저기 생겨 나름대로 가늠쇠도 섰지만 누구처럼 어설피 '성격비교'를 하다가 필화를 부르지는 않겠다. 우유부단함에 있어서나 공연한 오해를 송충이처럼 싫어하는 이 고장 사람들의 보신정신(保身精神)이 몸에 배어서 그런지 모르겠다.

앞에선 흉을 보고 뒤에선 편을 드는 이상한 꼴의 글이 되고 말았지만 지금은 빛이 나지 않더라도 충청도 사람의 성격이나 말씨가 척도가 되는 날이 올 것이다.

수덕사나 마곡사에 가 산채정식에 더덕주를 마실 때 마음이 편하고 홍성이나 공주 대전에 가 옆자리에서 술을 들며 오순도순 다정하게 쏟아내는 고향 사투리를 들을 때 마음이 즐겁다.

　꼬집으면 어느 한 구석 온전한 데가 없는 필자가 거제도에 가 술을 마시며 이 말을 했더니 대뜸 상도 하도 친구들이 하는 말 '그게 바로 멍청도 성격 아닌감?' 해서 껄껄 웃고 말았지만 글쎄 두고 보라구. 계룡산 정도령은 충청도에서도 공주에서 출현할 거여.

이 몸에 쑤셔 넣은 술병들

시를 쓰는 일은 현대사회의 한가운데서 어린애다움을 전취하려는 투쟁이다. 몸시(詩)는 인간의 신체를 더 이상 물러설 수 없는 투쟁의 교두보로 구축하려는 완강하고 치열한 실험이다.

'정진규는 마음 속에 난 몸의 길, 몸 속에 난 마음의 길을 따라가면서 마음이 몸을 떠나 혼자서 돌아다니지 못하도록, 명제로 표현할 수 없는 육화(肉化)된 상상력의 지도를 그려내고 있다' 는 말은 평론가 김인환의 말이다.

필자가 알기론 정진규 시인은 애주가다. 꼭 한 잔 사드리고 싶었는데 그가 병상에 눕는 바람에 실천에 옮기지 못해서 지금까지도 아쉽기 짝이 없다.

고려대 국문과 출신이니까 안암골 막걸리 동이나 축냈을 것이다.

그가 시단에 몸을 내민 것은 청록파 박두진 시인의 영향이 컸다. 고향이 같은 안성이니까. 김정혁, 박봉학과 함께 낸 「바다로 가는 합창」이 삼인시집인 것도 어쩌면 박목월, 조지훈과 더불어 박두진이 낸 청록파

와 방불하다할 것이다. 당신들은 깊은 산 속 청노루를 노래하였지, 우린 해안 벼랑을 때리며 일어서는 물보라처럼 더 크고 우람하게 외치리라 그런 뜻이었을 게다.

현대사회의 인간불신을 풍자하고 툭툭 뱉어내는 시어가 거칠다 싶더니 그의 몸시는 착 가라앉은 목소리로 오랜 침묵에 담갔다가 꺼내 명상의 앙금에서 우러나는 청태(靑苔) 같은 맛이 있었다.

새벽에 자주 잠이 깨더니 드디어 길이다. 길이 다가오면 길이 두려워 그걸 애써 지우고 있었는데 취기(醉氣)가 끝나는 시간의 적막의 물살이여, 직전이여. 깨어남의 직전이여 길의 직전이여, 오 적막의 무게요 무게보다 더 넘치게 술병을 몸에다 쑤셔 넣고 있었는데 적막을 지우고 있었는데 길을 지우고 있었는데 드디어 길이다. 나의 가벼움, 가랑잎 같은 나의 등판의 두께여, 소멸이여, 나는 지금 밀려나고 있다. 새벽에 자주 잠이 깨더니 드디어 길이다. 이 몸에 쑤셔 넣은 술병들 한 움큼의 지푸라기들로 쏟아져 나오고 진눈깨비 내리고 내 옷은 낡고 내 신발은 새 신이 아니다. 아직 손에는 술병 하나 들려 있지만 그는 내 몸을 데울 수 없다. 지푸라기다 술병은 가방이 아니다. 지퍼를 열어 보아도 따뜻한 속옷 한 벌 없다. 소멸이여, 길은 나를 떼밀고 나는 길을 떼밀지만 가진 것 없다 적막이여, 나는 이제 떠나야 한다. 깨어나야 한다. 잠시 진눈깨비 멎고 이제는 이 몸만이 아득히 길이다. 이제는 적막만이 아득히 이 몸의 밥이다.

시인 박두진이 그랬던 것처럼 호흡이 길고 유장하다. 뜻을 너무 헤아리지 말고 한 다섯 번쯤 거듭 읽은 다음 천천히 음미해 보라. 이 시인 술꾼은 낙화의 묘미를 반추하던 만해 만큼이나 작취미성에서 제 마음과 제 몸을 찾아가는 그 느낌을 놓치지 않으려고 타는 목마름에 냉수조차 마시지 않고 실눈을 떠 몸 안과 몸 밖의 풍경을 저며 시화(詩化)하고 있는 것이다.

　취할 때의 저 황홀한 용광로에서의 온갖 환타지를 얼마나 많은 문객
들이 읊어 댔던가? 정진규는 거기서 몸을 빼 속세로 귀환하기 전의 심
경을 집어내고 싶었으리라. 비록 몸 속에 술병은 쑤셔 넣어도 명주 올
같이 곱고도 질긴 승화된 서정을 긷고 싶다 이거지?

주연(酒緣)

여러 인연 중에 주연(酒緣)처럼 흥겨운 것이 있을까? 누구와 언제 어디서 어떻게 마셨느냐? 다만 무엇을 위해 왜 마셨느냐는 굳이 따질 필요가 없다. 목적과 이유를 붙이면 그게 술상무지 순수하지 못하기 때문이다.

하 오래 마시다 보니 필자의 경우 낙천주의(樂天主義)를 버티게 하는 버팀목이자 걸림목이 주연이라는 걸 새삼 말하는 것이 쑥스럽기조차 하다. 그것이 친구사이든 형제자매지간이든 선후배 사이이든 남녀관계이든 남녀노소간이든 간에 첫 단추가 잘 끼어졌다면 일생을 더불어 주붕(酒朋)이 되는 것이라. 주연이야말로 인연 중에 으뜸 인연이라 아니 할 수 없겠다.

필자에게 있어 가장 즐거운 술자리는 젊은이들과의 술자리다. 일부러 목에 힘을 주지 않아도 저절로 좌장(座長)의 벼슬은 따놓은 당상인지라 아직은 장유유서(長幼有序)가 살아 있다는 걸 실감하게 되고 맞담배를 사양하는 젊은 친구들에게 그것을 권하는 이유는 먹고 마시고 피우는 것엔 너절한 예의가 모두 군더더기임을 스승 월탄(月灘) 박종화로부터 배웠기 때문이다.

지월공(地月公)의 별명도 지닌 「용의 눈물」의 원저자 소설가 박종화는 시인으로 출발해서 역사소설의 새로운 지평(地平)을 연 이 땅의 뒤마다. 「몽테크리스토 백작」(최초엔 암굴왕으로 번안됨)을 쓴 파리의 자이언트, 저 뒤마 말이다.

지금은 헐리고 없지만 낙산 밑 충신동의 칸수 많은 청기와집 그분의 자택엔 수많은 제자들이 구름같이 몰려가 세배를 드리는 것이 정초의 정겨운 행사였다. 제자들에게 권련을 권하면서 그분의 독특한 지론을 폈다. 프로메테우스가 제우스 몰래 태양으로부터 불을 훔쳐와 손윗사람에게 주었겠느냐? 그러므로 나도 불을 너에게 붙이겠다며 손수 성냥불을 그어 델 때는 흡사 프로메테우스 같은 얼굴로 보였다. 단구지만 거대한 머리와 마도로스파이프가 그렇게 잘 어울릴 수가 없는 분이 월탄(月灘)이었다.

서정주 시인, 박목월 시인 집도 몇 번 들락거렸지만 떡볶이 집들로 유명한 신당동 소설가 김동리 선생님 댁에 가서 사제가 모두 고주망태가 될 정도로 술을 마신 기억은 뇌리에서 지울 수 없다. 그의 두 번째 부인 소설가 손소희 여사는 거의 어울려 주지 않고 손수 술이며 안주며 챙겨주는 평범한 아낙의 구실을 착실히 해 "야! 우리도 나중에 장가들려면 저런 여성을 얻자."라고 먼저 취한 한 친구가 떠드는 바람에 파안대소를 터트린 것도 생생하고 지필묵을 꺼내어 우리가 만들고자한 영시(零時)라는 동인지의 제호를 멋지게 써주고도 필력을 그대로 멈출 수 없어 호연지기(浩然之氣)니, 광기정심(廣氣正心)이니 좋아하는 문구들을 일필휘지하던 별명이 백곰이던 김동리 선생님의 풍류를 잊을 수 없다.

말은 어눌(語訥)하기 짝이 없어 더듬거리는 정도가 하도 심해서 버릇

없는 제자 하나가 선생님의 강의는 "에, 아마."가 주조입니다. 응석을
떨자 씩 한 번 웃고는 자고로 글 잘 쓰는 사람이 말 잘하는 것 보았느냐?
더듬거리는 말이라도 뛰어난 천재작가, 천재 예술가들을 나열했는데
박목월 시인 댁에 가 입 가벼운 친구가 고대로 나불대자.

"하하하하. 우리 동리 군이 스스로 천재라고 그렇게 돌려 자랑했다 이
거지?"

배를 잡고 웃던 박목월 시인도 잊을 수 없다.

칠갑산 팔각정

내일은 마지막 달 마지막 날이다. 어제 거나하게 푸고 오늘 하루 푹 쉬고 있었는데 황골 이 처사로부터 따르릉 전화가 걸려 왔다.

"오늘은 쉬고 내일은 말야 청양 칠갑산 팔각정으로 가서 뱀장어로 안주해 송년회를 하면 어떨까?"

"그거 좋지? 그런데 왜 하필 칠갑산 팔각정이야?"

"호숫물 내리보며 마시고 싶어서 그래."

"칠갑산 올려보는 맛은 어떻구?"

"허허 이왕이면 요산요수(樂山樂水)라 그건가?"

"미녀(美女)가 빠진다면 술맛 안 난다며?"

"것도 한때지! 아 옛날이여구먼."

"왜 몇 부를까?"

"그만 둬! 기냥 조촐히 마시자구."

재경 동창생 스무 명 가까이 한 달에 한 번, 네 번째 일요일 등산하는 홍산회(洪山會) 멤버들은 거의가 술꾼들이다. 필자의 술 실력은 그들 중 상에 속하는 데다가 계룡산이나 오서산 혹은 용봉산이나 칠갑산 등으로 오르게 되면 필자를 초청하게 마련이다.

무어니 무어니 해도 죽마고우들과의 술자리처럼 마음 편한 '술판'은 없다. 입이 건 친구들은 망설임 없이 욕지거리가 술잔보다 먼저 나오고 별명이 튀어나오고 야자가 저절로 번져나와 흉금을 털어낸다. 제 아무리 높은 자리에 앉아 있던 친구도 그 술판에서는 물장구치던 하동(河童)으로 돌아가 '저 새끼는 말야'를 예사롭게 던져야 목에 힘 안 주는 '자식'이 된다.

거기서 가장 반가운 친구들은 민들레 꽃씨처럼 타향으로 흩어져 자수성가한 친구들과는 달리 일단 배울 만큼 배운 뒤 고향의 지킴이로 남아 있는 친구들이다.

비싼 개코 돼지 젖통 뿌사리(황소) 궁둥짝에
돋보기 들이대고 고거 돌봐 사는 친구
소성(笑城)은 홍성장날이 가장 바쁘다는데
건너편 제일약국 광동인 좌선이요
고 옆의 복덕방엔 고스톱 한창인데
이 상무 한약방 친군 아내 겁나 못 왔군

욕쟁이 소홍(笑洪)이는 주변머리 전혀 없고
점잖 빼는 고인기는 소갈머리 전무상태
농협에 뼈를 묻는가 박자흥만 안 왔네
개새끼 지랄하네 쇠새끼 발광 떠네
씨펄놈 육실하네 오라질놈 염병할놈
별똥별
내려 꽂히는 우정의 하늘을 보네.

내일 가자는 칠갑산 팔각정에서 이 년 전 몇 잔 걸치고 애드리브로 뱉
아낸 필자의 졸작이다. 이 년밖에 안 되었는데 그 자리에서 청양이 고향
이라며 칠갑산을 구성지게 부르던 그 친구는 황천길로 떠났다. 아무도
모르게 첫 잔으론 그 친구의 명복을 빌어야 하겠다. 뭐가 그리 바빠 먼
저 갔단 말인가?

지금은 터널이 뚫렸지만 전에는 그 칠갑산 등허리 휴게소 옆의 작은
공원에

'내 머리털을 깎으니 차라리 내목을 쳐라.'

호통을 치던 구한말 최고의 고집쟁이 최익현의 동상이 서 있다.

하도 어이없는 일이 자주 일어나는 요즈음 세태에는 더욱 그리워지는
어른인데…….

사업과 술

서울에서 있을 때의 얘기다. 술을 그렇게 좋아하니 언제 일하고 언제 글 쓰고 언제 가족까지 관리하느냐고 묻는 사람이 있어 씩 웃고 말았지만 술 좋아한다고 할일 제대로 못한다면 그게 어디 알코올 중독자지 술꾼이라 하겠는가?

그런데 한때 하루 스물네 시간을 풀가동시키는 때가 있었다. 셋째 아우가 대견하게도 주식회사를 차리는데 가장 민감한 사항이 있을 때는 꼭 이 형과 한 잔 해야 스트레스를 풀 수 있다니 딴 도리가 있겠는가? 밤 열 시쯤은 보통이고 어느 땐 밤 두세 시에도 전화벨이 울렸다. 물론 흔쾌히 응한다. 아우는 벌써 모피업계에서는 무시할 수 없는 위치에 있다.

지금으로서는 가장 절친한 사업가 소산(笑山)에겐 주도(酒道)에서 배울 바가 많다. 월요일서부터 금요일까진 새벽에 나가 밤늦게까지 사업에 골몰하지만 일단 주말이 되면 예당저수지 옆 봉수산 아래에 있는 그의 별장 조람루(釣嵐樓)로 달린다. 여러 사람이 함께 술을 마신 것보다는 그 부부와 나 이렇게 셋이 술을 든 적이 많은데 이 친구는 야금야금 술을 즐기는, 진정 술을 친구로 삼는 친구다. 술안주로 내놓는, 그가 손수 잡아 만드는 붕어찜은 아직까지 내가 맛본 찜 중에는 최고다.

시간 약속은 칼이요 대인관계가 부드럽기는 노상 '봄바람'이며 더러 욱하는 성미를 내비치는 나와는 너무나 다른 조용하고 침착하지만 유머 감각까지 뛰어난 친구다. 아직도 소심한 구석이 전혀 없는 것은 아니라도 그토록 매사를 융통성 있고 여유롭게 처리하는 것엔 바쿠스의 조력이 큰 줄로 알고 있다.

밤낮 돈버는 컴퓨터에서 놓여나기 위하여 나를 찾는 두세 명의 사업가가 또 있다. 물론 큰 술집에서의 계산은 그들이 하지만 작지만 조촐하거나 특별한 곳에서는 이 가난한 문사의 호주머니도 벌릴 때가 있다. 이를테면 인사동 골목의 '산촌'이라든가, 수유리 낭랑한 가야금 켜는 소리 실연하고 멋들어진 고유의 춤까지 감상하는 내 단골집에서는 말이다.

인생은 사업이다. 일할 땐 그 일에 전력투구하고 또 놀 땐 화끈하게 놀아야 스트레스가 쌓이지 않는다. 아니 한 번 취기가 돌면 기상천외(奇想天外)의 아이템이 떠오른다. 술을 들지 않고 지낼 때는 글을 못 쓰다가 술을 슬슬 들기 시작한 때부터 잡문이나마 글이 써지기 시작했다는 게 나의 고백이다.

소심하거나 내성적인 성격을 일러 '암' 체질이라고도 한다. 실수를 무서워 말고 술을 마셔 보라. 호연지기(浩然之氣)가 거기에 있다. 배짱 말이다. 주정을 두려워 말라. 네 주정을 받아주었으니 내 주정도 받아야 하지 않겠느냐? 아량이 생긴다. 다시 말하거니와 인생은 사업이다. 다만 술이 빠진 인생경영은 나로서는 사양이다. 수신제가치국평천하(修身齊家治國平天下)는 공자님 말씀이고 음주동반인생경영은 나의 지론이다.

나의 하루는 스물네 시간이 아니라 168시간이다. 일주일을 하루로 삼는다. 일하고 먹고 잠자고 만날 사람 만나고 책 읽고 TV 보고 음악 감상하고 산책하는 시간은 되도록 한 곳으로 몰아놓는다. 그리고 내 마음대로 술 마시고 노래하는 시간은 무슨 일이 있어도 열 시간 확보한다. 십 년 동안 나는 그렇게 살아왔다. 가장 마음이 쏠리는 시간이 바로 이 시간이니 어쩌면 내 인생의 핵(核)이라 해도 과언이 아닐 게다.

여기가 내 시심(詩心)의 본 고장이요 내 낭만의 옹달샘이며 내 영혼의 가장 호젓하고도 느긋한 보금자리인 걸 어쩌랴. 카타르시스가 여기에 있고 엑스터시가 여기에 있고 카이로스를 느끼는 때가 바로 이때다. 바쿠스여! 영광 있을지어다.

잡동사니

사람이 다부지다면 정리정돈에 익숙해져 깔끔한 인상을 풍기게 마련인데 천하에 구제받지 못할 만큼 털털한 데다가 엉성한 필자인지라 거실은 엉망진창이다. 여북해야 소산(笑山)이 눈살을 찌푸리며 이거 난장판이로구먼 비명에 가까운 소리를 하였겠나. 서가(書架)는 딸아이의 정성으로 대충 모양새를 갖추었지만 그 나머지는 거의 수라장이다.

그중에서도 술병이 가관이다. 술이 차 있는 병과 비운 병이 겨우 세워져 있을 뿐이다. 위스키, 코냑, 와인, 송이주, 국화주, 문배주, 보드카, 십전대보주, 샴페인까지 동서양 술이란 술은 마치 무슨 시음장처럼 늘어서 있는 꼴을 보고

"이거 술자랑이여 뭐여, 술장 하나 짜다 줘?"

소산이 이죽거렸지만 자기집 규모 있게 있는 주가(酒架)보다 오히려 이게 마음이 편한 걸 어쩌랴.

거기다가 얼씨구 이중섭의 황소 그림을 본 따 만든 목각, 이순신 장군의 거북선, 아프리카의 사자, 선인장 난 국화분 시들어빠진 것, 상황버

섯, 영지 백두산 천지에서 주어 온 수석, 제주도 화산석, 울릉도 곰보수석, 고려청자, 이조백자 그 밖에 음향기기와 등잔 각종 베레모까지 되는 대로 여기 저기 멋대로 놓여져 있어 잡동사니의 극치를 이루고 있다. 어쩌다가 딸아이가 보다 못해 손이라도 보는 날이면

"누가 너더러 만지랬어? 엉? 그대로 놔 둬라!"

필자가 고주망태가 되어 밤늦게 귀가한 날 치시는커녕 투정한 이후론 딸아이조차 얼씬도 하지 않는다.

"당신도 참! 이렇게 귀신이라도 나올 법해야 직성이 풀리우? 딴에는 아빠를 생각해서 출가외인이라도 일부러 와 먼지 털며 신경 써 드리는데, '아마 내가 미운가 봐' 쫑알거리며 눈물까지 글썽입디다."

"생긴 이대로 내버려 둬."

"누가 어쨌수? 밖에 나가면 삶은 호박 같은 사람이 집에 들면 이러니 원."

"허허 이거 왜 이래! 바가지 긁을 시간 얼마나 더 줄까?"

눈길에 약간 힘을 주면 아내는 이내 꼬리를 뺀다.

이 세상은 참으로 묘해서 제 성질대로 제 길을 가면 되는데 감 놓아라 대추 놓아라 신칙을 하는 사람이 너무나 많다. 남의 눈치 코치 살피기에 이골이 나면 자기는 없다.

언젠가 천안에 있는 함석헌 옹의 씨알농장을 찾았을 때 '개성부재' 가 '얼마나 삭막하고 비민주적이며 비문화적이며 몰가치적인가' 를 조용히 전제한 뒤 '들사람의 얼' 을 잃지 말라고 하신 몇 달 뒤 사상계에서 그런 요지의 글을 보았다. 필자와 주고받은 '야인정신' 이 글로 여물어 지면에 나타났을 때 필자의 감동이 얼마나 컸던지 지금도 그 생각이 나면 수염 기른 함 옹의 그 보기 좋은 풍모가 뇌리를 친다.

그분은 자신을 잡동사니의 철학이지 아무것도 아니라고 겸양하셨지

만 대동강물 거슬러 떠먹어서 그런지 불의를 보면 불같이 노해 사자후를 뱉어내, 저 난다 뛴다 하는 사람들조차 끽소리 못하던 군바리 시대에도 할 말을 했다.

생각하는 백성이라야 산다는 글 때문에 영어의 몸이 되었던 함 옹! 술 한 모금 못하면서도 호쾌한 술꾼보다 더 기가 펄펄 살아 일신상의 안위는 초개같이 버리고 대인의 길을 걷던 그분이 이토록 그립다. 생명은 잡동사니 위에 피는 꽃인지도 모른다.

블루마운틴의 카툼바에서

작년 크리스마스엔 호주의 블루마운틴 카툼바에서 세자매봉을 바라보며 위스키로 자축하였다.

한 해에 한 번쯤은 명산의 정상에서 카아 한 잔 쭉 들이켜는 그 맛으로 한 오 년 '신명'을 지켜 왔다.

인정이 깊다한들 어디 자연의 정만하랴!

1997년은 울릉도의 성인봉에서 울릉도산 오징어를 안주로 안동소주를, 1998년은 한라산 백록담에서 육포를 안주로 제주도산 오가피주를, 1999년은 금강산에서 북조선 개미술을 마셨지만 아쉬운 것은 비로봉은 그저 멀거니 바라만 보았고 구룡폭포나 만물상에서도 담배 한 가치 피울 수도, 술 한 잔 마실 자유도 없었다.

2000년은 백두산 천지까지는 갔지만 거기서도 술은 한 모금도 마실 수가 없었다. 제 아무리 명산인들 이렇게 삭막하게들 굴 수가 있나?

설악산에서는 허리춤에 아예 큰 소주병 하나를 꿰차고 올라가 딴 곳에서 마시지 못한 술까지 시원스레 또 너무 많이 마셔서 속은 후련했지만 내려올 때는 오금이 저리고 다리가 후들후들 떨려 일행의 웃음거리가 되었다.

2001년 12월 25일. 필자는 드디어 오매불망 그리워하던 블루마운틴의 정상에 섰다. 위스키 한 병을 차고.

바가 있고 카페가 있었지만 다 마다하고 사람들의 발길이 뜸한 호젓한 곳을 찾아 시루떡같이 생긴 넙적한 바위에 앉아 술잔도 없이 마개만 따고 위스키를 목젖에 들이부었다.

타롱가 동물원에서 보았던 코끼리, 캥거루, 도마뱀을 상기하면서, 코알라도 떠올리면서 사막 투어의 샌드스키, 지천으로 널려 있는 유칼리투스의 그 훌랑훌랑 껍질을 벗고 있는 모습도, 잘 다듬어진 잔디밭, 잘 가꾸어진 정원, 이름도 모를 새들의 지저귐, 세계 3대 미항으로 일컫는 시드니 항구에 마치 조개껍질을 엎어놓은 듯한 오페라하우스, 그 옆으로 쭉 나 있는 술집 그 밖으로 하얀 의자에 앉아 와인을 즐기고 있는 백색, 흑색, 황색의 각종 민족에서 온 사람들.

위스키 병이 반쯤 비어졌는데도 도무지 취하지 않았다.

마침 그때 뭉게뭉게 피어오르는 구름을 보았다. 살찐 양들처럼 미풍에 몰려가는 구름 속에서 선녀라도 나는 듯한 기분이 들었다. 아참 여기는 영국풍이니까 천사라 해야 맞겠지.

돌고래가 폴짝 폴짝 뛰는 모습도 맨리만에 갔을 때 그 거대한 수평선까지, 끊임없이 보채던 파도와 파도 그 위로 펄펄 날던 바닷새들.

정말 카툼바는 멋이 있었다. 그 거대한 섬 호주에서 가장 높은 봉우리가 1,100m 정도라니, 그 지하자원이 얼마나 무궁무진하며 사람의 발길이 미치지 못한 곳이 얼마나 많겠나?

열흘 동안 시드니에서만 놀았지만 이 준열대 풍경은 우리나라와는 판이하게 달랐다.

이제 위스키는 1/3쯤 남았다. 한 시간 반 만에 조니 워커를 이만큼 혼자 든 것은 난생 처음이지만 큰 나라에 오니 간덩이가 부었나 보다.

몽롱한 눈으로 옆을 보니 오 신기하게도 인동꽃이 피었다. 처음엔 하얗게 피었다가 차츰 황금색으로 변하는 그래 금은화(金銀花)라고도 하는 바로 그 인동꽃! 어찌나 반갑던지 코를 대어 보았지만 향기는 별로 없었다.

이래서 엽전은 할 수 없다니까!

술자리는 어디가 좋겠나?

"**오**늘 한 잔 어때?"

"언제, 어디서?"

"그냥 집으로 와! 아무 때나."

이쯤 되면 벌써 입 안에 침이 고인다. 이렇게 귀한 술꾼이 퇴직을 하고 아랫마을로 이사 왔으니 이거야말로 주복(酒福)이 아닐 수 없다. 더구나 성격이 화끈해서 뭉그적거리는 구석이 전혀 없고 맺고 끊는 것이 분명해서 추호도 부담감을 주지 않는 친구다.

예당저수지 곁의 조람루(釣嵐樓)에 주말이면 채마전도 가꿀 겸 심신을 쉬러 오는 소산(笑山) 또한 주가(酒架)가 실팍해서 일부러 술병이나 안주를 사들고 갈 필요가 없다. 다만 특별한 명주가 손에 들어오면 더욱 신이 나서 눈썹 휘날리며 달려가지만 말이다.

아랫마을 황골의 이 형 집에서는 잘 생긴 무성산 산마루를 바라보며 마시는 맛이 제격이요, 조람루에서는 은비늘 반짝이는 예당호의 달빛을 코아래 두고 꺾는 맛이 일품이다.

필자의 청우산방은 또 어떠한가? 비단 띠처럼 흘러내리는 유구천을 바라보며 신선한 채소와 과일을 곁들여 다담상으로 마시는 정경이 그림 같다고 한다. 물론 가장 소박하고 서툴지만 상다리가 부러질 정도로 차리지 않는다. 산신령이 노할까 보아 아주 수더분하게…….

원래 필자는 안주는 그다지 밝히지 않는 편이다. 지나친 안주에 대한 배려는 오히려 술맛을 떨어뜨린다는 지론을 슬그머니 펴면서 말이다.

젊은 시절에야 어디 답답해서 집구석은 피하기 마련이지만 나이가 지긋해지면 그 집구석이 오히려 오붓하고 느긋하고 담담해서 술맛의 깊이가 한결 더하게 된다.

"거, 꽁꽁 감춰 둔 명주 좀 내오지!"

허물없는 사이라면 찾아서 마실 수도 있고 들고 가 음미할 수도 있으며 술도 또한 덩달아 즐길 때에 흥취가 나는 법이라 농익은 정까지 플러스 알파가 된다.

필자는 문방사우를 갖추고 있는데 문인화나 운치 있는 붓글씨나 썩 드문 일이지만 즉흥시를 쓸 수 있는 분위기가 옛날로 말하면 시계 혹은 시사(時社)의 흉내를 낼 수 있는 터이니 흐뭇한 정경이 아니겠나?

서예가나 화가나 시인들이 남긴 멋의 흔적들이 몇 년 전 화재로 깡그리 소멸한 것은 심히 애석한 일이다. 그 묵객들 중에는 이미 세상을 떠난 사람도 있어 더욱 안타깝다.

최근에 양평 한강의 청둥오리를 바라볼 수 있는 자리에 셋째 아우가 마련한 콘도식 별장에 가 보니 각종 음향기기가 최신식으로 갖춰 있어서 음악이나 영상이 참신해서 좋았다. 좀 더 욕심을 부리자면 바둑판도 문방사우도 장만해 두었더라면 비록 활용하는 사람이 가뭄에 콩 나듯 적을지라도 더더욱 고아(高雅)했을 것이다.

"형님! 여기서 글을 쓰시우. 좋아하시는 술도 즐기시는 난초분도 있지 않습니까?"

아우가 보비위로 한 말이라도 썩 유쾌해서 하는 말이다. 왜 말을 타면 견마잡이 타령 한다 하지 않던가?

하여튼 술자리가 별장이든 정자든 주인의 취향이 물씬 풍기는 자리, 산 속이나 강가나 호숫가나 바다 연안에서 마시는 술은 과연 이렇게 마셔야 술맛은 술맛이지 저절로 범속(凡俗)을 털게 된다. 하다못해 집에서라도 친구를 불러 마시는 정도는 되어야 술꾼이지 안 그래?

술과 정의 함수관계

술타령엔 사랑타령이 끼게 마련이지만 도대체 그 사랑이란 말은 비린내가 난다. 별로 나이를 많이 먹은 것도 아닌데 사랑이란 말은 어쩐지 간지럽다. 그저 수수하게 정이라 한다면 모를까.

〈정 때문에〉란 드라마도 있었지만 유정, 무정, 다정, 치정, 욕정, 애정, 모정, 부정 앞뒤에 접두사, 접미사 구실을 하는 한자어를 붙이면 변화무쌍한 핵(核)이 되는 말이 정(情)이 아닌가?

골치 아프게 따지자는 게 아니고 제목을 '술 따라 정 따라' 라고 했으니 맨날 술 이야기만 할 게 아니고 정도 짚고 넘어갈 뿐이다.

정엔 미운 정 고운 정이 있다. 미워도 아주 미운 것이 아니라 뭔가 여운이 있어 떡 하나 더 주고 싶은 그런 미운 정 말이다. 사람 사이란 원래 고운 정만 오고 갈 수는 없는 것이 아닌가?

오는 정이 있어야 가는 정이 있다고들 말한다. 그러나 이것은 소극적이고 보수적이다. 가는 정이 있어야 오는 정도 있다. 이것은 적극적이요 진취적이다. 술을 좋아하는 사람치고 정이 메마른 사람은 드물다. 따라서 술꾼다운 술꾼이라면 일단 유정한 사람이라고 보아 무방하리라. 정에 인색하고 술만 탐닉한다면 그건 술꾼이 가장 경계해야 할 알코올중독의 적신호이다.

젊은이가 젊은이다우려면 열정이 있어야 한다. 나이와 상관없이 열정을 가진 사람은 젊게 사는 사람이다. 열정은 의지(意志)를 구워내는 용광로요 추진력을 배태하는 아궁이다. 이 열정이 예술의 산실이요 역사의 추진력인데 이 모두가 인간관계에서 비롯된다고 볼 때 매우 큰 구실을 하는 정의 매개체로 가장 매력적인 것이 술이라는 걸 그 누가 감히 부정하랴. 잠깐 이야기를 나누는 매개체로는 차요, 젊어서 함께 밤을 새울 수 있는 것은 음악이다 하지만 남녀노소를 막론하고 술자리만큼 물리지 않고 흥겨운 자리가 또 있을까?

술과 정이 정비례로 발전하는 것이 바람직하다. 말이 쉽지 술은 느는데 정은 오그라드는 사람이 좀 많은가? 일신우일신(日新又日新)은 선비의 덕목일 뿐만 아니라 술꾼을 술꾼답게 하는 관건(關鍵)이라 할 것이다. 이쯤 되어야 술 따라 정 따라의 경지에 눈떴다 할 것이다. 그런데 어떤 사람은 술 따로 정 따로 느는 사람도 있다. 한때 유행하였던 대표적인 사례가 술상무다. 사람 좋기로 친구 사이에 신망이 있던 J가 어느 회사의 술상무 하다가 골로 갔고, 논리정연한 데다가 깐깐하던 P도 간암으로 흙집에 묻혔고, 제 일 제치고 남의 일이라면 쫓아다니며 돌보아주던 K도 그 술상무로 정 따로 술 따로 놀다가 사신(死神)에게 덜미를 잡혔다.

술을 화제로 삼으면서 건강 이야기하자는 것이 아니다. 백년 살 목숨 술로 이십 년쯤 손해보아 여든 살에 가면 어떠랴! 실컷 술을 마시고 불멸의 업적을 남겼다면 삼, 사십대에 죽는다 해도 미련이 남을 리 없다.

술은 사람을 솔직하게 하는 마력이 있다. 소위 오픈마인드(OPEN MIND). 술은 사람을 너그럽게 하고, 사람을 대범하고 융통성 있게 이끈다. 술이 있는 곳에 일이 술술 잘 풀린다는 것은 동서고금 언제 어디서나 상식이다. 비술꾼은 술꾼을 다루기 힘들어도 술꾼은 술꾼은 물론이요 비술꾼까지 너끈히 요리하는 걸 필자는 여러 번 보았다. 그렇다고 함께 술을 마시고 남의 솔식을 나의 간교함으로 뭔가 거래하려는 것은 치사하다. 술의 힘을 빌려 자기의 우월성을 과시하는 사람은 영원한 촌뜨기다.

한때 정상에 있던 세 어른이 자기들을 떠받들던 옛 부하 앞에서 술 몇 잔 걸치고 큰소리를 친 모양인데 그냥 묻어두지 신문지상에 왈가왈부하는 걸 보면 '어이구!' 소리가 절로 나온다. 그래서 이름나면 술 마시기 어려운 법이다. 식설, 객설, 욕설, 궤변, 육담, 험담, 잡담 기고만장하더라도 그 자리를 뜨면 말짱하게 개는 이래서 서민이 좋은 나라가 우리나라다.

이야기가 다소 빗나갔지만 제발 우리 순수한 한국인의 정을 오염시키지 말자. 우리 코리안, 술과 정을 빼고 과연 무엇이 남을 수 있단 말인가?

삼화정(三和亭)

가야금 앵금을 타며 〈춘향가〉나 〈심청가〉, 〈적벽가〉 중 하이라이트를 판소리로 부를 수 있는 일급 요정인 '삼화정' 이 신설동 앞골목에 있었는데 친형보다 더 살뜰히 필자를 위해 주던 서강(西江) 김용환 선생이 안내한 곳이기도 하다.

눈에 번쩍 뜨일 만큼 예쁘디예쁜 아가씨들이 한복을 곱게 차려 입고 술안주 시중을 드는 것도 곰살맞고 넓고 큰 교자상을 앞에 놓고 빙 둘러 안치된 앉은뱅이 의자들도 엉덩이 붙이기가 그렇게 편할 수가 없었다.

배고픈 쥐 풀방구리 드나들 듯 술 고프면 찾아가던 삼화정, 쌍꺼풀에 호수같이 크고 시원한 미스 안은 서강을 서방님 대하듯 알뜰히 챙겼고 마담 우향(雨香)은 필자를 친오빠처럼 따랐다.

잊지 못할 빗속의 여인 지금은 어디 있나
노란 레인코트에 검은 눈동자 잊지 못하네

다정하게 미소 지으며 검은 우산을 받쳐 줬네
내리는 빗방울 바라보며 말없이 말없이 걸었네
잊지 못할 빗속의 여인 그 여인을 잊지 못하네.

신중현 작사 작곡에 펄시스터즈의 영롱한 노래의 〈빗속의 여인〉은
미스 안의 애창곡이고

루루루루루루 루루루루루루루루 지금도 마로니에는 피고 있겠지
눈물 속에 봄비가 흘러내리듯
임자 잃은 술잔에 어리는 그 얼굴
아―청춘도 사랑도 다―마셔 버렸네
그 길에 마로니에 잎이 지던 날
루루루루루루 루루루루루루루루 지금도 마로니에는 피고 있겠지
피고 있겠지.

이제는 돌아와 거울 앞에선 여인, 쓴맛 단맛 다 맛보았어도 뭔가 조금
억울한 사십대 초반의 우향이 흐느끼듯 '그 사람 이름은 잊었지만' 이
축축이 분위기를 흔들 때쯤 되면 필자가 어지간히 취해 있을 때며, 서강
이
"명월이 산홍이 이제 그만 청승 떨고 즐거운 우리 가락으로 흥을 돋우
도록 하라!"
장구가 나오고 가야금 앵금이 대동된다. 낙양성 십리허에……로 시작
되어 〈양산도〉를 거쳐 민요가락이 흐드러져도 성이 안 찬 필자가
"우향, 거 심청아비 눈뜨는 대목 뽑아 보라구."
할라치면 전주산 합죽선 화르르륵 펼치며 버선발 봉긋 들어 우향의
본령이 드러난다. 저 자태, 저 목소리, 저 춤에 도대체 몇 놈이나 작살이

났을까?

백우(白牛)의 작호식날은 클라이맥스였다. 몇 년 전 약사회장을 하던 친구인데 서강이 필자의 작호실력을 과장하여 뻥을 친 바람에 작호연까지 걸쭉하게 얻어먹게 된 것이다. 초반엔 밴드가 나오고 서너 명 무희(舞姬)가 나와 홍을 돋운 뒤 본격적인 판소리 마당이 되었는데 필자가 적당히 취했을 때 문방사우가 나와 마치 김삿갓이라도 된 것처럼 의기양양해서 즉흥시를 여남은 장이나 써 갈겨 댔으니 지금 생각해도 모골이 송연하다.

곤드레만드레 몸을 가누지 못할 만큼 마셨지만 정신은 말짱했다. 후에 듣자하니 단 하룻밤에 기백을 썼다고 한다. 이왕 마시려면 호주머니 사정쯤 거들떠보지 않고 그리 마셔야 되지 않겠나?

몇 해가 흘렀다. 거나하게 취해서 그 자리에 가 보니 '삼화정' 간판은 온데간데없다. 유난히 흰 얼굴의 서강이 보고 싶고, 우향의 그 축축한 목소리가 그립기 짝이 없다.

6

다양한 술

산 속 심야주

산 넘고 산 너머엔 누가 있노
다람쥐가 살재 도토리가 살재
산 넘고 산 너머엔 누가 있노
산토끼가 살재 여뀌풀이 살재
산 넘고 산 너머엔 누가 있노
불여우가 살재 승냥이가 살재
산 넘고 산 너머엔 누가 있노
호랭이가 살재 멧돼지가 살재
산 넘고 산 너머엔 누가 있노
아부지가 살재 산적들이 살재
산 넘고 산 너머엔 누가 있노
별빛들이 살재 함성들이 살재
산 넘고 산 너머엔 누가 있노
화전꾼이 살재 배가 고파 살재.

산골 물에 송이를 씻어 송이주를 담그면서 이시영의 〈산 속〉이란 시를 속으로 가만히 읊어 본다. 동요풍의 이 시는 말이 쉽고 내용 또한 편해서 애송해 온 지가 퍽 오래 되었다. 욕심 없이 동심으로 살아가는 시인의 맑은 심성이 조금도 거부감 없이 다가든다.

가을이 깊어지니 단풍이 곱다. 남창에 산 능선이 흘러내려 그 속의 나무들이 이젠 겨울이 오기 전에 '향연'을 펴고 있는 모습이 들어오고 서창 바특이엔 개가죽나무 몇 그루가 아주 빨갛게 물이 들어 소슬 바람도 불면 고 옆 밤나무 가지에 매단 풍경소리 따라 한들거리는 모습이 더욱 귀엽다.

이런 때 사람이 그리워진다. 자정을 지나 새벽이 올 때까지 권커니 잣거니 할 수 있는 그런 사람이.

우리는 맑은 공기, 따사로운 햇살, 맑은 물, 안락한 집으로 삶의 조건을 개선하려 하지만 그런 것은 우리를 건강하게 해 줄지언정 우리에게 아름다움을 안겨주지 못한다. 그래 예술이 필요하고 술이 필요하다. 예술은 특별한 재능이 있어야만 만들고 향수하지만 술은 평범한 사람이라도 얼마든지 즐길 수 있는 아름다운 세계의 문이다. 다만 술 나라를 어느 문으로 들어갔다가 어느 문으로 나오느냐에 따라 격조와 질(質)이 다를 뿐이다.

취옹지의부재주(醉翁之意不在酒)
재호산수간야(在乎山水間也)

술 취하는 사람의 뜻은 술에 있지 않고 산수를 즐기는 데에 있다는 구양수(歐陽修)의 취옹정기(醉翁亭記)는 덮어놓고 술독에 빠질 것이 아니라 자연의 품 속에서 술이 핏줄을 타고 돌 듯 오묘한 자연의 빛과 향이 오장육부로 스며들게 하며 그 자연이 술이 되고 술이 안주가 되어 고양

(高揚)되는 신명에서의 환희를 만끽하는 경지가 엿보인다.

어젯밤 두 진객이 찾아온 것은 이런 대인망(待人望)에 걸맞는 멋진 술자리였다. 아쉬운 것은 단풍을 보여주지 못하는 것, 그러나

"비 오는 가을밤이 더 멋있잖어유? 오태근 배우가 함께 들고 싶어하는 눈치이길래 더불이 왔슈."

공주의 괴짜 유재열 아우의 넉살이다.

XO 한 병, 머독 계통의 백포도주 한 병, 우리의 영원한 친구 소주 두세 병이 길동무였다.

하여튼 오늘은 술복이 터진 날이다. 황골 이 처사가 점심을 함께하자고 해 내려갔더니 안심에 표고를 넣어 안주도 좋거니와 오래 모셔놓았던 인삼주도 내놓아 맛있게 들었는데 밤 느지막이 시작해 새벽에서야 눈을 부칠 수 있었으니 말이다.

나뭇잎만 단풍이 드는 것이 아니다. 되도록 세사(世事)에 대해서는 멀리하고 빈 마음으로 마셨더니 우리 세 사람의 얼굴도 고운 단풍 빛깔이었다.

송이주(松茸酒)를 담그며

얼마 전에 깊은 산골에 사는 윤 처사가 손수 담은 송이주가 있으니 와 맛보라는 전갈을 받고 애주가 이 처사와 더불어 달려갔다.

소나무와 인연이 있는 술로는 감국과 송엽을 베나 모시 주머니에 담아 독 밑바닥에 넣고 누르면서 빚는 송국주, 푸른 솔방울을 항아리에 넣어 빚은 송령주(松鈴酒), 송순을 넣어 빚은 김제의 송순주(松荀酒), 풍증과 마비증상 각기병에 특효라는 송액주(松液酒), 솔잎을 넣어 만든 송엽주(松葉酒), 해송자인(海松子仁)을 찧어 그 찌꺼기를 제하고 만든 송자주(松子酒), 소나무 마디를 넣어 만든 송절주(松節酒), 송지로 만든 송지주(松脂酒), 꽃가루가 흩어지기 전에 따다가 말려 술을 담는 송화주(松花酒)가 있지만 송이로 만든 송순주(松筍酒)를 제일로 친다.

이름이 송순주(松荀酒)와 같지만 순(筍)은 송이를 가리킨다. 원래 순(筍)은 죽순을 말하는데 어쩌다가 송이로 둔갑했을까? 송이의 생김새가 죽순 같아서겠지만 오히려 남자의 거시기를 닮았다고 이 처사가 껄껄 웃음에 농담을 담았지만 버섯 중에도 그 향기나 맛이 으뜸인 송이로 술을 빚었으니 일반에서는 송이주(松茸酒)로 통한다.

그 송이주 맛이 아직도 혀끝에 남았는데 이번에는 아예 그 송이를 한 광주리나 선물로 가져 왔다. 자기는 술 한 방울도 마시지 않는데 아무래도 애주기인 장 선생이 가지고 있으면 요긴하게 쓸 수 있으리라 얘기로 더욱 귀를 즐겁게 해 주면서 말이다.

하여튼 일생을 통해 송이로 술을 담아 보기는 처음이다. 자못 마음이 흥분된다. 이 술이 익으면 누구와 함께 마실까? 적어도 바둑 몇 판 두고 나서 마셔야 제 맛이 아닐까 가만있자 바둑을 좋아하는 친구가 하나 둘이 아닌데 한꺼번에 불러 마시기보다는 그 중의 하나가 괜찮을 법도 하고 늘 말도 없이 두꺼비처럼 두 눈만 꿈벅꿈벅 하면서 그 검고 너부죽한 얼굴이 은진 미륵 같던 애기가 닥터 신이 갑자기 그리워진다.

신순일은 청양 사람으로 서울대 치대를 나와 합정동에 치과병원을 열어 인근의 명의로 이름이 나 있던 친구로 부실한 치아 때문에 몇 번 신세를 졌다. 어쩌다 상경하면 씩 웃으며

"조금만 기다려 봐. ○○와 누가 올 테니 함께 술 한 잔 들자구. 손님이 없으니 우선 한 수 둘까?"

산을 그렇게 사랑하고 술을 그토록 좋아하고 그와 못지않게 친구 사귀는 것을 그토록 즐기더니 명색이 의사라는 친구가 협심증에 시달리다가 어떤 환자가 준 충격에 무려 6시간 이상 산행을 하고 나서 그 몸으로 술까지 푸고 집에 돌아가 그냥 세상을 떠버리고 말았다.

가만 있자. 필자에게 정말 맛있는 송주(松酒)를 대접해 준 사람이? 맞다. 구흥성터미날 옆에 동물병원을 차리고 허연 머리 염색도 하지 않고 아침이면 언제나 테니스장에 가서 볼을 치는 강영석이란 친구가

"넌 술이라면 다 좋지? 이 술 한 번 마셔 봐!"

하고는 사슴육포를 안주로 조촐한 주안상을 차려 왔었지. 그의 아내
가 필자와 종씨요 인물 좋고 얌전해서 언젠가 거나하게 취해

"야, 영석아 네가 이만큼 잘 사는 게 모두 계수 덕인 줄이나 알어!"

"그래 임마! 넌 어떻고? 이 한량아!"

하고 서로 골렸지. 가만 있자 바둑을 둘 줄은 아는데 몇 급이더라?

막걸리 타령

술꾼은 자기 체질에 따라 소주와 맥주파 또는 양주파가 있는데 유독 막걸리만 고수하는 자칭 애국주당파로 필자의 오랜 벗 K가 있다.

그 술자리가 막걸리를 달라고 요청하다가 거북한 곳이라면 노상 쟝가방이 외투 속에서 긴 자루 총을 뽑아내듯 슈퍼에서 어느 결에 사서 감추었는지 쓰윽 막걸리 병을 꺼내놓고 껄껄 호탕하게 웃는 그 친구의 키와 용모가 쟝가방과 흡사해서 우리 주당 사이에선 쟝가방으로 통하는 친구다.

그는 술집에 대해서 유감이 많다. 카바레나 호프집이 아닌 이상 우리나라 술집에서는 막걸리를 늘 준비할 뿐만 아니라 내국인에게도 외국인에게도 좀 더 적극적으로 홍보하여 '우리의 맛과 멋'에 흠뻑 취하게 하려는 것은 단순히 속 좁은 민족주의가 아니라는 것이다.

해외 관광여행도 꽤 많이 한 그 친구는 그 나라에 가서 그 나라의 민속주를 마시고 온 것이 자랑이며 그러나 어떠한 술이라도 우리 막걸리의 맛을 따라잡을 수 있는 술은 없다는 게 그의 지론이다. 어쨌거나 우리가 몇 천 년 입어 온 한복 대신에 양복이 일상화된 것처럼 우리 막걸리 대신에 맥주나 소주, 양주에 길들여 있는 것은 사실이다. 혹자는 말하리라. 소주도 우리 것이라고. 소주는 고려 중엽부터 전래된 몽고 침략과 인연이 깊다.

술 문화의 교류는 무역과 전쟁의 와중에 이루어지는데 반드시 이기는 자의 것만이 전파되는 것은 아니다. 유행하였던 재즈가 흑인의 춤에서 오고 저 영혼 깊숙이에서 울려 나오는 흑인영가가 버젓이 큰 영향력을 지니고 있는 것처럼.

항상 추위에 떠는 북방의 술은 일단 도수가 높다. 술은 도수가 높을수록 맛과 향을 내기가 어렵고 러시아의 보드카가 특별한 애주가의 취향이 아니고서는 선뜻 내키지 않는 까닭이 거기에 있다. 스코틀랜드 위스키나 꼬냑 계통의 술들이 그 높은 도수에도 불구하고 세계의 주당을 석권하는 것은 오랜 연구와 실험 끝에 맛과 향을 넣는 노하우가 있기 때문이다.

거기에 비해서 우리 막걸리는 아무리 독해도 십도 미만이지만 우리 식문화와 어울려 궁합이 제대로 맞는 술이라는데 이의를 달 사람은 없을 것이다. 깍두기나 김치쪽이면 어떻고 산채 나물이면 더욱 미묘한 맛깔이 선다. 허연 사발(일명 대포잔)에 가득 부어놓았을 때 시각적인 정취도 아주 그만이다.

짚방석 내지 마라 낙엽엔들 못 앉으랴
촛불 켜지 마라 동산에 달 오른다
아희야 박주산채일망정 없다말고 내어라.

석봉(石峰)은 그 멋들어진 글씨와 더불어 이 한 수의 시조로 우리 고

유의 맛까지 기가 막히게 표현한 셈이다. 자연 속에서 그 자연과 동화되어 살던 우리 조상의 소박하고 유유하고 넉넉하고 은근함이 거기에 있고 사물놀이의 흥거운 가락과 얼쑤 머리흔듬, 어깨짓에 다리를 번쩍 드는 탈춤의 춤사위가 거기서 비롯된다.

입성과 먹거리는 곁코 하찮은 것이 아니라 독특한 우리 겨레의 얼을 담아내는 문화의 바탕이다. 어떤 문화든 특히 먹거리에까지 실뿌리를 내려야 한다는 것이 우리 쟝가방의 주장이며 우리도 흔연히 동의하는 바다.

서낭당이 있고 커다란 느티나무라도 버티고 서 있는 동구 밖 들판에서 김을 매다가 술참 때가 되면 광주리를 이고 나와 머위국에 산채 나물 막걸리를 내놓는 아낙의 손길처럼 푸근하고 어여쁜 손이 어디 있을까? 풋고추에 밴댕이를 넣고 푹 끓여 만든 지랑(간장)도 안주로서 훌륭하고 우렁된장국에 미나리무침, 똘고랑에서 얼렝이로 잡은 새우 빨갛게 익어 있고 무우 숭숭 썰어 넣은 매운탕도 막걸리 맛을 돋우는데는 아주 그만 아니었나?

가을 바심 마당에서 탑새기 툭툭 털고 짚토매 위에 앉아 꿀덕꿀덕 마시는 막걸리 맛을 아시는지? 청대 숲에 눈이 내리는 겨울밤에 새끼 꼬다가 동치미 쭉쭉 뽀개놓고 마시는 막걸리 맛은 또 어떻고? 떠오르는 달을 보니 목이 컬컬해 온다. 이런 때는 막걸리가 제격이련만.

국화주(菊花酒)

언젠가 노정객 김달수 옹이 두 병의 국화주를 가져 와 함께 마시며 즐거운 한때를 보낸 글을 썼다. 석양배(夕陽盃)가 길어 영월배(迎月盃)까지 되었는데 그 국화주 이야기를 하면서 빠트린 것이 있어 할 수 없이 재탕하기로 했다.

속제해기(續齊諧記)에 여남 땅에 사는 환경(桓景)은 비장방(費長房)과 함께 공부했다. 한 수 위인 비장방이 어느 날

"여보게 환경! 9월 9일엔 자네 집에 큰 재앙이 있을 것이니 지금 즉시 집으로 돌아가게. 스승께는 내가 말할 테니 예의 차릴 것 없고. 그리고 식구들에게 일러 수유나무 붉은 열매를 붉은 주머니에 가득 채워 팔뚝에 다 차도록 하게. 되도록 높은 산으로 올라가되 반드시 국화주를 가져가야 하네. 일단 산에 올라가면 아무 생각도 하지 말고 흠뻑 취하게."

스승처럼 어려운 비장방의 말인지라 그가 시키는 대로 국화주를 차고 높은 산에 올라가 가족들과 함께 마시다 보니 벌써 저녁때가 되었다. 집에 돌아와 보니 개와 닭, 양과 소가 모조리 참혹하게 죽어 있었다. 새삼

비장방이 예사 사람이 아니요 그의 말과 행동거지가 천근의 무게로 다가왔다. 일어난 일을 고스란히 아뢰니

"가축이 자네 가족을 대신한 걸세."

담담히 일깨워 주는 비장방이 더욱 거룩하게 보였다. 이것은 몽구(蒙求)에 있는 이야기다.

지금의 사람들이 9월 9일 곧 중양절이 되면 산에 올라 국화주를 미시고 수유 주머니를 차는 풍습은 이 때문이다. 집에는 재앙이 몰아닥친다는데 산에 올라가 술을 마신다는 것은 다분히 실리학적 처방이다. 높은 산에 올라갔으니 허겁지겁 달려온들 무슨 소용이 있겠느냐는 격리(隔離)의 장치와 갖가지 시름이 있을지라도 술을 마시면 그것들이 안개처럼 사라지게 마련인 데다가 시간 가는 줄 모르니 이것 또한 치지도외(置之度外)의 수법인 것이다. 치지도외도 맨 정신으로 감행할 때는 자칫 오만의 경지로 가는 수가 있으나 노름꾼의 화투나 애기가의 바둑이나 술꾼의 술이나 한량의 외도(外道)는 그것 자체에 빠져 도무지 딴 생각을 할 수 없게 되어 있는 것이 사람의 생리다.

더구나 국화 향기는 향기 중에서도 으뜸으로 쳐 우리의 옛 선현들이 무척 애용하는 것을 우리는 알고 있다. 완자창에 국화꽃을 넣는다든지 도자기에 국화 무늬를 넣은 것은 말할 것도 없고 마시는 술 마저 국화 향기를 밀어 넣어 코, 입, 목, 실핏줄까지 그 향기를 즐기고자 했으니 미당 서정주가 〈국화옆에서〉란 절구를 낳은 것도 수천년 내려온 이런 전설들의 맥락에 깊이 닿아 있는 것이다.

도연명은 그런대로 간략하게나마 성격과 모습을 짐작할 수 있을 만큼 기록이 남아 있지만 비장방(費長房)은 그 이름 석 자만 남아 있을 뿐 아무것도 남아 있는 것이 없다. 눈곱만큼의 공덕도 보상을 바라는 속물로는 그 철저한 보상심리배제의 선도(仙道)를 어디 감히 엿보기나 할

수 있겠는가?

　우리가 제 아무리 난다긴다 해도 '한 수 위'는 어느 시대 어느 장소이든 있는 법이다. 그 경지는 반드시 나이와 상관 있는 것은 아니다. 제갈량이 유현덕보다 어리지만 '한 수 위'였다. 중양절이 아니라도 이 밤은 국화주를 들고 싶다.

천일주(千日酒)

　마호타이, 죽엽청주, 공부자술, 이과명주도 명주(名酒)로 치지만 한 번 마셨다 하면 천 날 동안 취한다는 천일주가 있었다나? 겨우 소주 두세 병 마시고도 이튿날 거의 죽을 쳐 간이 나쁘니 장이 나쁘니 주위에서 주의를 주는 데다가 어쩌다 거울을 보면 누르팅팅한 몰골이 거기 있어 ‘자슥 팍 썩었군!’ 탄식하다가 유현석이란 술꾼이 천 날 동안 취해 있었다는 이야기를 듣고 귀가 번쩍 뜨였다.

　아주 옛날에 술맛 좋기로 이름이 난 중국 중산(中山)에서도 가장 소문이 난 주막집에서 유현석(劉玄石)이란 술꾼이 거나하게 술을 마셨다. 흔히 중국 술꾼이라면 유령(劉伶)이나 이태백을 치지만 죽림칠현이니 시선(詩仙)이니 하는 따위의 딴 것 빼고 오로지 술꾼으로서만은 그들의 할아버지쯤 되는 사람이 유현석이다.

　하도 기분 좋게 마시는 바람에 그 주막의 주모(酒母)가 천일주를 내주고는 그 규칙을 깜박 했지 뭔가? 집으로 돌아온 현석이 하도 취하여 비실비실하다가 쓰러져 며칠이 지나도 맥도 안 뛰고 숨도 안 쉬니 죽었다고 생각한 가족들이 권폄(權窆)을 하였다. 권폄이란 좋은 묘지를 구할 때까지 임시로 송장을 묻어 두는 것으로 풍수사상에서 비롯된 것이다. 고향 선산에 묻혀야만 직성이 풀리는 유교적 인생관도 한몫 거들었을 것이다. 현재의 성동구 옛날의 시구문이 바로 그런 곳이니 권폄은 우리나라에도 있었다.

그 주막의 주모가 천일이 찼음을 헤아려서 현석이 어찌 되었나 찾아가 보았다. 지금쯤 술이 깨었겠지 하면서.

그러나 현석이 죽은 지 3년이요 이미 장사지냈노라는 가족들의 말뿐이었다. 화들짝 놀란 주모가 호들갑을 떨며

"어머! 어머! 죽다니! 죽은 게 아니란 말야! 그냥 취했어! 천 날 취하는 천일주를 마셨단 말야! 무덤이 어디야? 빨리 가 보자구."

마누라, 아들딸 긴가민가하면서 주모 시키는 대로 관을 열었다. 바로 그때가 현석은 술에서 깨어나는 참이었다.

'현석은 술을 마시고 한 번 취하면 1000일을 간다'는 말은 중국에서는 유명한 일화다. 오래 마시고 장취(長醉)하는 것이 아니라 단 한 병에 천일 동안 취하다니 날개 한쪽 길이가 삼천 리라는 장자, 백발이 삼천 척이라고 여산 폭포를 읊은 이태백과 더불어 중국인의 '뻥'은 대단하기도 하다.

하여튼 지금도 그런 천일주가 있다면 마시고 싶어하는 사람이 적지 않을 것이다. 모름지기 술은 취하는 맛에 마시는 것이다. 지나치게 걱정되는 일이 있으면 몇 병을 꺾어도 정신은 더욱 말똥말똥하고 잠을 고대하는 불면증 환자 모양 빨리 취해 다오 아무리 사정하며 술을 기울여도 전혀 요지부동인 스스로의 몸을 원망하는 사업가도 이 땅에 꽤나 있을 것이다.

천일은 그만두고 한 일 년쯤 취해서 걱정시름 없이 편안히 잠들 수 있

다면 좋겠다. 술 잘 마시고 술 잘 팔기로 세계에서도 이름이 난 우리나라인데 이런 365일주 하나 못 만들어 내나?

아니지! 술 장사는 술을 많이 팔아야 하니까 그런 술을 만들 턱이 없지. 이런 술을 만드는 것은 소비자인 우리 술꾼의 몫일 것이다.

유현석이여! 그래 무덤 속에서 천 날 동안 무슨 꿈을 꾸셨나?

송설주(送雪酒)

'나는 겨울을 사랑한다. 겨울의 모진 바람 속에 태고의 음향을 찾아 듣기를 나는 좋아하기 때문이다. 그러나 무어라 해도 겨울이 겨울다운 서정시는 백설(白雪), 이것이 정숙히 읊조리는 것이니, 겨울이 익어가면 최초의 강설에 의해서 멀고 먼 동경의 나라는 비로소 도회에까지 고요히 고요히 들어오는 것인데, 눈이 와서 도회가 잠시 문명의 구각을 벗고 현란한 백의를 갈아입을 때, 눈과 같이 이 넓고 힘세고 성스러운 나라 때문에 도회는 문득 얼마나 조용해지고 자그마해지고 정숙해지는 지……' 로 시작해서.

'백설이 공중에서 편편히 지상에 내려올 때 이 순치할 수 없는 고공무용이 원거리에 뻗친 과감한 분란은 이를 보는 사람으로 하여금 거의 처연한 심사를 가지게까지 하는데…… 천국의 아들이요, 경쾌한 족속이요, 바람의 희생자인 백설이여! 과연 누가 너희의 무정부주의를 통제할 수 있으랴! 로 절정을 이루는 청천(聽川) 김진섭의 〈백설부〉에 나오는 '백설예찬' 은 우리나라 사람이라면 거의 공감해 왔으리라 믿는다.

하지만 지난 겨울은 달랐다. 하도 엄청난 폭설 때문에 농촌, 어촌, 필자가 사는 산촌까지 그 피해가 막심했다.

비닐 하우스가 폭싹 주저앉고, 수십 년 멀쩡하던 주택도 망가진 것이 누만가요 모처럼 두리봉 능선을 타 보니 소나무, 잣나무, 그 단단한 노간주와 낙엽송 부러진 가지에 쓰러진 나무가 즐비했다. 대나무조차 이파리가 허옇게 죽어 있고 또한 부러지거나 몹시 휘어 있었다. 눈이 많이 오면 이듬해 풍년이 온다는 말은 이젠 수정되어야 한다.

30대 중후반의 정, 문, 원 세 사람이 술 두어 병과 고기 몇 근을 들고 찾아왔다. 작년에 무성산으로 필자를 안내해 주던 고마운 친구들이다.

"선생님 뵙기가 하늘의 별따기보다 더 힘드네유. 오다 보닝께 창고가 무너졌네유. 우리 축사두 말이 아네유."

오십여 두 젖소를 기르는 문 군의 하소연이다. 이야기를 나누다 보니 눈 이야기가 화제다. 심성이 착한 이 젊은 세 친구는 더 피해가 큰 딴 사람을 걱정한다. 믿음직스럽다. 권커니 잣거니 하다가 잠깐 바람이라도 쏘일까 밖으로 나가 보니 아직도 잔설이 남아 있다. 머리가 잘 돌아가는 정 군이

"오늘 술을 영춘주(迎春酒)라 할까 했는디 저 눈 보닝께 보기 싫네유. '눈 보내는 술'로 허면 어떨까유?"

"허어. 자라 보고 놀란 가슴 솥뚜껑만 보아도 겁이 난다더니 그짝이 되었구먼 정 군 센스가 좋아. 그래 오늘 술은 송설주(送雪酒)로 하자구."

취기가 오르니 세상만사 오불관언이요 고진감래의 낙천주의가 슬그머니 머리를 드니 우리 셋은 잔설을 향해 힘껏 방뇨하면서 껄껄 웃음을

터트렸다. 산중엔 경찰이 없으니 경범죄로 몰 사람이 없을 뿐만 아니라 눈에 시렸던 나무 뿌리들에 모처럼 뜨뜻하게 내리는 이 양분기 많은 인공비를 어느 나무가 마다 하겠는가?

이효석의 〈낙엽을 태우면서〉, 정비석의 〈산정무한〉, 김진섭의 〈백설부〉가 고교 국어 교과서에서 자취를 감춘 지도 퍽 오래 되었다. 잠시 폭설로 눈의 고마움을 잊고들 있지만 말라붙은 풀포기 앙상한 나뭇가지들조차 풍만한 백화(百花)를 달게 하는 고요히 내리는 함박눈의 이미지야 씻을 수 있으랴!

지골피(地骨皮)

이발관에서 만난 김영찬 선생님. 사돈집에 혼사가 있어 가기 위해 몰골이 어떤가 거울을 보니 흐트러진 흰 머리칼이며 부수수한 모발이 윤기가 없어 어떻게 이런 꼬라지로 결혼식장엘 가나 모처럼 이발관엘 들렀다. 거기서 만난 분이 김영찬 선생님이다.

소띠 78세라고는 곧이듣지 않을 만큼 눈동자에 정기가 있고 콧날이 섰으며 커다란 양귀와 불그스레한 안색에 길쭉한 얼굴, 키도 상당히 큰 편이어서 사곡에도 이런 분이 있었나 하고 내심 무척 놀랐다.

이발을 마치고 가까운 술집으로 가서 가벼운 안주로 술잔을 거우르며 귀를 기울여 김 선생님의 말씀을 들었다.

고향은 대게로 유명한 영덕, 아버지가 광산에 투자하다 가세가 기울자 이곳으로 와 고등학교를 마치고 검정고시를 치러 교사자격증을 따서 생물 선생님으로 주로 여학교에서 교편을 잡았다고 한다.

일본 유학 시절 이야기, 만주 길림성에서 떠돌던 이야기, 마흔네 살에 상처하고 고생한 이야기를 조금도 지루하게 풀어가지 아니하고 아주 담담히 말해 주었다. 초면인데도 마음문을 열고 흉금을 털어놓는 김 선생님의 모습이 한편으로는 고독해 보였지만 정갈한 그 인품 때문에 격조 높은 인생관의 원숙한 인간미가 돋보이는 분이었다. 다만 타고난 농사꾼이 아니기에 시골 사람들과는 어울리기가 어렵다고 보였다.

80이 넘었어도 이 아우와 가양주를 나누며 그 앙상한 손으로 필자의 손을 부여잡고

"늙으면 별수 없다네. 오륙 년 동안 기동이 시원찮아도 죽을 때가 가까워지니 역시 개같이 살아도 사는 것이 낫다는 생각만 들거든."

말은 그래도 초탈(超脫)한 표정을 짓던 6촌 형님이 작년 겨울 저승으로 간 뒤 점점 노인 분들에게 관심이 쏠린다.

김영찬 선생님의 말대로 위아래 할 것 없이 '싸가지 없는 시대'라서 더불어 술 한 잔 나누며 이야기할 사람이 없는 까닭에 자주는 아니지만 이렇게 면소재지까지 나온단다. 공기 좋고 물이 맑아 그런지 우성, 사곡, 신풍, 유구 쪽엔 유난히 노인 분들이 많다.

노인회관에 나가 비슷한 또래끼리 장기를 두거나 고스톱을 치거나 마작을 놓거나 하여 소일하는 분들이 많고 더러는 다방에 죽치고 앉아 커피를 두세 잔씩 홀짝거리며 다방 아가씨와 실없는 농담이나 주고받는데 김 선생님은 그런 쪽엔 아예 거들떠보지도 않는 분 같았다.

한학에도 조예가 깊은 분 같으니 저 인구에 회자되어온 이백의 〈추포가(秋浦歌)〉나 읊조리련다.

백발삼천장(白髮三千丈)
연수사개장(緣愁似箇長)
부지명경리(不知明鏡裏)
하처득추상(何處得秋霜)

백발의 길이는 무려 삼천 장
근심으로 저같이 길어졌는가
알지 못하겠다, 거울 속 저 사람
어디서 서리를 얻어 왔는가?

흰데 필자는 머리털에 염색을 하는데 김영찬 선생님의 머리는 생긴 그대로라니!
"술을 즐기신다니 여쭙겠는데 혹시 지골피(地骨皮)를 드십니까?"
"구기자 뿌리로 만든 술?"
"아시는군요! 그렇지 않고서야 어떻게 머리칼이 그토록 검고 숱도 많습니까?"
"흐흠, 지골피가 따로 있단가? 모든 술이 지골피지 뭐."

연엽주(蓮葉酒)

조선 중엽 명종 때 장사랑(將仕郞)이던 이정(李珽)이

"그래 좋다 너희들이 다 해먹어라."

하고는 식솔을 이끌고 낙향하여 산 설화산 남서향 산자락 아래 배산임수(背山臨水)의 명당 양지바른 외암마을은 충청도가 자랑하는 민속마을이다.

광덕산에서 흘러 내려와 마을 앞 서쪽 평촌 뜰을 적시는 앞내 다리를 건너면 왼편의 소나무 숲 정자도 운치가 있고 기와집, 초가집 60여 채가 즐비하게 서 있는데 막돌을 써 허튼층쌓기로 소박하게 쌓은 야트막한 돌담이 가장 인상적이다. 더욱이 재미있는 것은 마을 구석구석까지 냇물이 파고들어 흐르며 10여 채 되는 기와집은 물론이요, 거의 집집마다 연못이 있다. 특히 이 참판 댁 연못에서 나는 연잎으로 담는 연엽주는 이미 그 성가(聲價)가 높아 무형문화재 제11호로 지정되어 있다.

연엽주는 찹쌀로 빚은 누룩에 연뿌리, 줄기, 잎과 켜켜로 솔잎을 넣고 섭씨 15~16도에서 발효시켜 만드는데 처음에 혀끝에 닿을 때는 새큼하

지만 마실수록 맛이 알싸하여 붕어찜과 어울려 마시면

'아하, 조상들은 이 맛으로 알딸딸하게 취해 유유자적하면서 속기(俗氣)를 털었구나.'

저절로 선비가 되는 느낌이 든다.

충청남도 양반집의 대표적인 모습인 이 참판 댁은 중요민속자료 제195호로 조선말기 참판을 지낸 퇴호 이성렬이 고종으로부터 희사받은 집이다. 그런 집에 예안 이씨의 가주 연엽주로 살아서도 즐기고 죽어서도 그 술로 제사를 받는다니 같은 귀신이라도 그 귀신들은 참으로 좋겠다는 어이없는 생각마저 들어 빙그레 웃는다.

시골뜨기로 서울에서 오래 살다 보니 날고뛰는 서울내기들과 생존경쟁하기가 힘에 버겁고 마음 편히 술 마시기는 고사하고 뭔가에 늘 쫓기는 생활이라서

"그래 좋다 너희들이 다 해먹어라."

용단을 내고 깊은 산골로 내려와 산 지도 벌써 십오 년이 넘었다.

세월이 약이라더니 약간 침통하던 심경도, 물 먹은 걸레처럼 지쳐 있던 육신도 거의 수선이 되었다. 맥박은 뛰고 숨도 쉬고 있으니 아무 일도 하지 않고 낮잠만 잘 수는 없어 나무도 심고 채마전도 가꾸면서 밤이면 그런대로 마음 맞는 사람들과 더불어 술을 마셨다. 아니 술을 마셨다는 말보다는 술에 젖어 살았다는 표현이 더욱 적절하리라.

주로 소주발이요 아주 더러 여행길에 나서면 그 고장 특유의 민속주를 맛보게 되는데 위에서 언급한 외암리 이 참판 댁 연엽주가 가장 맛이 깊어 인상적이었다. 짓궂은 친구들은

"어이, 이왕이면 가양주를 담아 우리 목도 짜르르하게 좀 해 봐!"

"무슨 술?"

"독사도 있고, 오가피도 있고, 더덕도 있고, 쑥도 있고, 구기자도 있잖

아?”

“줄수록 양양이라더니 쐬주가 최고지 뭘 이것저것 따진댜?”

“헌데 왜 한산 소곡주가 어떻고 당진 두견주가 어떻다느니 고창 선운사 복분자는 풍천 장어를 안주로 해야 제맛이라느니 떠들어!”

“허허, 이 사람들 좀 봐! 거 다 발고린내 풍기며 쫓아다니며 마셔야 제맛이라구! 이 성님이 말을 비치면 하다못해 가까운 외암마을이라도 데리고 가서 함께 맛보자구!”

“사 오면 되잖아?”

“모르는 소리. 연엽주는 시판이 안 돼! 물러두 한 참 물르는구먼. 껄껄껄.”

두견주

오솔길 따라 뒷산에 산책을 하다 보니 아니 벌써 진달래 꽃망울이 오도도 부풀고 있다. 소쩍새가 울면 일제히 진달래가 만발하고 한밤중에도 우련히 그 연분홍 빛깔로 산을 밝히리라.

봄 꽃술로는 두견주요 가을 꽃술로는 국화주, 하여튼 우리 조상들은 그 슬기가 기가 막히다. 헌데 우리나라 전통주 중에 누가 언제 만들었는지는 유독 두견주만이 뚜렷하다는 걸 복가 성을 가진 어느 여성으로부터 들었다. 실로 우연히 술자리를 함께했는데 은근히 자기의 시조 복지겸을 자랑하면서 다음과 같은 이야기를 해 주었다.

고려의 개국 공신 복지겸이 말년에 원인 모를 병에 걸려 충남 당진 면천에 와서 요양할 때 백약이 무효인지라 그저 죽기만을 기다리는 참에 효성이 지극한 방년 열일곱 살의 딸이 밤마다 칠성님께 빌었단다.

정성이 지극하면 신령도 움직이고 정성이 모자라면 호박떡도 선다는 말이 있듯이 달포를 하루도 거르지 않고 정화수를 떠다가 장독대 곁에서 빌었더니 마침내 신선이 꿈 속에 현몽하였단다.

"아가야! 네 아비는 큰일을 많이 하고 나라 세우는 데 너무 열심이어서 지나친 살생을 하였느니라. 그것이 네 아비의 업보거늘 네가 그만 효심이 지극하여 옥황상제께서 감복하였느니라. 이제부터 내 이르는 대로 술을 빚어 먹이거라. 효험이 있을 것이다. 찹쌀 두 되, 누룩 두 되, 물 한 되로 밑술을 담근 뒤 진달래꽃을 켜켜로 섞으면서 넣어 발효시키거라. 최저 50일간 후숙시켜서 총 80일 만에 술이 뜨거든 술독에 불을 지펴 보거라. 불이 붙으면 용수로 걸러서 미리 맛보지 말고 아비에게 먹이거라!"

"신령님. 지금도 아버님은 오늘 내일 하시는데 어떻게 석 달이나 참을 수 있겠나이까?"

"어허! 내 말을 믿지 못하느냐? 다급한 네 마음도 십분 이해가 되지만 천지신명이 지키면 그때까진 무사하리라. 알겠느냐?"

"네. 고맙사옵니다. 꼭 그리하겠나이다."

전설 같은 이야기지만 복씨 가문은 그 누구도 추호도 의심하지 않는다. 따라서 두견주를 빚게 한 동기는 복지겸 장군의 병환이요 그 과정은 효성스런 그의 딸로 되어 있다.

재미있는 것은 이 복씨 문중의 술을 계승한 이는 면천에 사는 인간문화재 박승달(朴昇達) 씨이니 필자는 미처 어찌된 사연인지는 알아내지 못하였다. 짬이 나면 꼭 찾아가 물어 볼 것이다.

필자가 역마살을 타고 나서 하도 잘 쏘다니다 보니 금강산과 백두산을 찾아가 보았는데 이북 사람들은 하나같이 두견주야말로 북한의 자랑거리이며 거기서 시작한 걸로 선전하고 있었다.

면천 두견주의 맛을 아는 필자인지라 사서 맛보았는데 너무 독했지만 은근하고 향긋한 면천 두견주와는 격이 달랐다.

두견주같이 유서 깊은 전통술은 연분이 깊은 사람과 호젓하게 분위기

있게 깊은 밤 소쩍새 울음소리 들으며 맛본다면 더욱 기가 막힌 술이 될 것이다.

천하 명주라도 속된 자와 마시면 속주가 되고 소박한 술이라도 신선과 마신다면 유하주가 되지 않겠는가?

복지겸 장군이여! 후손을 잘 두어 이 술꾼에게 귀동냥하게 했으니 더욱 그 영령이 편안하실진저!

소주타령

뻔히 소주를 마실 줄 알면서도 뭘 마실까 필자의 의중을 떠보는 친구의 입술은 전에 없이 매력적이다. 주자의 후손답게 그는 중화요리를 선호하고 크게 기념할만한 일이 아니라면 굳이 죽엽청주나 마호타이가 아니라도 배갈류를 마시고 싶어한다.

만일 그와 더불어 그가 좋아하는 술을 마신 것이 얼마 지나지 않았다면 소주를 마시고 그렇지 않다면 두말없이 그가 좋아하는 적어도 중급 이상의 중화요리집으로 직행한다. 그런데 재미있는 것은 소주를 마시는 날은 소주로 일관하지만 배갈류를 마신 날은 이차로 꼭 소줏집을 들른다는 사실이다.

술에 있어서는 청탁불문이지만 모차르트를 들으면서 막걸리는 마실 수 없고, 판소리를 감상하며 양주를 들 수는 없다. 술과 안주가 궁합이 맞아떨어져야 제 맛인 것처럼 마시고 싶은 술과 날씨와도 불가분의 관계가 있다는 걸 웬만한 술꾼은 쉽사리 간파하고들 있다. 이를테면 뜨거운 날 목이 갈할 때는 생맥주나 차거운 막걸리 한 사발이 땡기고 눈이라도 펄펄 내리는 겨울밤에는 뜨거운 찌개에 소주가 제격이다.

군이 한국인이 아니라도 한국인의 정취를 알려면 식문화 주문화에 관심을 가져야 되고 그 중에서도 소주가 클라이맥스라는 건 이태리 친구의 말이고, 소주야말로 그 가격에 비해 어느 양주와도 비교할 수 없는 톡 쏘는 맛, 담백하면서도 알코올 도수보다 더 그윽한 그 무엇이 있다는 건 영국에서도 위스키의 고상 스코틀랜드 수염도 노란 친구의 말이다.

부산과 시모노세키를 오고 가는 부관 페리호를 타 보면 소주의 위력을 알 것이다. 소주와 풋고추를 실은 컨테이너가 얼마나 즐비한가를! 한국 소주맛에 반한 필자의 친구 야마모토는 소주의 맛은 그 무엇으로도 대치할 수 없는 인류 최상의 명주라는 걸 서슴없이 힘주어 말한다. 구태여 남의 나라 사람들 입을 빌릴 것도 없이 김치, 된장과 더불어 소주야말로 국주로서의 위상을 유감없이 발휘하고 있다.

그러나 소주는 좋게 말해서 한국의 맛을 알리는 선두주자로서의 그 위력만큼 부정적 요소도 작지 않다. 도대체가 우리 한국인들은 너무 빨리 마시고 너무 요란스레 마시고 또 너무 많이 마신다. 술에 원수라도 맺은 것처럼. 좀 더 고즈넉하게 마실 줄을 모른다. 취하는 것도 유분수지 아저씨가 금방 개새끼가 되고 조금만 눈에 거슬렸다 하면 곧장 싸움판이 되기가 일쑤다.

지금은 스피드 시대라서 스무 살 이전에 맥주 맛을 알지만 60~70년대는 거의 군에 가서 술을 배우기 때문에 욕구불만의 스트레스를 푸는 도구로 악용(惡用)되었다고나 할까. 심지어 군화에 술을 그득히 부어 마시기도 하고 소위 폭탄주라는 것이 장군으로부터 사병에 이르기까지 성행되었다. 또 그걸 대단한 자랑거리로 치부하고 있으니 탈이다.

사람 대접할 때 술의 신세를 지는 만큼 술에게도 술격에 맞는 대접을

할 줄 알아야 한다. 소주는 결코 만만한 술이 아니다. 소주 방귀, 양주 방
귀가 따로 있다지만 양주 빨고 삼천포로 빠지는 사람도 있고 소주 꺾고
비틀거리는 사람이 있는 것처럼 소박하고 다양하며 서민정서에 꼭 알
맞은 소주가 지천으로 있다는 건 이 땅의 술꾼들에게 복음이라 아니 할
수 없겠다.

설과 술

제 아무리 양주파라 하더라도 설날 차례상에 위스키나 꼬냑 혹은 보드카나 와인을 제주(祭酒)로 쓰는 사람은 없을 것이다.

돌아가신 분이 막걸리를 즐겼다 하더라도 제삿술에는 청주(淸酒)를 쓰게 마련인데 그것도 따끈히 데우는 것이 아니라 아주 차게 해서 피운 향 위로 공손히 세 번 돌려 올린다.

술 따르는 아우가 있고 그 술잔 제사상에 올리는 아우가 있어 어느덧 제주(祭主)가 된 필자로선 이제 얼마 안 있어 이 술을 입술도 없는 귀신으로 마시겠구나 하는 생각도 들고 이젠 고인(故人)이 되었지만 그분들의 무릎 아래 재롱을 떨던 어린 시절이 떠오르고, 역정을 내시던 일, 적당히 취해서 흥얼거리시던 노랫가락, 어흠! 어른 기척에 혼비백산하던 장난꾼의 추억과 술심부름하러 주막으로 달려갈 때 딸깍거리던 술 주전자 뚜껑 소리며 사랑방에서 젓가락 장단에 흥이 넘치던 겨울밤 창호지에 침발라 구멍을 뚫어놓고 '내가 언제 커서 저렇게 놀아 볼까?' 터무니없는 생각을 피도 마르지 않은 머리로 끌어 올리던 것들을 연상하게 된다.

하여튼 음복(飮福)으로 시작되는 이른바 액막이 술은 지방에 따라 가지각색이다. 정초의 액막이 술로는 후추와 측백나무 잎사귀를 넣어 우려낸 초백주(椒栢酒)가 있고 도소주(屠蘇酒)가 있다.

도소주는 청주에 귤껍질, 계피, 산초, 도라지 등속의 가루를 넣어서 우려낸 것으로 흔히 알고 있지만 그 외에 적출(赤朮), 방풍(防風), 완계, 대황을 넣는 것과 천초, 오두, 포백출 수유를 넣는 것이 있는데 맛은 후자가 더욱 깊다. 남녀노소 온 집안 식구들이 이제 막 떠오른 해가 비치는 동쪽을 향해 이 술을 마시면 적어도 한 해는 나쁜 귀신들이 얼씬도 하지 않는다니 이 아니 좋은가? 좋은 귀신은 부르고, 나쁜 귀신은 쫓는 힘이 술에게 있다고 생각했으니 이 얼마나 엉뚱하고도 귀여운 생각인가?

말을 돌려 왜 방금 물린 제사상 앞에서 어린애로부터 술을 마시게 했을까? 거두절미하고 요점은 술은 '어른으로부터 배워야 주도(酒道)가 서서' 대인관계 대사회관계에서 거멀못을 하는 '술' 을 제대로 마실 수 있다 그거 아니겠나? 나쁜 귀신 운운하는 것이나 동쪽을 향해 마신 것이나 술은 어떻게 따르고 또 어떻게 마시며 또 얼마나 정성스레 올려야 되는지 일찍부터 버릇을 들이도록 한 상고보수성(尚古保守性)이다. 옛 선비의식이다. 술을 마셔도 방자한 행동으로 발전해서 주정을 하거나 지나친 일탈로 빚어지는 갖가지 추태를 사전에 방지하는 '지혜' 로도 볼 수 있겠다.

그러나 술을 좋아하고 너무 즐기다 보면 그 누구도 '실수' 를 않는다는 장담은 할 수가 없다. 다만 정초부터 마음에 자경(自警)의 큰 말뚝을 치고 적어도 올 해는 멋있게 마셔야겠다는 결심은 필요한 것 아닌가?

술을 사랑하라? 하지만 '나의 잘못'의 누가 술에게 미치게 하지는 말라! 술은 같은 술이로되 백약의 으뜸이 될 수 있는 것은 드물고 개망나니로 떨어지는 '도깨비 국물'로 되는 수가 얼마나 허다한가? 또 모르지 금년은 말해인 데다가 다사다난이 예고된 만큼 야생마처럼 마셔대고 마구마구 날뛸지.

반살미

해학과 우정으로 유명한 오성과 한음은 익히 알아도 우리는 사가정과 영천군의 더 깊고 아취(雅趣)가 있으며 익살스런 관포지교(寬鮑之交)는 잘 알지 못한다.

영천군(永川君)이 누구인가? 세종에게 뜻이 있는 걸 알고 미친척한 양녕의 아우 효녕대군의 다섯째 아들이다. 그림도 썩 잘 그렸지만 색주가에 뻔질나게 드나드는 천하의 한량이었다. 본 이름은 정(定)인데 그는 언제나 남자를 한 번도 접촉해 본 일이 없는 동기(童妓)만을 골라 잠자리를 같이하는 괴상한 취미가 있었다. 그것도 한 동기와는 딱 한 번 동녀일야주의(童女一夜主義)인 셈이다. 한국판 아라비안나이트의 주인공. 사가정은 술은 엇비슷해도 돈을 뿌려가며 동정녀만을 찾는 그가 못마땅해서 하루는

"나리께서는 개척정신이 왕성한 것은 좋으나, 온고지신(溫故知新)의 정신은 지극히 박약하구료 하하하. 옷은 새옷이 좋고 임은 옛님이 좋다오. 풋과일은 떫기만 하지 맛은 그다지 나지 않지만 무르익은 과일은 씹

"

을수록 맛이 나는데 어째서 그 맛을 모르시오?"

"허허 내가 편협한 탓인지는 몰라도 동기와 잠자리를 같이하는 즐거움은 마치 하얗게 내려 쌓인 숫눈길을 내가 먼저 밟고 걸어가는 것과 똑같은 즐거움이오. 사가정 같은 풍류객이 어찌 나의 고상한 이 취미를 몰라주는지 원."

"고상이요? 거 몰라도 한참 모르는군. 계집이란 마치 말과 같은 것이어서 사나운 말일수록 타고 달리는 흥취가 농후해지는 법이라오. 사나운 말을 덥석 비껴 타고 엉덩이에 채찍질을 하면 말은 제물에 흥이 겨워 소리를 지르며 천리를 달리게 된다오. 말이 기운차게 달리기 시작하면 인마(人馬)가 혼연일체가 되어 황홀경으로 치달아 가는 즐거움—이게 남녀간의 풍정의 극치인데 그런 경지에 오른 사람이 그래 고작 풋과일만 고집하겠소?"

사가독서(賜暇讀書)로 며칠 책 속에만 묻혔던 서거정(徐居正)인지라 술 몇 잔에 하도 답답하게 구는 친구 영천군을 계몽하기로 작정했던 것이다.

나귀 두 필에 몸을 싣고 바로 곧장 그들은 송도를 향해 떠났다.

얼굴 곱고 잠자리의 기술이 기찬 청교월을 소개해 삭신이 노골노골해지도록 성(性)의 진미를 만끽한 것까지는 좋았지만 노잣돈 대신 가져 온 비단 세 필이 화대였으니 영천군은 그만 상경하잔다.

"풋나기 동기들만 사귀어 온 나리로 보면 청교월은 보통 기생은 아니지요. 그러나 예기(藝伎)도 없이 돈만 아는 계집을 어떻게 명기라 말할 수 있겠소."

"헌데 노자가 떨어졌는데……."

"제일홍을 찾아가면 됩니다. 지금은 노기지만 한때 이름을 떨쳤지요."

사가정과의 교유를 일생일대 큰 영광으로 여기고 있던 제일홍이 다리를 놓고 사가정이 월하빙인(月下氷人)이 되어 재색겸비하고 기예 또한 출중하여 세종 당대의 으뜸 기생이었던 자동선(紫洞仙)을 소실로 맞아들이는 영천군은 이 천하의 풍류객 사가정의 우정에 그저 멍멍할 뿐이었다. 첫날밤을 꿀같이 보낸 뒤 떡 벌어지게 진수성찬에 명주로 잔치를 열어 반살미를 기똥차게 해 주니 영천군의 입이 딱 벌어질 수밖에.

반살미란 원래 신혼부부에게 일가 친척이 초청해 음식대접하는 우리의 아름다운 옛 풍습이다.

조니워커 1

출석부를 끼고 수업에 들어가 교실에 앉아 있는 학생들을 일별하니 장대같이 크고 구레나룻도 무성하고 우뚝한 코에 눈빛이 사나운 낯 모를 학생이 하나 앉아 있었다. 더운 때도 아닌데 바짓가랑이를 걷어 부친 것도 그 오연한 자세도 도무지 마음에 들지 않았다. 상하는 비위를 억지로 참고 수업을 마친 뒤 교무실에 와 확인해 보니 그 학생은 태견 5단에 불량 써클의 두목으로 퇴학처분을 받고는 이 학교로 전학한 학생임을 알았다.

보수적인 기독교 미션 스쿨에 남녀공학이어서 비교적 문제아가 적었는데 다만 생긴 지 오래지 않아 한 학년 한 반뿐인데도 학생이 덜 차 그런 학생도 받을 수밖에 없는 교감의 말엔 수긍이 갔지만 그 학생의 기에 눌려 그냥 제멋대로 놓아 둔다는 것은 말이 아니어서 모름 모름 가다가 어느 날 필자의 부아통이 터지고 말았다.

남녀공학인 데다가 그것도 졸업반, 한창 사춘기에서 청년기로 접어든 학생들 앞에 엎드려 뻗쳐를 시켜놓고 꽤 굵은 몸둥이로 열 대를 갈겼다.

"다 때렸슈? 이제 자리에 들어가 봐두 되쥬?"

서늘한 눈빛으로 바라보는 폼새가 후에 한판 붙어 보자는 기색이 역연했다.

사흘 뒤. 거나하게 취한 이 학생이 내 하숙방에 뛰어들었다. 속으론 더럭 겁이 났다. 헌데 방 안에 들어오자 마자 무릎을 꿇었다.

"선생님! 저를 인도해 주십시요!"

"이 사람아, 그렇다면 맨 정신으로 찾아와야지 이게 뭔가?"

금시 버르장머리 없이 피식 웃더니

"선생님! 착각하지 마십쇼! 이건 순전히 삼촌 때문입니다."

"삼촌이 누구신데?"

"선생님의 선생님 이주영 영어 선생님을 기억하십니까?"

별명이 리쭈웨이였고 온화한 미소에 사근사근한 발음, 자상한 가르침에 영어의 문을 열어주신 은사 이주영 선생님의 조카였다. 그 선생님이 필자의 안부를 묻고 꼭 찾아뵙고 훈도를 청하라고 했는데 인사가 늦은 죄로 필자가 저를 조졌다는 것이다.

그 이튿날 밤, 그 학생의 아버지가 찾아왔다. 궁핍한 시대, 술이라면 막걸리가 아니면 소주, 맥주는 비싸서 마시지 못한 그 시절에, 이분은 조니워커 블루 한 병을 들고 와선

"동생이 자기 제자가 시인이라면서 자랑했고 아들한테 이야기를 들었쥬! 이녀석 고집과 기가 너무 세어 속을 무던히 태웠어유. 이 조니워커가 엄청 비싼 술이라면서유? 특별한 술이닝께 우리 아들도 특별히 지도해 주셨으면 좋겠네유."

하소연 반 농담 반을 섞은 말이었지만 뜨거운 부성애가 밑받침되어 있었다.

조니워커는 이렇게 필자와 가까워졌다. 그러나 정작 조니워커란 이

스코틀랜드 위스키의 맛을 제대로 알기 시작한 건 불과 십여 년밖에 되지 않았다.

해외여행에서 가장 흔히 마실 수 있고 올드파나 시바스리갈과는 풍미가 다른 조니워커를 선호하는 형의 마음을 읽은 아우가 해외나들이를 다녀올 때마다 한두 병씩 선물로 가져와 양주라면 가장 먼저 당기는 것이 조니워커가 된 것이다.

물론 보리파는 아니다. 럼이니 뭐니 좀 종자가 다른 것도 있지만 양주를 즐겨하는 사람들은 보리파와 포도파로 갈린다. 위스키냐 브랜디냐를 국산화한 필자의 조어(造語)이다.

조니워커 2

조니워커라면 한국판 댄디즘의 멋을 연 〈목마와 숙녀〉의 시인 박인환을 떠올리지 않을 수 없다. 그 잘 생긴 얼굴에 언제나 검정외투 깃을 올리고 명동 '은성' 에서 명동백작 소설가 이봉구와 어울리며 밤을 사랑하던 사나이. 죽도록 술을 사랑하고 거나하게 취하면 그담 자작시가 입술을 들치고 튀어 나오던 그는 정수동을 사사했는지 노상 외상술이었지만. 그러니 어디 조니워커를 자주 들 수 있겠는가? 그러나 곤드레만드레 되어 또 찾는 건 조니워커였다.

3월 스무날. 무거운 겨울 외투를 그대로 입은 채 아홉 시 넘어 엉망으로 취한 박인환은 집에 돌아와 쓰러지면서 서른한 살을 일기로 갑자기 숨을 거두어 버렸다. 멀걸게 뜬 그 눈을 아래로 쓰다듬어 감겨준 것은 송지영이었다. 생전에 그렇게 좋아하고 그것을 마음껏 사주지 못한 게 한이 된다고 김은성이 조니워커 한 병을 들고 와 박인환의 입에다 부어주고 자기 입에다 따르자 들러리 친구들이 너도 나도 박인환의 입에다 술을 부어주고 대작이나 하는 듯이 마셨다. 〈춘우송〉의 김광주는 "네가 먼저 가다니 이게 웬

일이냐?" 목메어 흐느끼고 있었다. ―소설가 이봉구가 전하는 말이다.

우연히 필자가 교문리에서 육칠 년 산 적이 있었는데 해마다 한식 때면 멀다는 핑계로 조상의 묘엔 성묘 갈 엄두를 못내도 망우리에 묻혀 있는 세 분의 묘는 꼭 찾아갔다. 조니워커 한 병을 들고.

거기엔 〈님의 침묵〉의 만해 한용 운, 〈호박꽃 초롱〉의 강소천 그리고 어이없이 일찍 가 버린 시인 박인환의 묘가 있기에.

내로라하는 위스키 공장이 어디 한두 군데일까마는 조니워커 회사는 마땅히 그 앞에 박인환의 시비를 세우고 살아선 그토록 조니워커를 그리워하고 죽어서도 술을 넘길 수 없는 입에 반 병의 조니워커를 붓고 간 박인환을 기려야 할 것이다.

필자가 영국에 가면 워즈워스가 사랑하고 위스키의 원조인 스코틀랜드는 꼭 갈 것이다. 딸아이가 현지에서 사온 스코틀랜드 민요를 들으면서. 그리고 꼭 조니워커 생산지를 찾아

'오백 년이 넘는 너희 역사에 임종 후에도 조니워커로 망자의 혼을 달랜 기록이 있느냐?

묻고 나서 우리말 박인환 시집과 영역본 포엘 박인환을 주면서 반드시 윗 말을 전할 것이다. 만일 그냥 귓등으로 흘린다면 젠틀맨이니 뭐니 영국에 대한 좋은 이미지는 먹칠하게 될 것이다. 그것도 그들의 자유지만.

술에 한하여 신토불이(身土不二)는 엽전의식의 발로일 뿐이다. 다만 우리의 토속주 제비원의 안동소주나 한산 소곡주, 두견주, 이강주 등은 세계 어디에 내놓아도 조금도 손색이 없는 풍미가 있고 막걸리나 소주도 웬만한 술꾼이라면 '베리 굿' 하며 반할 수밖에 없는 술임을 인식하고 해외시장을 개척하기를 권한다.

뉴욕의 맨해튼이나 로스엔젤레스, 일본의 나고야나 후쿠오카에선 비단 우리 교포뿐만 아니라 그 나라 사람들이 '코리안 와인, 넘버원' 하며 엄지손가락을 치켜드는 걸 여러 번 보았는데 그건 단순한 인사말이 아니었다.

조니워커. 이 술엔 이토록 필자 개인적인 추억과 그 자체의 독특한 향기와 맛이 있기에 오늘 밤엔 시인 박인환에게 미안하다고 말하고 나서 한 잔 들고 잠자리에 들 것이다.

테킬라(Tequila)

오른손 엄지와 검지 사이 옴폭 꺼진 곳으로부터 손등까지 짜디짠 소금을 발라놓고 안주로 그 걸 빨면서 마시는 멕시코의 토속주 테킬라!

거무튀튀하고 덩치 큰 서부극의 사나이 버트랭카스터가 너펄너펄하는 멕시코산 밀짚모자를 푹 눌러 쓰고 말을 몰아 말발굽에 찍혀 뿌옇게 날리는 모래를 뒤로 하고 마침내 범법자의 부담감을 벗어나 건너던 강 이름이 '리오그란데' 일 것이다. 아마. 이마에 흥건히 고인 땀 방울을 맨손으로 뿌려내며 밀짚모자 던져 벽에 걸고는 바짓가랑이를 툭툭 털며 뱉아내듯 테킬라! 외치던 그 서부활극 이름이 뭐더라.

하도 명주라고 요란 뻑적지근하게 소문이 난데다가

"마셔 봐! 이게 바로 마호타이야!"

소산이 권하는 바람에 입술에 댓다가 구린내 비슷해서 역겨웠는데 그건 테킬라의 그 고약한 냄새에 비하면 새발의 피다.

소금을 빨고 새큼한 레몬쪽을 이빨로 물어뜯어 우적우적 씹어 보아도 가시지 않던 그 냄새에 비위가 상해 한참 쩔쩔매었다.

그러나 두세 잔 마시다 보면 보드카 저리 가라할 정도로 알딸딸하게 오르는 취기가 각별해서 명불허전(名不虛傳)임을 실감할 것이다.

멕시코의 건조하기 짝이 없는 사막에서 밤이슬로 갈증을 달래면서 자생하는 '용설란'을, '풀케'를 거쳐 증류해 만든 것이 주정도 43도인 테킬라다. 비위가 여간 튼튼하지 않고서는 내로라하는 술꾼도 칵테일로 한 번 굴려 마신다.

이 테킬라를 몸으로 만든 칵테일 중 이름도 끔찍스런 'TNT'란 것이 있다. 따지고 보면 테킬라의 T와 토닉워터의 T일 뿐인데 왜 이리 무서운 폭탄 이름으로 칵테일 이름을 삼았을까?

마셔 보면 금방 알 수 있다. 쭉 들이켜자 마자 오장을 쥐어짜는 듯 충격이 컸다가 조금 후 사막의 무더위가 씻은 듯이 사라지는 것이 마치 TNT의 폭발분산과 흡사하다는 것을!

이와 대조적으로 부드럽고 낭만적인 칵테일이 '마르그리타', 마가레트의 스페인식 발음이다. 테킬라를 바탕으로 '라임 쥬스'나 '레몬 쥬스'를 섞어 세이크한 것인데 독특한 것은 아예 글라스의 입 부분에 소금을 발라놓는 것. 마시기 전에 소금을 빨라는 것이다. 마르그리타와 소금의 맛이 합쳐져 나타내는 그 맛은 키스할 때 신사의 콧수염이 숙녀의 입술에 주는 감각처럼 짜릿하다나? 그래서인지 멕시코 사내들은 노소를 가리지 않고 콧수염을 기르는 사람이 많은 것일까.

올래! 올래! 투우장이나 축구장에서 응원하는 멕시코인의 열광적인 함성 뒤에는 테킬라가 있는 것이다. TNT도 마르그리타도 그들 나름의 마시는 때가 있을 것이다.

괌에 갔을 때 이 모든 테킬라의 맛을 골고루 음미하게 해 준 죽마고우 이태복의 우정을 잊을 수 없다. 괌도 열대인 데다가 너댓 차례 이미 마

셨던 전작으로 흐리멍덩한 몸과 정신을 아주 말짱하게 하는 놀라운 효
과가 있었다. 마신 푼수 치곤 이튿날 심신이 가뜬한 것도 테킬라의 덕
분일 것이다.

멕시코에 가 한인회장까지 한 명재철 아우가 있으니 한 번 가서 '리오
그란데' 옆 주막에서 테킬라를 마시고 싶다.

7

일화

술을 가장 잘 다루는 소설가는 누구이며

다룬 시나 노래는 무엇인가?

서양을 망라해서 가장 멋진 술꾼을 찾아내는 이 일이 마음에 쏙 들었다.

러나 자신의 체험이 아니라 남의 경험을 추적해

이야기를 오륙 년간 끌어 오는 동안에

대체 너는 술의 깊이를 얼마나 알아 지껄이느냐 고작 그 정도냐 하는 회의에 빠졌다.

런 생각이 드는 걸로 보아 더 이상 쓴다면 맥빠진 글밖에 더 되겠는가?

술 마시기와 술 이야기보다 필자에게 더 신명나는 시간이나 일은 아마 없을 것이다

트위스트 춤의 장기영

'인생의 행복은 첫째는 정열이고 둘째는 망각이고 셋째는 친구다.' 라고 호쾌하게 외친 사람은 경제기획원장관에 한국일보 발행인이었던 장기영 씨다.

그의 말을 들어 보자.

공무원 요정 출입금지를 결정한 수차의 국무회의는 내가 공교롭게도 국내에 없거나, 다른 일로 참석을 못한 자리였다. 어느 날 이후락 비서실장이 요정 출입 빈도가 내가 최고기록이라 그 보고서를 올리지 못했다며 은근히 주의를 주었다. 그래 내 말이 요정 출입의 빈도가 많은 것은 비밀 요정을 안 다닌다는 통계가 아니겠소. 일반공무원의 요정 출입도 확인 감독도 하구요. 물론 조크였다. 한술 더 떠 아마 이 실장은 날마다 다녀야 할 것이요. 요정에도 못 다니거나 안 다니는 비서실장이라면 무능하기 짝이 없는 보필이라 생각하는데 운운. 무슨 일에 전력투구한 뒤 오후 9시쯤 목이 컬컬하지 않는 사람은 오히려 이상하다. 양성 요정을 없애면 비밀 요정이 생기기 마련이요 술 담배라면 무슨 원수처럼 생각하는 사람 특히 여성들이 많은데 그것이 좋다는 것이 아니라 그렇게 생겨먹지 못한 사람들을 성직자처럼 몰고 가다가는 아마도 그 폐해가 더 클 것이다.

술은 고래술이요 그 육중한 몸매로 트위스트를 즐긴 장기영 씨. 트위스트는 수입 스텝이 아니라 단원 김홍도의 평양감사 취임도에서 검무를 추는 평양기생들의 몸짓이 바로 트위스트라고 갈파하던 익살꾼 장기영 씨. 박 대통령조차도 어느 날

"허허허, 당신은 그렇게 멋대로 자유롭게 행동에 막힘이 없어 부럽소. 그런데 나는 그 자유조차…… 너무 혼자만 다니지 마시오." 했다나.

한국일보나 경제기획원에서 일해 본 사람들은 이 불도저 장기영 씨의 휘몰이식 지휘에 진땀을 빼지 않은 사람이 없을 것이다. 방침이 한 번 정해지면 그야말로 전광석화 논스톱으로 때로는 퇴근시간쯤 개의치 않고 제 시간에 그 일을 끝장을 보고야 마는 것이 그의 성벽이었으니까. 그러니 그의 남녀비서진은 눈코 뜰 사이 없이 마치 트위스트를 추는 것 같다고 그를 방문했던 당시 어느 유명인사가 농을 걸 정도였으니 실제로 트위스트를 즐기는 그는 속으로 찔끔했단다.

동문 소설가 오인문이 아직도 한국일보에서 밥을 먹고 있는데 학창시절엔 그토록 과묵하고 순진하기조차 하던 친구가 지난번 피맛골 '시인부락'이란 술집에서 만나 보니까 이건 영락없이 장기영 풍이었다. 그 삐닥하게 쓴 베레모만 말고 말이다. 종친관계로 뿐만 아니라 그 우람하고 털털하고 박력에 차 있는 사나이의 기상, 무엇보다도 금도 있는 술꾼으로서의 매력, 배포가 크면서도 어느 장소 어느 시간에나 술을 적게 들었든지 많이 들었든지 천의무봉으로 유유자작하던 멋진 사나이 중의 사나이. 헌데 이런 필자의 속을 아는지 모르는지 끊임없이 장기영 예찬론을 펼치고 있는 오인문. 그는 이렇게 말했다.

"어이, 지금 말야 그런 분 딱 한 분만 더 있으면 얼마나 좋아? 말장난뿐인 세상, 으젓잖고 오종종한 것들이 지도자랍시고…… 이거 원 살맛이 나야지. 오 그리워라, 우리 장기영 회장님……."

벌써 취가가 도는가 보다.

"어이. 왜 장 회장하고 트위스트라도 요란하게 추고 싶어서 그래?"

"야야야, 그걸 네가 으떠케 알아 엉?"

나는 짚신의 피였다

나는 얼굴에 분칠을 하고
삼단 같은 머리를 땋아내린 사나이

초립에 쾌자를 걸친 조라치들이
날라리를 부는 저녁이면
다홍치마를 두르고 나는 향단이가 된다
이리하여 정터 어느 넓은 마당을 빌어
'람프' 불을 돋운 포장 속에선
내 남성(男聲)이 십분 굴욕된다

산 넘어 지나온 저 동리엔
은반지를 사주고 싶은
고운 처녀도 있었건만
다음날이면 떠남을 짓는,
처녀야?
나는 '짚신' 의 피였다

내일은 또 어느 동리로 들어간다냐
우리들의 소도구를 실은
노새의 뒤를 따라
산딸기의 이슬을 털며
길에 오르는 새벽은
구경꾼을 모으는 날라리 소리처럼
슬픔과 기쁨이 섞여 핀다.

　교과서엔 〈사슴〉이 등장하고 〈푸른 오월〉이 나오지만 노천명의 시라면 필자는 이 〈남사당〉을 애송한다. 방랑자의 진모습이 거기에 있기 때문이다. 스승, 단아한 선비형의 임동권 님이 민요를 파고들어 독보적 경지를 개척했다면 심우성 님은 남사당패의 소리, 춤, 장기에 심취해 오늘날 일인민속극의 대가가 되었거니와 요 몇 년째 두어 번 술잔을 기울이면서도 그분이 스스로 말하지 않았어도 여기 저기서 귀동냥한 에피소드를 간직하고 있다는 걸 꿈에도 모르리라.

　1965년 가을 어느 날 탑골공원에서는 웃지 못할 진풍경이 벌어졌다. 일생의 주제 '고독'을 반추한 시인 김현승이 그의 애제자 박봉우의 결혼식 주례를 서고 축가 대신 심우성이 거느리는 남사당패가 축하 마당놀이를 신명나게 벌인 해괴한(실례) 공연이 그 하나다.

　심우성, 그는 학자인지 연예인인지 구별이 안 될 정도로 시쳇말로 '행위예술가' 다.

　연구가 아니라 남사당패의 애환에 깊숙이 끼어들어 이런 류의 공연을 다반사로 하면서 막걸리 동이나 축낸 이력을 익히 아는 필자가 마곡사 들어가는 입구의 '통나무가든' 에서 MBC의 명 PD 고진과 더불어 술대접을 했더니 아직도 생존해 있는 아버지를 걱정하면서 처음엔 한두 잔으로 끝낼 눈치이더니, 알아주고 존경하고 마음을 터놓는, 후배의 정성

을 이내 간파하고 걸쭉한 목소리로 멋진 추억담을 안주로 막걸리를 마
시는 모습이 여간 빛나 보이지 않았다.

고진 씨와는 왕년의 술동무, 옵서버 격인 필자도 덩달아 몇 마디 거들
었지만 속으로 내내 노천명의 이 〈남사당〉을 암송하고 있는 줄은 몰랐
으리라. 적당히 취기가 오른 그의 얼굴은 얼굴에 분칠을 하고 삼단 같은
머리를 땋아내린 노총각이 신명이 나서 덩실덩실 춤을 춘다고 연상하
면서 말이다.

70이 넘지 않았으니 옹이라 부를 나이도 아니지만 필자는 심우성 님
을 심우성 옹이라거나 심우성 교수님이라고 부르지 않을란다. 월남 이
상재처럼 백 살이 되어도 그의 얼굴은 홍안이요 그의 마음은 팔팔한 청
년의 기백이 뛰어놀고 있으니까 말이다. 늦게 알아 엄친상에 가 보지
못한 것이 죄송하고 '상갓집술'이 맛이 있는데 못 마셔서 지금도 서운
하다.

하모니카 부는 솜씨 기막힌 남자

가을이 깊어 가니 꼭 만나고 싶은 사람이 있다. 아동문학가 이준연. 아마 그만큼 건강이 나쁜 작가는 없을 터이고 또 그만큼 많이 쓰는 작가도 드물 것이다. 시력장애자이자 선천적으로 왜소한 몸매에다가 온갖 병들이 마치 제 하숙집이라도 되는 것처럼 노상 들락거린다. 그러니 그가 그의 집필실을 떠나 어디로 나들이를 한다는 것은 엄두도 못 낸다. 그저 간간이 전화로 서로의 안부를 묻는 정도, 그런 몸으로 그가 이름난 술꾼이라는 사실은 기적에 가깝다.

1960년대 초, 미아리 근방의 정릉이나 돈암동 근처의 찹쌀 막걸리집에 뻔질나게 드나들던 술친구 몇이 우리 이거 이럴 것이 아니라 동인(同人) 하나 만들자 해서 태어난 것이 '영시동인(零時同人)', 장르·주장·개성 자유로되 항상 제로에서 시작하자 시간은 생명이다 어쩌구 떠들면서 말이다.

김성진, 남기수, 미스 왕, 정종효는 소설 지망생이요 황윤철, 장청은 시인을 희망했고 강수성은 희곡, 또 두세 사람은 이름도 얼굴도 까맣게 잊었다.

　필자는 그가 사이다병 뒤쪽같이 두툼한 안경을 끼고 있어 엄청나게 눈이 나쁘구나 어리짐작 했을 뿐. 그토록 병약한 몸인 줄은 몰랐다. 그는 이미 한국일보 신춘문예에 〈인형이 가져 온 편지〉란 동화로 등단한 기성작가였고, 우리와 술 마시는 시간 빼고는 늘 원고에 매달려 있었고, 또 폭주에 가까울 정도로 애주가여서 몸은 그런대로 괜찮은 줄 알았다.

　어느 정도 취하면 그는 호주머니를 뒤져 하모니카를 꺼냈다. 동요, 가곡, 뽕짝 할 것 없이 볼따귀가 오목오목 들어가도록 신들린 사람처럼 하모니카를 불어댔다. 지금도 신기한 것은 그가 부는 어떤 곡에나 그만의 음색이 묻어 나오고 신명진 것이라서 중간에 아무도 말린 사람이 없었다는 사실이다. 불다 불다 지치면 침 묻은 하모니카를 손수건으로 닦아 호주머니에 곱게 넣으면서

　"어때? 들을 만해?"

　희쭉 웃던 그 모습, 또 돌부처처럼 가만히 앉아 숨을 고르고 나서 꺾는 법도 없이 단숨에 술잔을 기울이던 이준연.

　그는 바늘귀만큼 열린 눈으로 빛을 모아 책을 읽고 동화를 써 왔습니다. 눈이 밝은 사람도 오십이 넘으면 돋보기를 끼고 글자를 더듬는 경우가 많은데, 그는 지금도 펜만 들면 빼어난 동화를 샘물처럼 쏟아냅니다. 또 그는 늑막염과 담석증으로 두 차례나 죽을 고비를 넘겼고, 위암수술까지 받게 되어 60Kg이었던 체중이 33Kg까지 떨어지는 지경에 이르렀을 때도 책과 펜을 놓지 않았으니, 그의 정신력과 작품에 대한 열정은 보통 사람으로는 상상도 못 할 일입니다. 그런 가운데에서도 750여 편의 단편과 50여 편의 중·장편을 합해 모두 800여 편의 주옥 같은 작품을 낳았으니, 이준연은 기적의 작가요, 입지전적인 작가며 그의 동화는 기적 속에서 태어난 환상의 날개들이다.

이렇게 말한 김종상의 말은 과장이 아니다.

소파 방정환이 그랬던 것처럼 이준연, 그는 동심 하나로 살아온 사람이다. 크는 아이들의 동심의 고삐를 잡아주려고 안달한 사람이다. 옛날이나 지금이나 동화작가의 대접은 별로다. 그런데도 '곁눈질' 한 번 아니한 그. 이 가을에 그와 술을 들고 싶다. 그리고 그의 하모니카 소리를 듣고 싶다.

동심(童心)에 살다 간 장욱진

그가 이 사회와 역사에 어떤 업적을 남겼건 동심(童心)을 잃지 않고 어린애 같은 말과 행실이 에피소드로 남아 있는 사람은 우리의 마음을 늘 훈훈하게 한다.

언젠가 이중섭의 그림을 이야기한 바 있거니와 '우리 것에 대한 사랑' 중에 동심(童心)과 치기(稚氣)를 화제(畵題)로 삼은 장욱진 화백의 소박미에 골몰한 그림을 볼 때 우리는 저절로 입가에 미소를 짓게 마련이다.

'내 인생은 심플하다.'

서슴없이 스스로를 말한 그의 이야기를 들어 보자.

사십 년을 그림과 술로 살았다. 그림은 나의 일이고 술은 휴식이니까. 사람의 몸이란 이 세상에서 다 쓰고 가야 한다. 산다는 것은 소모하는 것이니까. 나는 내 몸과 마음을 죽을 때까지 그림을 그려 다 써 버릴 작정이다. 남는 시간은 술을 마시고, 옛말이지만 '고생을 사서 한다' 라는 모던한 말이 있다. 이 말이 꼭 들어맞는다. 그림과 술로 고생하는 나나 그런 나의 뒤치다

꺼리를 묵묵히 하는 내 처나 모두 고생을 사서 하는 것이리라. 그래도 좋은
데 어떡하나, 난 절대로 몸에 좋다는 일은 안 한다. 평생 자기 몸 돌보다간
아무 일도 못한다.

　동심에 뿌리를 둔 한 예술가의 뚝심에서 나온 말이다. 그 기백과 일관
성, 그 순수함과 개성이 기초가 되어 독특한 장욱진 화백의 그림의 세계
가 펼쳐지는 것이다. 오원 장승업이 그랬던 것처럼.
　도대체 장욱진은 몇 동이의 술을 마셨을까? 그 음주의 행위는 그의 말
대로 단순한 휴식이었을까? 아니면 상상력을 불러내기 위한 전조(前兆)
였을까? 필자는 동심회복운동(童心回復運動)이라고 생각한다.
　그의 벗 최순우의 말을 빌리면 '곁눈질 하지 않기 위하여 스스로를 가
두는 것'이란다. 파리에 가서도 자신의 그 세계가 무너지거나 오염될까
봐 남의 그림을 보지 않았다는 이야기도 전한다. 수화 김환기와도 그런
점에서는 통한다. 어설픈 흉내는 얼마나 많은 이 땅의 '예인'들을 원숭
이로 만들었나?
　이번에는 그의 아내의 말을 들어 보자.

　그이는 도와드릴 건 아무것도 없어요. 혼자 하고 싶어하는 일을 할 수 있
도록 내버려 둔 것뿐이예요. 그분이 남이 안 하거나 못하는 일을 멋대로 할
수 있도록 바라볼 뿐이예요. 무엇보다도 괴로울 때는 그분이 작품이 안 되
고 내부의 갈등이 심해지면 스무 날이고 꼬박 술만 드는 때입니다. 그때는
소금조차도 한 번 안 찍어 잡수시지요. 술로 생사의 기로에서 헤맬 때가 한
두 번이 아니었어요. 숫돌에 몸을 가는 것 같은 소모, 그 후에는 다시 캔버
스에 밤낮없이 몰두하시지요. 옆에서 보면 가슴이 미어집니다.

　장욱진 그가 예도(藝道)에 깊숙이 빠져 있는 데다가 강술로 피를 말리

는 것을 옆에서 지켜보는 그 아내의 심정이 오죽했을까? 그러나 그녀는 그런 그를 지켜보는 것이 보람이요 그의 반려로서 그의 그림자로서 또한 보호자로서 온갖 정성을 다 바치고 있으니 이야말로 순애보의 극치라 할 것이다.

화가로서도 술꾼으로서도 장욱진 그는 행복한 사나이였다.

동심(童心)은 이렇게 위대하다. 동심을 지니고 사는 사람은 이렇게 행복하다. 이런 동심을 지켜주는 술은 더욱 위대하다 할 것이다.

가장 자신에게 정직했던 이중섭

1956년 9월 6일 11시 40분 한 정신병 환자가 적십자병원에서 죽었다. 무연고자로 취급돼 3일간이나 영안실에 있다가 친지들이 알고 망우리 공동묘지에 묻혔다. 불과 41세의 불세출의 화가 이중섭 그의 비극적 말로다.

어떻게 구했는지는 기억에 없지만 홍릉 전봉건 시인의 집에서 녹차를 얻어 마시며 그 유명한 은지화 몇 점을 구경했는데 그때나 지금이나 그림에는 거의 문외한이기 때문에 감히 감상(鑑賞)이란 말을 못 쓰고 '구경'이라 했다.

양담배 갑 속의 은박지를 반듯하게 편 다음 예리한 철촉필로 종이가 뚫어지지 않을 만큼만 눌러 윤곽을 뜨고 흑갈색이나 검정 물감을 헝겊이나 솜으로 문질러 선묘를 도드라지게 하는 기법이었다.

가족과 군동(君童)게, 바닷가 풍경 같은 것이었는데 특히 어린아이의 묘사는 고려청자 중에서 포도동자가 문양으로 있는 데서 힌트를 얻었단다.

「현대시학」을 어렵사리 꾸려가던 전봉건 시인이 20여 점을 모두 팔아 경비로 썼다는 것은 알 만한 이는 아는 사실이다.

시인이자 필자의 스승이기도 한 양명문 교수로부터 잘생기고 순박하고 말이 없던 이중섭의 에피소드를 술자리에서 귀동냥한 것은 1970년대 후반이었다.

'야! 멋있다!'

말은 했어도 그 은지화 세 점이 1956년 뉴욕 모던아트 뮤지엄이 구입할 정도로 유명한 것일 줄은 몰랐단다.

그러나 필자는 벽촌에서 태어나 목동처럼 소를 끌고 다니며 꼴을 뜯겼기에 그의 〈소〉 그림을 잊을 수 없다.

맑고 참된 숨결 나려나려
이제 여기 고웁게 나려 두북두북 쌓이고
철철 넘치소서
삶은 외롭고 서글픈 것
아름답도다
두 눈 맑게 뜨고 가슴 환히 헤치자.
　　―이중섭 〈소의 말〉

일련의 '소' 시리즈는 아마도 전 세계에 그 유례를 찾을 수 없을 만큼 힘차고 순수하고 토속적이다. 소는 그 자신이다. 이중섭 그는 그림을 그렇게 그렸고 연애를 그렇게 했고 술을 또 그렇게 마셨다.

700석을 하던 갑부의 막내아들로 태어났다. 그것도 유복자로, 초등학교 오학년까지 젖을 먹었고 그의 어머니에 대한 사모의 정, 형과의 갈등, 폐쇄적인 성격에서 놀라운 예술의 혼을 불러낸 사람은 오산학교의 스승 임용련 선생님과 일본 문화학원의 쓰다(津田正周)였다.

쓰다는 중섭이 내민 그림을 들자마자 시선이 얼어붙었다. 소였다.

"아주 놀아운 그림이네! 자네는 무서운 화가가 될 것을 내가 굳게 믿네."

그는 화실에 중섭만을 앉히고 방문객들도 사양하며 꼬냑 한 병을 개봉했다.

"이건 프랑스에서 내가 아끼던 술이야! 화가의 세례주라고 생긱하게. 함께 마시자구! 자네 그림에 대한 축배일세."

그는 새로운 은사로부터 전격적인 인정의 표시로 비싼 술을 비웠다. 그러나 이중섭이 가장 즐겨 마신 술은 옥수수술이었다. 강원도에서 흑주라고 부르는.

필자는 어느 유명 인사로부터 이중섭의 〈소〉를 꼭 빼닮은 목각을 선물로 받았다. 풍경소리가 그 소의 목을 타고 넘어올 때 술향기를 느낀다.

아랑주 마시고 터트린 심훈의 호통

대낮에 거나하게 취한 두 청년이 지금의 종로 2가쯤에서 휘청거리며 걷고 있었다. 한 사람은 〈상록수〉의 저자로 당진이 고향인 심훈(본명 심대섭) 또 하나는 찰떡 궁합으로 노상 함께 술친구 하던 연출가 박진이었다.

이제 박진의 말을 빌릴 차례다.

대낮에 우리 둘은 아랑주를 잔뜩 마시고 그야말로 게걸음으로 종로 네거리까지 왔다. 그때의 순사는 일인(日人)이 주도권이 있어서 더 으스대었다. 이리 가라 저리 가라 교통을 정리하는데 한참 말없이 꼬나보던 심훈이 '이놈아. 너 왜놈이 우리 보고 어째서 이리 가라 저리 가라 꼴같잖게 명령을 하는 거냐? 우리는 갈 길을 알고 있단 말야!' 호통치더니 그때 처음 등장한 교통순사의 흰 헬멧을 덥석 벗겨가지고 자기가 쓰는 것이 아닌가! 그리고는 두 팔을 활짝 벌리고 더 크게 호통쳐 말하기를 '여기는 네 거리지만 갈 길은 오로지 한 길뿐이다. 알았어?' 일인 순사가 '빠가야로' 하고 덤비니까 피해서 도망쳐 김두한의 서슬이 퍼렇던 우미관 골목으로 뱅뱅 돌고, 나

는 나대로 도망쳐서 광교에서 만났더니, 그는 쫓기고 달아나다 다급해지자
그 순사놈의 헬멧을 남의 지붕 위에 내던졌더니 그놈이 그걸 찾으러 그 집
으로 쏜살같이 달려 들어가더라고…… 허허허. 사뭇 너털웃음까지 호쾌하
게 날렸다. 술탓이긴 했지만 그것은 선(仙)에서 성역(聖域)에 접어든 정신
의 작용이라 하겠다. 그 시절에는 술을 먹으면 먹을수록 민족적 감정이 살
아나서 소리치고 통곡하고 하던 때이다. 정신이 그만큼 살아 있던 때인 것
이다.

천재는 요절한다더니 불과 서른여섯 살 1936년 9월 16일에 과로에 장
질부사까지 걸려 뜨겁고도 짧은 생명의 닻을 내렸다. 그의 묘소는 경기
도 용인군 수지면 신봉1리에 있다.
체격 좋고 미남이요 담력까지 갖춘 그가 좀 더 오래 살았더라면 더 큰
발자취를 역사에 남겼으리라.
당대의 유명한 영화 심순애와 이수일의 이야기로 장안의 인기영화 장
한몽의 주인공도 해 보고 영화소설 〈탈춤〉도 동아일보에 연재하였고,
시재(詩才)도 만만치 않아 너무 다방면에 정열을 쏟다가 그만 지쳐 쓰러
졌다 보겠다.

그날이 오면
그날이 오면 그날이 오며는
삼각산이 일어나 더덩실
춤이라도 추고
한강물이 뒤집혀 용솟음칠 그날이,
이 목숨 끊기기 전에 와 주기만 하량이면
나는 밤 하늘에 나는 까마귀와 같이
종로의 인경을 머리로 받아 올리오리다
두개골은 깨어져 산산조각이 나도

기뻐서 죽사오며 오히려 무슨 한이 남으오리까 (후략)

이것은 그의 대표시다. 끝내 광복의 날을 보지 못하고 각 방면에 과시하던 천재적인 능력을 다 발휘하지 못하고 그냥 떠났으니 떠나도 눈을 제대로 감지 못했으리라.

아나키스트적 기질 때문에 한때 오해도 받았고 〈상록수〉 이외엔 인색한 평가를 받았던 그 업을 자식들이 그대로 받아 오래 해외생활을 하는 것도 안타깝기 그지없다 하겠다.

* 아랑주 : 평북지방 산삼 캐는 사람들은 소주를 아랑주라 함.—필자주

네 아들캉 내 딸캉 혼인하자꾸마

장편소설 〈무영탑〉, 단편소설 〈술 권하는 사회〉로 유명한 현진건은 그의 호가 썩 멋있다. 허공에 의지하다 빙허(憑虛)!

그는 술이 고래요 주정은 최상급이었다. 용의 눈물을 비롯하여 역사소설의 지평을 연 별명은 지월공(地月公)이요 이름은 박종화, 물결에 부서지는 달빛이란 뜻의 지극히 낭만적인 월탄(月灘)은 서로 눈빛만으로도 죽이 척척 맞아떨어지는 막역지우(莫逆之友)였다.

어느 날 친구도 보고 싶고 술도 마시고 싶어 빙허 집을 월탄이 방문하여 주거니받거니 밤이 이슥토록 퍼 마시는데 빙허의 처가 어린 딸을 시켜 주전자에 술을 가져가라 한 것은 이제 그만 돌아가라는 암시인데 빙허는 보내기 싫고 월탄은 가기 싫었다. 재치있는 월탄이

"하! 자네 딸 참 예쁘구만."

안방에 들으라고 시치미를 뚝 떼고 엉뚱한 칭찬을 한 것에 기분이 뽀개지게 좋은 빙허가 더 큰 목소리로

"월탄아 네 아들캉 내 딸캉 혼인하자꾸마."

“그것 좋지 그렇게 하자.”

쾌히 응했다.

그 후 몇 년이 지나 현진건은 돌연 작고하고 말았다. 아직 혼기가 덜 찬 친구의 딸이지만 월탄은 그 술자리에서의 약속을 저버리지 않고 철석같이 지켜 빙허의 딸을 며느리로 데려왔다.

그 며느리가 월탄의 외며느리로 아직도 생존해서 오남일녀를 키워낸 요조숙녀 현 여사인 것이다.

술 먹은 개도 많지만 주정 속의 한 마디의 약속도 그대로 지킨 소설가 월탄 박종화이고 보면 소설은 상상력의 산물이라도 일상사에는 초지일관의 신의를 지킨 주성(酒聖)의 반열에 섰다 할 것이다. 광언(狂言) 속에 진리가 번뜩이고 농담 속에 신의의 비늘이 번쩍이며 술로 충혈된 눈초리에 별빛보다 더 밝은 슬기와 영감이 섬광처럼 빛나던 선배 술꾼들의 이런 경지는 지금도 누군가에 의해 꾸준히 이어지고 있다고 필자는 믿고 있다.

이합집산을 식은 죽 먹듯 하고 헌법을 고쳐서라도 ‘나 아니면 이 나라가 망할 것처럼’ 집권욕에만 불탄 불행한 대통령이 릴레이 하고 누가 보아도 미꾸라지가 용이 된다고 논바닥에서 꿈틀대는 이 땅의 정치풍토는 너무나 한심하기 짝이 없다. 국민은 밥인가 봉인가. 역사의 심판이 무섭지도 아니한가?

신의 없고 자격 없고 인덕 없고 도무지 우러러 볼만한 인물이 국민의 눈에 들어오지를 않는다. 이 도토리가 크냐 저 도토리가 크냐로 소선 대선 풍토를 조장한 사람들은 술 마실 자격도 없다.

하지만 필자는 언젠가 분명히 희망의 서광은 오리라 믿는다. 고추장에 고추를 찍어 먹으면서 된장국을 뜨면서 매운탕을 들면서 더러 한복을 입으면서 세배를 하고 세배를 받으면서.

매스컴은 용케 악취나는 곳만 찝어내지만 아직도 선량한 이웃이 대부분이며 내가 한 잔 마시면 너도 한 잔 들라고 술을 권하면서.

누구를 탓하랴! 독일국민에게 고한다는 피히테의 말처럼 국민이 깨어야 참다운 지도자가 선다는 것은 만고불변의 법칙인 것을!

그렇지 않으면 우리가 끼놓은 우리 새끼들이 불쌍해서 어떻게 살아가느냐 말이다. 함석헌 옹의 말대로 생각하는 백성이라야 산다. 그래야 술도 맛있다.

* 지월공(地月公)은 땅달보의 음차.―필자주

냉소주의자 다루는 법

좀 더 연구해서 술꾼의 종류를 내놓겠지만 크게 대별하면 낙관론자
와 비관론자, 냉소주의자가 있는가 싶다.

필자와 같이 물컹한 낙관론자들은 냉소주의자들 앞에서 오금이 저리
는 때가 많다.

어제 필자는 자정이 넘은 시각임에도 불구하고 잔뜩 혀 꼬부라진 음
성으로 전화를 걸어온 한 술꾼과 대화 아닌 대화를 했다. 나이가 한참
아래여도 세상물정에 밝아 그의 신세를 진 적도 있고, 어느 술자리라도
선선히 지갑을 잘 빼어 쬐쬐하지도 않을 뿐더러 무지무지한 독서가여
서 다방면에 조예가 깊은 데다가 취했거나 말았거나 입심도 좋고 논리
가 정연해서 그가 입을 열었다 하면 그게 바로 결론일 수밖에 없는 딱
부러지는 사람이다.

"형! ○○는 아주 잊었수?"

"내가 잊을 턱이 있나?"

"거짓말 마슈! 잊지 않았다면 어…어. 왜 전화 한 번 안 하슈?"

“응, 바쁜 일이 있어서, 뭐 꼬인 게 있어?”

“그건 제가 할 말유. 형이 바쁘긴 뭐가 바빠! 서울 자주 오는 거 아는데.”

사뭇 시비조다.

다섯 달쯤 전일 것이다. 40대 초반인 그들 또래와 술자리를 함께했는데 이 친구가 어디에서 스트레스를 받았는지 선에 없이 벌컥벌컥 초 스피드로 술을 드는 것이다. 말릴까 하다가 내버려 두었다. 그때 마침 옆 친구가

“형님, 지난 번 발표하신 시 좋습니다. 요새도 글 좀 쓰죠?”

“아냐, 몇 군데 청탁은 오지만 못 보냈어.”

“에이, 편편이 명작일 수 있어요? 써놓은 것 보내면 되지 뭘.”

그때 부릅뜬 눈으로 필자를 응시하며 바로 그 친구가 나선 것이다.

“형은 말야. 열정이 없어! 그걸 시라구 쓰슈? 왜? 기분 나쁘다 이거지? 낙서 같은 잡문이나 쓰구 꼴같잖게 시인입네 하면 다유? 나니까 형에게 이런 충고 하는거야!”

흐트러지기 시작했다. 산전수전 다 겪은 술꾼의 이력으로 냉큼 자리를 박차고 일어서지는 않았지만 술주정으로 받아 들이기는 도가 지나쳤다. 역린(逆鱗)을 건드린 것이다. 애가 나를 얼마나 우습게 보았기에 이렇게 함부로 까부나 그 술자리에 앉아 있는 자신이 싫었다.

그 친구가 먼저 가고 나머지 두 사람이 자리를 옮겨 술을 샀지만 소태보다 입맛이 썼다. 그리고는 피차 연락이 두절된 것이다. 전 기억을 동원해 보니 그는 냉소주의자다.

필자는 그가 주위사람이든 역사적 인물이든 좋게 평가하는 소리를 들은 적이 없다. 너무 일찍 자수성가하여 돈을 벌었고 너무 많은 책을 읽어 아는 것이 많지만 겸손의 미덕에 있어선 미흡한 것이다. 때론 공자,

석가, 예수도 손바닥 안에 있는 것처럼 꿰뚫고 나이에 비해 높은 자리도 너무 일찍 올라갔던 것이 탈이다. 그런 찜찜한 구석이 있는데 격의 없이 전처럼 연락할 맛이 있겠는가?

그러나 그의 최후의 말은 비록 혀가 꼬부라졌어도 구제받을만한 금언(金言)이었다.

"형님, 가시돋친 응석도 응석은 응석입니다. 이것도 좋아 저것도 좋아하는 우리 형님! 쬐쬐하게 굴지 마슈!"

역경(逆境)은 비관주의자나 냉소주의자를 낳는다. 진정한 술꾼이라면 차라리 바보소리를 들을지언정 그래서는 안 된다. 삶은 아무리 어려워도 참을 만한 것이니까.

미늘

안정효의 단편소설 〈미늘〉은 고독의 그늘이 짙게 드리운 글이다. 내면의 늪에 시선을 고정하고 슬픔의 두께 밑에 블랙홀처럼 엄존하는 존재의식에 추를 내린 채 몸 밖에 어떤 비바람이 치든 바다의 격랑(激浪)이 물보라를 일으키며 어떤 위험을 몰아오든 아랑곳하지 않는 견고한 자세가 기막히게 묘파되어 있다.

미늘은 물고기가 한 번 물면 빠져나가지 못하도록 물고기의 입천장에 콱 박히도록 거꾸로 장치된 낚시 속의 낚시다.

아마추어는 제외하고 필자와 가까이 지내는 프로 조사(釣士)가 셋이 있는데 하나는 길 화백이요 또 하나는 칼럼니스트로 독특한 색깔을 지닌 송우인데 이들은 술꾼으로서도 웬만한 사람의 추종을 불허하는 친구들이다. 특히 송우는 블랙마린을 낚아 올리는 국제적 명성까지 얻고 있는 낚시꾼의 황제라 불리울 만큼 대단한 친구로서 낚시에 대한 저서도 몇 권 있는 걸로 알고있다.

사람들이 왜 그토록 깊이 낚시에 빠져들까 묻는 것은 술꾼들이 왜 그토록 깊숙이 술 속에 침잠할까 묻는 것처럼 어리석은 질문이다. 한 번 콱 물면 제아무리 몸부림쳐도 물고기가 빠져나갈 수 없는 것처럼 술 속에도 미늘이 있는가 보다.

타계한 최신해 박사의 수필엔 낚시꾼의 심리나 행동 사고방식이 쉽고도 재미있게 묘사되어 있어 손맛과 몸맛의 대비가 사뭇 그럴듯하게 다가오거니와 술꾼 송우가 대어를 낚아 올릴 때의 전율이 술맛 속에 숨어 있다가 비늘을 번쩍이며 뛰어오르는 환희의 절정과 어떻게 대비되는지 표현할 수 있으리라 기대하며 기다리고 있다.

산이 있어 산에 오르는 알피니스트처럼 바다와 강과 호수가 있고 그 속에 파닥이는 하늘의 별과 같이 헤아릴 수 없이 많은 물고기에 매혹되어 시시때때로 달려가는 낚시꾼처럼 술이 있어 술꾼은 마시기 전에도 행복하고 마실 때는 더욱 행복하고 그 마시는 정경에 따라 추억의 갈피에 인각되는 황홀감의 여운으로하여 마신 뒤에도 행복하게 마련이다. 다만 미운 정 고운 정이 섞여야 정이 정답듯이 술도 또한 별별 지저분한 구석으로부터 기상천외의 아웃사이더적 발상(發想)이나 외계인 같은 느낌이 혼효되어 있어야만 술맛답다.

조사(釣士) 송우가 부러운 것은 손맛과 혀맛의 절정을 체험하고도 늘 차림새도 수수하고 '노는 모습' 도 소탈한 데다가 술꾼으로서의 의리와 신명을 고스란히 여미고 사는 그 자세가 돋보이기 때문이다. 참새와 기러기의 날아가는 길이 다르듯이 술꾼도 천태만상이다.

세상이야 어떻게 돌아가든 몸은 참새같이 작아도 강남을 가고 오는 제비 같은 여류 술꾼 몇과 지위 재산도 만만치 않는 데다가 그까짓것 내팽개치고 밤새워 술을 풀 수 있는 대여섯 기러기급 주붕(酒朋)들이 그 끝자락일망정 필자에게 주는 것은 아마 바쿠스의 배려일 것이다.

'너는 벌컥벌컥 그냥 마시지 말고 빛나는 부분을 미늘로 잡았다가 누에가 명주올 토해놓듯 글로 쓰거라.'
 이것이 바쿠스의 하명(下命)인데 나타난 글은 늘 꾀죄죄하니 필자는 겨우 까치급 술꾼인가 보다.

나는 자고 있는가, 깨어 있는가?

아아! 한 잔의 포도주를 마시고 싶구나
깊이 파진 땅 속에서 여러 해 냉각되고
꽃내음과 전원의 초록과 댄스와 남국의 노래
그리고 햇빛 가득히 쬔 환락의 맛이 나는 술을
아아! 그 잔에 따뜻한 남구의 멋진 술 넘치며
진실과 시의 붉은 샘물을 기리는 것이다
잔 주둥이에까지 구슬진 방울이 떠돌고
마시는 입은 보라색으로 물들게 된다
그 술을 마셔 사람 몰래 이 세상에서 떠나
너와 함께 어슴프레한 숲 속으로 사라지고 싶다.
—〈나이팅게일에게 부치는 오드〉의 일부

나이 불과 스물여섯에 요절한 키츠(Keats, John/영국 1795~1821)가
서양 꾀꼬리 노랫소리를 들으며 읊은 청징한 오드의 일부다.

콜린 윌슨은 그의 출세작 아웃사이더에서 '자기생활을 자기가 하고

자 했던 사람'으로 높이 평가했지만 우리의 윤동주 시인처럼 시도 삶도 너무나 순수하고 내면 세계가 호수처럼 맑아서 어딘가 이 세상과는 동떨어진, 따라서 보고 만지는 것만을 현실로 인정하는 사람들에게는 도무지 이해되지 않는 고상한 아웃사이더였다. 자고로 시인다운 시인치고 아웃사이더가 아닌 사람이 있었던가?

칼라일은 그의 영웅숭배론에서 신 다음으로 시인을 영웅의 자리에 올려놓고 단테와 셰익스피어를 들먹였지만 이십세기로 넘어오면서 그들은 아웃사이더 그 이상도 이하도 아니었다. 서사시 대신에 소설이 판을 치고 각종 잡문이 문화의 너울을 쓰는 이 마당에 낭만주의의 꽃 키츠의 대지의 노래나 마지막 소네트, 그리고 옛 항아리에 부치는 노래를 소개한다는 것은 어딘지 쑥스럽다.

하지만 이 맑은 샘을 외면하고 산다는 것은 부끄러운 일이다.

Was it a vision, or a waking dream?
Fled is that music :—do I wake or sleep?
그것은 환상이었던가? 아니면 백일몽이었던가?
노래는 사라졌다—나는 깨어 있는가, 자고 있는가?

이 구절로 끝을 맺는 윗시는 어쩌면 오늘날 이 세계의 가난한 시인들의 신세를 예언한 것만 같다.

런던에서 주막을 경영하는 그렇고 그런 집에서 태어나 일찍이 부모를 잃었고 의사가 되려고도 했지만 건강과 경제적 빈곤으로 '어쩔 수 없이 시인이 된' 존 키츠. 셸리와 더불어 낭만주의 시인의 가장 빛나는 두 별, 그 형편무인지경에서도 우아한 시심에서 우러난 오늘날까지 애송해 마지 않는 놀라운 시를 썼다는 것은 기적이다.

헐떡이면서 브라운에게 써 보낸, '이미 죽어 버려서, 지금은 저 세상에서 사는 듯한 느낌입니다' 라는 말은 폐부를 도려내는 듯이 아프기에 브라운의 키츠를 장송한 싯구절은 그리 처절하리라.

재주 많아 시건방진 문사들은 마음의 자세를 한 번쯤 키츠의 거울에 비춰 볼 일이다. 주막쟁이라고 해서 위대한 시인을 낳지 말란 법은 없다.

백석(白石)의 시(詩)맛

호박잎에 싸오는 붕어곰은 언제나 맛있었다.

부엌에는 빨갛게 질들은 팔모알 상이 그 상 우엔 새파란 싸리를 그린 눈 알 만한 잔(盞)이 뵈었다.

아들아이는 범이라고 장고기를 잘 잡는 앞니가 뻐드러진 나와 동갑이었다.

울파주 밖에는 장꾼들을 따라와서 엄지의 젖을 빠는 망아지도 있었다.
―백석 〈주막〉

요즈음 시중에서 인기인 조껍데기술맛이다. 1912년 평북 정주에서 태어나 오산고보를 거쳐 일본 동경 청산학원에서 영문학을 수학한 이 인텔리 시인이 얼마나 미남이었기에 지금도 서울 장안에서 어디다 하면 뜨르르 누구나 아는 XX요정 술집 마담이 일생 흠모했을까? 그녀가 불교계의 대표적인 문장가인 법정(法頂)에게 천 억 대가 넘는 그 집을 몽땅 바쳐 불교의 도량(道場)을 삼게 한 것은 근자의 일이다. 정말 개같이 벌어서 정승같이 쓴 대표적인 예라 아니 할 수 없겠다.

윗시도 아마 그녀의 술집에서 지었을 것이다. 동향인 소월과는 선후배의 관계로 그는 소월을 매우 존경하고 흠모했으며 그 증거가 그가 시어로 즐겨 쓴 토속어 구사에 있다 하겠다. 토속어에 관한한 백석은 소월보다 한 술 더 떴다. 이를테면

새끼오리도 헌신짝도 소똥도 갓신창도 개니빠디도 너울쪽도 짚검불도 가랑잎도 머리카락도 헝겊조각도 막대꼬치도 기왓장도 닭의 깃도 개터럭도 타는 모닥불

재당도 초시도 문장늙은이도 더부살이 아이도 새사위도 갓사둔도 나그네도 주인도 할아버지도 손자도 붓장사도 땜쟁이도 큰 개도 강아지도 모두 모닥불을 쪼인다

모닥불은 어려서 우리 할아버지가 어미아비 없는 서러운 아이로 불쌍하니도 몽둥발이가 된 슬픈 역사가 있다.
　―〈모닥불〉 전문

도도도도도도도 끊임없이 등장하는 토씨가 실생활에서 아무 쓸모 없는 것들이 한 공간에 모였지만 〈모닥불〉로 인해 소외존재가 아니라 '필요존재'로 전환시키는 것도 재미있고, 그 모닥불의 정경이 우리의 유년 체험과 너무 친숙한 것들이라서 정답고 실감이 난다.

김소월, 이용악, 오장환, 정지용, 김기림, 임화, 김상훈. 시를 지팡이 삼고 술을 표주박 삼아 산 시인들이지만 음주행각에 있어 단연 돋보이는

시인은 역시 백석이었다. 그러나 이 우아한 술꾼은 한 잔의 술을 마셔도 곱게 마시고 일절 너스레가 없이 정갈한 인품과 속멋을 나타내 비록 술 파는 여인이라도 그를 사모해 흐트러지지 않고 그녀의 정수머리에 앉은 '임' 이 되어 보시의 넋이 되게 했으니 이는 곧 진흙에서 연꽃을 피웠다 하겠다.

　'그 뜨스한 구들에서/따끈한 이십오도 소주나 한 잔 마시고/그리고, 그 시래기국에 소피를 넣고 두부를 두고 끓인/구수한 술국을 뜨근히/몇 사발이고 왕사발로 몇 사발이고 먹자' 라든지 '소주를 마시며 생각한다/나타샤와 나는/눈이 푹푹 쌓이는 밤 흰 당나귀 타고/산골로 가자 출출 이 우는 깊은 산골로 가 마가리에 살자' 혹은 '술집 문창에 그느슥한 그 림자는 머리를 없었다' 등 시편 여기 저기에 은근히 술꾼임을 드러낸 백 석이 김삿갓의 후예임을 자처하진 않았지만 술이란 결코 망나니의 먹 을 거리만은 아니라는 사실을 증명한 것 아닐까? 그러나 백석의 시는 소 주맛보다는 역시 조껍데기술맛이 나는 것은 어쩔 수 없다.

멋 있는 술꾼들

스코틀랜드 앤트릭 강이라면 각종 물고기가 즐비해서 낚시꾼들이 노상 끊이지 않는 곳이다. 하루는 상류로부터 산 물고기들이 떼를 지어 내려오는데 곤드레만드레 술 취한 모양새로 비실거리는 것이었다. 이 거 웬 횡재냐 그들은 낚싯대를 접어 두고 바지를 걷고 물 속으로 들어가 맨손으로 물고기를 잡았는데 아니 글쎄 물고기들의 아가미에서 술내가 풀풀 나는 것이었다. 알고보니 상류에 있는 위스키 공장에서 문제가 일 어나 다량의 위스키 원액을 강으로 흘리게 된 것이 원인이었다. 그 독한 술을 마신 물고기들이 온전할 리가 있겠는가?

사람들은 힘 안 들이고 많은 물고기들을 잡아 기뻤지만 술꾼이라면 누구나 처음 술을 배울 때 쩔쩔 매던 메시꺼운 추억이 있는 법, 그때 한 사람이

"이거 술꾼이 술꾼을 보호하는 차원에서 이것들을 놓아주자구."

말이 떨어지자 마자

"암, 그래야지."

곧바로 통해서 취한 물고기들을 깨끗한 물로 씻어 강으로 돌려보냈다. 강물 속으로 꼬리를 치며 날래날래 헤엄치는 물고기 떼를 보며 환성을 질렀다니 그래 영국인들은 젠틀맨 소리를 듣는가 보다.

시인 조지훈이라면 '지조론'과 '주도유단'으로 유명하지만 젊어서 한때 술고래였다는 걸 우리는 익히 안다.

하루는 일차, 이차, 삼차, 사차 밤 깊도록 마시고 나서 뿔뿔이 흩어지고 말았다. 대취한 나는 가까이에 있는 친구집 대문을 흔들고 들어가 그 친구가 쓰는 문간방에서 그냥 쓰러져 잠이 들었다가 깨어나 보니 옆에 자는 사람은 친구가 아니라 반백이 넘은 노인이었다. 쑥스럽고 놀라워서 슬그머니 일어나 뺑소니를 치려했는데 늙은이라 나보다 먼저 잠이 깨어 있던 그는 완강히 말리며

"여보, 노형! 해장이나 하고 가야 서로 인사가 되지 않겠소?"

이 말에 취했을 때의 야성(野性)은 간 곳 없고 어벌쩡 한참을 서 있다가 그냥 주저앉았다. 그 노인은 일어나 주전자와 냄비를 들고 골목 밖으로 사라졌다. 조금 뒤 따끈하게 덥힌 술과 뜨거운 해장국상을 앞에 놓고 이 노소 두 세대는 마치 오래된 지기처럼 마음을 열고 대화를 했건만 그 멋있는 술꾼의 이름은 기억에 떠오르지 않는다.

밤은 깊고 추운 날 비록 낯 모르는 청년이지만 길에서 얼어 죽게 할 수는 없어서 문도 자기가 열어주고 서슴지 않고 방문을 지나 턱 쓰러져 잠드는 내 꼴이 재미있더라는 것이다. 새파란 청년에게 '여보 노형! 불러주는 말에 여유와 익살이 묻어 있고 술꾼으로 산전수전 다 겪은 아량이 배어 있지 아니 한가?

얼마 전 삽다리에서 친구 회갑연으로 마신 술이 겨우 이빨 사이에 끼

다 말아 버스를 타고 홍성에 와 대원군 글씨로 간판이 붙은 조양문(朝陽
門) 아래까지 와 어정거리는 참이었다. 이름은 생략하거니와 한때 홍성
군수를 지낸 오 년 선배를 만났다.

"허어! 이름난 술꾼이 얼굴을 보니 아직 미진하군 그래."

하며 가까운 술집으로 이끌었다. '불감청이언정고소원' 이란 말은 그
런 때 쓰는 말. 군수로 있을 때보다 술값을 치르고 필자의 등까지 싸 안
는 그 선배의 술꾼으로서의 풍격이 여간 멋이 있지 않았다.

장정문(張正文) 그의 〈두메꽃〉

필자가 시인 장정문 형과 한솥밥을 먹게 된 것은 실로 우연이었다. 백수(白水) 고향이 같은 김천 사람인데 후리후리한 키에 콧날이 서고 다소 긴 얼굴에 눈매가 선해 보였다. 필자는 이미 그의 작품 〈두메꽃〉을 알고 있었다. '메밀꽃, 도라지꽃, 박꽃' 세 편을 묶어 〈두메꽃〉이란 시제로 읊은 세 수의 시조인데 매일신문 신춘문예에 당선된 작품이다.

생각이 흐린 날은 고향이 멀어 뵌다
저무는 저 언덕에 세월 살던 초가 하나
할머니 그 하얀 얘기 메밀꽃이 피었다

오늘도 거울 속엔 우리 누님 설운 모습
시집살이 오지랖에 눈물 바랜 도라지꽃
그토록 해묵은 시름이 꽃으로만 피었다

하늘을 섬기며 살자 땅이나 믿으며 살자

청기와 소슬 대문 다 버리고 초가에 살자
순이야 하고 한 세월 너와 나로 되는 박꽃.

마치 물오른 찔레순처럼, 나긋나긋한 시미(詩味)가 풀 향기 뻐꾸기 소
리와 더불어 우리들의 오관에 젖어들어 옴을 느낄 수 있잖은가! 그의 천
품이 그렇듯 그의 시심도 산그늘이 산밭에 내리듯 늘 편안하게 내렸었
다. 그 누구나가 켜들고 가기 마련인 세상살이 심성의 등불도 켰다 지우
기가 편리한 요즘의 손전등 같은 것이 아니라 바람 부는 모퉁이에서는
행여나 꺼질세라 가슴 조이는 그의 행등(行燈)은 늘 옥등(玉燈)이었다
고 말한 사람은 백수다.

그가 몰고 다니는 차나 늘씬한 몸매에 스마트한 옷 입음새며 골프도
칠 만큼은 치고 무엇보다도 술자리에서의 깨끗한 매너와 날렵한 춤 솜
씨 등 한 마디로 시인 장정문은 보기 드문 멋쟁이었다. 좀스런 구석이란
눈을 씻고 찾아볼래야 찾아볼 수가 없는 사람이었는데 95년도에 헤어
지고는 아직까지 만나질 못했다.

그해 칠월 비 오는 밤에 전에 없이 술도 많이 들고 춤도 많이 추고 노
래도 열창이더니. '장삿갓 당신은 말야 이 시대 최후의 로맨티스트야!'
잔뜩 추켜세워 주더니, '오후 세 시만 되면 우린 종로의 건달이지' 하기
에 '술 마실 데가 어디 종로뿐이겠습니까 차라리 오후의 건달이라는 말
이 어울리죠' 했더니 '좋아! 좋아! 오후의 건달파지' 모처럼 말이 약간
헤퍼지면서 마음 빗장을 확 풀어 버리는 줄 알았는데 약간 휘청거리는
발걸음이 어딘가 허전하게 보이고 선 고운 그 등이 고적하다 느꼈는데
우산도 없이 휘적휘적 걸어가던 그 뒷모습을 각인으로 남기고 당신은
사라지고 말았다.

허! 돌아가자 고향이 비어 있다.
　철마다 새순 돋는 인정이 빛 밝은 곳 소나무 썩은 가지를 지켜 달 하나가
둥근다.

　장승처럼 큰 키에 마을 동구를 지키는 장승도 시로 읊어 위로할 줄 알
던 천곡(泉谷) 장정문 시인이어 마내티 그만 내고 이제는 돌아와 목청
좋은 목소리로 껄껄 웃으며 한 잔 나눈다면 기분 억수로 좋겠데이.

바둑판과 술판

바둑은 두는 사람에 따라 명국(名局)이 되기도 하고 치졸하기 짝이 없는 속국(俗局)에 머물기도 한다. 술판도 그와 같다. 바둑은 상대가 있어야 한다. 술도 마찬가지다. 연기(連棋)라고 해서 네 사람이 두는 바둑도 있다. 그래 우리는 친구끼리 어울려 술자리를 함께하는 것을 연기라고도 말한다. 술 마시러 간다 하면 더럭 겁부터 내는 제 아낙의 심중을 헤아리는 술꾼이 그렇게 말했을 것이다. 밤새워 바둑을 두거나 술을 푸고 와 핑계로 초상집에 다녀왔노라 하는 것처럼.

바둑은 초반전, 중반전, 끝내기로 이루어지는데 대개 시비는 중반전에 많이 발생한다. 불리한 쪽이 트집을 잡는데 때론 얼토당토않은 구실을 달아 관전자의 고소(苦笑)를 사기도 한다. 바둑만 두는 것이 아니라 혀도 열심히 놀려 그게 화근이 되는 때도 많다. 심지어 멱살잡이까지 벌어진다. 술판도 그렇다. 주흥이 어느 정도 오르면 쓸데없이 장광설로 피곤하게 하거나 공격 본능을 발휘해 상대방을 찍어 눌러야 직성이 풀리는 친구와는 되도록 술자리를 피하는 것이 좋다.

바둑을 사랑하되 누구나 이창호가 될 수 없는 것처럼 술을 즐기되 누구나 이태백의 경지에 도달하는 것은 아니다.

내가 한 수 두면 너도 한 수 두는 것과 마찬가지로 내가 한 잔 들면 너도 한 잔 들어야 술자리는 자연스럽다. 주는 잔은 넙죽 넙죽 잘 받아 마시면서도 권하는 손길을 자주 볼 수 없는 그런 사람은 아무리 많이 술을 마셔도 술꾼이라 할 수 없다. 독작(獨酌)하는 비릇이 있기 때문에 그렇다.

한다하는 전문기사도 때론 졸속수를 놓는 것처럼 수십 년을 단련해 온 술꾼도 실수를 왕창 하는 때가 있다. 그냥 사과하면 될 것을 너는 언제 그보다 더 큰 실수를 하지 않았느냐 친구끼리 뭘 그런 걸 가지고 따지고 드냐 적반하장으로 대들기 쉬운 것이 바둑판이요 술판이다. 그래 속수무책(束手無策)인가?

바둑판과 술판은 일종의 소우주다. 신비주의자들에 의하면 인간은 대우주에 대응하는 소우주이므로 단순히 물질로써만 구성된 것이 아니란다. 인간의 존재란 육체와 영혼과 에테르의 3체를 말하고, 단순한 육체는 영혼의 발동이 없이는 생명을 갖지 못하며 이 두 가지를 결합하여 신체활동에 필요한 에너지를 체내의 각 기관에 배분하는 투명한 미립자 집단이 에테르라나?

마음의 여유가 있어야 바둑도 둘 수 있고 술도 차분히 들 수 있는데 그렇지 못할 때 사단이 벌어진다면 이 신비주의자의 말을 명심해야 할 것이다.

'지금 여기' 야말로 몸과 영혼과 감정이 조화되어 유어예(遊於藝)의 소우주를 창출해야 된다는 마음으로 바둑은 두고 술은 들어야 할 것이다.

우리는 술의 힘을 믿는다. 하지만 자기편의 이익을 위해 또는 반대편에 대항하기 위해 바둑과 술을 타락시키고 있다. 마음 내키는대로 이용하고 걷어차는 셈이다. 아들을 슬기롭게 깨우치고자 바둑을 고안한 요 임금께 얼마나 죄송스러운가?

술과 바둑은 대화의 정신이 결여될 때 파국을 맞는다. 비록 적장일지라도 깎듯이 예우하던 옛 장수들의 금도가 그립다. 하는 짓거리는 이전투구(泥田鬪狗)면서 곧잘 상생(相生)을 지껄이는 풍토가 참으로 창피하다.

네가 해야 할 남은 일은 무엇이냐?

네가 해야 할 남은 일은 무엇이냐? 필자는 늘 이 주제를 가지고 밥을 먹고 술을 마시며 여행을 하고 책을 읽는다. 또 그 알량한 실력으로 바둑도 두고 처음부터 도박심리와는 거리가 멀어서 고스톱이나 포카만 안 할 뿐이다.

위에 하는 일들은 일이 아니라 진정한 일을 하기 위한 탐색전이라고나 할까.

어려서부터 목적의식을 가져야 버젓한 인생살이를 한다는 고정관념에 길들여졌다. 그것은 맞는 얘기다. 하지만 그 일의 성격이 반드시 효용가치가 있어야 하며 성취욕을 달성시키는 가시적(可視的)인 것이라는 데에는 회의감이 컸다. 그래 둔한 머리로 철학책을 읽었고 역사에 관심을 두었으며 정말로 한심하기 그지없는 삼류 소설을 탐독하는 것으로 무척 많은 시간을 낭비하였다. 왜? 삼류 소설은 재미있었으니까.

뭔가 진지한 것 명상적인 것 근원적인 것에 눈을 떴을 때 시집을 들고 있는 스스로를 보았다. 그리고 필자는 그것들을 흉내내어 시라는 걸 쓰고 지극히 소박하게 문단에 데뷔하였다. 그러나 자신의 무력과 한계에 부딪쳤다. 또 생활고에 찌들었다.

네가 해야 할 일이 무엇이냐보다는 네가 좋아하는 일이 무엇이냐가 더 정직한 물음이라는 걸 나이 사십이 넘어 뒤늦게야 알았다. 왜 세상의 눈치코치를 보아야 하며 왜 무슨 미련 때문에 되지도 않을 일에 속을 끓이며 자기 자신을 구박한단 말인가? 이웃에게 못된 놈 소리 안 듣고도 얼마든지 즐거운 일은 있는 법이며 거기엔 반드시 '술'이 필요하다는 것도 알았다.

그러나 세 살 적 버릇 여든까지 간다는 말이 있듯이 요즈음의 필자의 주제는 '네가 해야 할 남은 일은 무엇이냐?'로 돌아왔다. 물론 신통한 일은 별로 없다. 정원을 가꾼다든지 연못에 가 비단잉어 먹이를 준다든지 채마전에 물을 주어야 할지 거름을 주어야 할지 풀을 뽑아주어야 할지 아주 사소한 일상사일 뿐이다. 게을러 빠져서 책을 읽거나 음악을 듣거나(그래도 이것은 건설적이다) 술을 마신다.

그 어떤 시간보다 술 마시는 동안이 가장 행복감을 느끼니 어쩔 도리가 없다. 그러다가 술 속에서 일을 찾았다.

술을 가장 멋지게 마시는 영화는 무엇이며 술을 가장 잘 다루는 소설가는 누구이며 술을 배경이나 제재로 다룬 시나 노래는 무엇인가? 동서양을 망라해서 가장 멋진 술꾼을 찾아내는 이 일이 마음에 쏙 들었다.

그러나 자신의 체험이 아니라 남의 경험을 추적해 술 이야기를 오륙년간 끌어 오는 동안에 도대체 너는 술의 깊이를 얼마나 알아 지껄이느냐 고작 그 정도냐 하는 회의에 빠졌다. 이런 생각이 드는 걸로 보아 더 이상 쓴다면 맥빠진 글밖에 더 되겠는가?

술 마시기와 술 이야기보다 필자에게 더 신명나는 시간이나 일은 아마 없을 것이다. 이만큼 썼으니 후배에게 물려주는 것이 '아름다운 퇴진'이다.

미리 무슨 일을 할 거라고 말하고 싶진 않다. 청소년기에 '뺑'이 좀 있다는 소리를 늘그막에 또 듣는다면 미친놈밖에 더 되겠는가?

그럼 술을 그만 마시느냐고? 천만에! 더 편하게 더 느긋하게 술을 즐기기 위해서는 술 이야기를 집어치워야만 된다는 만각에 따랐을 따름이다. 때론 아무 일도 안 하는 것이 어설픈 일보다 니은 법이다.

너털웃음 날리며 술을 마셔 보아도

하루에 세 번쯤 너털웃음 크게 날리면 설거지 안 되는 시름걱정 없다 싶었는데, 냉장고에 넣어 찰대포 찬 냉수를 꺼내 아무리 벌컥벌컥 마셔 봐도 풀리지 않는 갈증이 있단 말이지?

타는 듯한 이 목마름은 어쩌면 가슴 속 깊이 잠재되어 있는 존재감각일 것이다.

어쩐다? 지난번처럼 누가 질지 모를 만큼 용호상박의 바둑친구와 밤새워 가며 바둑이라도 두어 볼까? 흑과 백 391칸의 바둑판에 온 정력을 쏟는 것도 얼마나 부질없는 짓이라는 걸 뻔히 알면서도 우리는 신선놀음이라고 추켜 세우며 시간을 죽이고 나서 이게 아닌데 후회 비스름한 걸 안 해 본 바둑꾼이 있던가? 그래 필자의 기력이 오죽잖은지도 모를 일이다.

독서로도 음악감상으로도 그와 유사한 어떤 취미생활로도 이 근원적인 목마름이 누그러지지 않을 때 우리 술꾼들은 술판을 벌이게 된다. 대작할 사람을 어떻게 선정한다든지 분위기가 어떻다든지 안주가 얼마나 맛깔스러우냐는 문제가 아니다. 상대불문, 청탁불문, 노소불문 그저 몇 시간 푹 젖어 콩밭에 뛰어든 망아지처럼 안주는 씹고 술은 마시면 된다.

'짝짓기강조주간'인 젊은 시절엔 '생고기'를 즐겨 하지만 이빨 빠진 호랑이 격인 우리 나이엔 '월매'쯤이면 족하다. 이왕이면 다홍치마라고 술자리는 이성(異性)이 끼어 있어야 신명이 돋는 것은 인지상정, 너무 야하지 않으면서 또 너무 건조하지도 않은 무드는 순전히 무르익을 대로 무르익은 술꾼만의 노하우다.

빙의(憑衣)를 입은 무당만이 그때의 순발력과 변형을 체험하듯 재미 있는 술자리를 이끄는 술꾼의 위트와 유머, 다소 황당무계한 돌출행위 는 어느 정도 점입가경의 술판에서만 볼 수 있는 '환타지'일 것이다.

성공한(?) 여류 술꾼 중엔 자기만의 공간이 있게 마련인데 우리 수컷 들은 되도록 늑대 발톱을 감추고 그녀의 밀실에 잠입하여 자칫 일어나 기 쉬운 불상사를 모면하고 다만 술만 채운 위장과 더불어 자기집으로 귀환하는데 남녀 사이가 끝장까지 가고 난 후엔 자연스런 '벗'을 잃기 때문이다.

술이 가지고 있는 폭발력을 감싸 안을 수 있을 때 술이 지니고 있는 '삼천포행' 일탈에 브레이크를 걸 수 있을 때에야 격조(格調)가 비로소 눈을 뜨지만 제 아무리 선비연하는 술꾼이라도 정작 임자를 못 만나서 그렇지 단 하룻밤일망정 만리성을 쌓고 싶어하는 불순한(?) 욕망이 없 는 것은 아니다.

이 말은 스스로 '선천성여자밝힘증'이 있는 사내라고 옆에 있는 여성 이 누구이건 '응석'을 떨고나서 노래는 노래대로 춤은 춤대로 넉살은 넉살대로 천의무봉의 경지에 이른 말만 아우지 산전수전 다 겪고 이젠 공중전만 남은 별명이 '달마'인, 술꾼의 화려한 경력으로는 필자가 감 히 넘볼 수 없는 술꾼의 말이다.

그는 너털웃음의 명수요 구레나룻으로부터 턱수염 너브데데한 얼굴에 체중 85Kg의 거구인데도 작달막한 다부진 체구의 소유자다. 세포를 많이 거느리고 있기 때문에 고래술이며 아무리 마셔도 결코 흔들리지 않는 강인한 자세야말로 필자의 선망의 대상이기도 하다.

그러나 바쿠스여. 당신의 능력으로도 치유될 수 없는 근원적 고독은 제발 다치게 하지 마시기를…….

8

안주

새조개와 개불과 육회

신경 쓸 일이 생겨 며칠 속을 끓이던 황골 이 형이 끼니나 제대로 챙겨 드는지 궁금하여 전화를 걸었더니

"여기 최 처사가 와 차 한 잔 나누고 있는데 바꿔 달라는구먼."

"장 선생님, 오늘 바쁜 일은 읍남유?"

"왜, 좋은 일이라두 있어요?"

"오랜만에 남당리에나 가서 새조개를 안주로 한 잔 어때유?"

"허허, 이거 아침부터 낭보구려. 좋지. 갑시다 그까짓꺼."

술꾼이 술소식보다 더 즐거운 기별이 또 어디 있으랴! 왕소금을 면하려고 최 처사는 단단히 결심을 한 모양으로 우선 갈산시장으로 가더니 복집으로 들어갔다. 이미 와 먹고 있는 사람도 많고 우리 셋이 들어가고 난 다음에도 꾸역꾸역 손님들이 들이닥쳤다.

'어디 보자!'

세 사람이 잔을 부딪고 나서 끓여 온 복국의 국물을 맛본 이 형의 이맛쌀이 찌푸려졌다. 서울로부터 전국 유명한 복집을 섭렵한 이 형은 술

안주에 관해서는 대단한 식도락가여서 아무리 이름이 나고 손님이 많아도 비위에 맞지 않으면 용서가 없다. 지난번 강경 황산옥에 가서도 마찬가지였다. 안주감별사로 그를 쓴다면 아마 그 술집은 흥왕할 것이다.

이내 차를 몰아 간월도로 향했다. 그러나 썰물 때가 되어 거무죽죽하게 드러난 뻘도 아무렇게나 세운 포장마차며 주위의 경관이 을씨년스러워

"이거 옛날의 간월도가 아니로구먼."

투덜댔더니 최 처사가 냉큼 차를 돌려 남당리로 달렸다. 밀물 때가 되기 시작했는지 자작자작 뻘에 바닷물이 고이고는 있지만 갈매기도 날지 않고 아직 바다 맛을 충분히 맛볼 수 없는지라 큰 횟집을 찾아들었다.

새조개와 개불이 안주로 나왔다. 술기운도 올랐고 혀끝에 부드러운 새조개의 간간한 조갯살이 올라 앉자 오고 가는 술잔이 바빠질 수밖에. 개불은 또 어떤가? 어금니로 씹혀 오는 그 쫄깃쫄깃하면서도 고소하다 할까 비릿한 바다 냄새의 정화라 할까 하여튼 소주 안주로는 이보다 더 나을 수가 없겠다 싶었다.

"임금님 수라상이라 한들 이보다 더 맛이 있었겠슈?"

최 처사가 말하는 품이 째지게 기분도 좋으려니와 오늘은 내가 쏠 터이니 가만히들 계슈라는 말로 들린다. 또 그렇게 실천을 했다. 간장을 면하고 싶은 모양이다. 왕소금, 간장, 지랑은 노랭이 삼형제인데 술 사는 품이 짠 사람들의 별칭이다. 충청도 사람들이 대개 뭉기적거리다가 지갑 빼는 속력이 느려터져서 듣기에 알맞은 말이니 멍청도 사람을 면하려면 유의해야 할 것이다.

이 형과 필자는 마실 만큼 마셨지만 최 처사는 핸들 조종사라 겨우 한두 잔 들었을까 말까 했으니 어디 간에 기별이라도 갔겠는가? 유구천이

가장 멋지게 또아리친 통천포 한우 갈비집으로 가 또다시 육회 한 접시 시켜놓고 술잔에 술을 쳐주었더니 마른 논에 물꼬 대듯 최 처사는 꿀떡 꿀떡 연거푸 몇 잔을 기울였다. 술꾼이 술이면 그만이지 쓰잘머리 없는 객담(客談)은 생략한다 이거지?

　오르는 술기운에 잠깐 간월도 기고 올 때 새까맣게 바다 물결 위에 앉아 있던 철새들이 떠올랐다. 대장 한 마리가 하늘로 벼오르면 무리지어 자오록이 떠올라 창공을 비상하는 자연의 신비, 생명의 신비가 뇌리에 남아 술맛을 돋웠다. 지랑을 면하려고 이번엔 필자가 쐈았다.

어씨네집의 뱀장어

사귄 지 얼마 안 되지만 고진(高進) 피디(PD)와 어울려 술자리를 여러 차례 하다 보니 그야말로 '죽통'이 척척 잘 맞는다. 몇 년 전 MBC 보도국장까지 하고 지금도 핸드폰이 노상 울려 마당발에 왕성하게 활동하는 명사지만 굳이 피디로 부르는 건 그 시절이 그에겐 인생의 노른자위였으니까 또 그 방면의 프로니까 그렇게 부른대서 서운하지는 않을 것이다.

큰 덩치에 꼭 어울리는 껄껄껄 횡격막이 울리도록 웃는 장부의 웃음에, 객쩍은 사설이 없고 할 말은 요점만 간단히 하면서도 때론 그것조차 아끼는 묵중함에, 상당히 마셨어도 흐트러짐이 없지만 좋은 건 좋고 싫은 건 싫은 태도가 분명해 우린 만나자 마자 피차 명쾌한 술친구가 되었다.

마곡사를 기점으로하여 통나무가든, 늘 푸른솔, 메밀타운에서도 잔을 기울였지만 가장 기억에 남는 것은 어씨네집에서였다. 그날만은 지갑 사정도 제법 넉넉해서 나도 돈이 있다 내고 싶었는데 한사코 카드로 긁

는 그의 뒷모습이 그렇게 든든할 수가 없었다. 메기매운탕이나 게탕으로 주문하려 하자

"허허, 장 회장님답지 않게 왜 이러슈? 뱀장어로 우선 목이나 축입시다."

처음부터 낌새가 이상하더니 기이코 또 술빚을 추가시키니 이 친구와 동행하면 언제 어디서나 '쩐걱정'은 안 해도 부방하시만 얻이 미시는 술보다야 내는 술이 더 맛이 있다는 걸 왜 모르느냐 따졌더니

"마아 나도 술맛 좋게 마시고 싶어 안캅니까?"

밉지 않은 너스레 뒤엔 영락없이 호탕한 그 웃음으로 휘답을 치는 것이다.

그가 온다고 약속한 날, 필자는 청우산방 옆 산자락 오솔길에 토방을 만들고 있었다. 돗자리 하나 깔 만큼 흙을 파다 보니 흙 향기가 여간 좋은 것이 아니다. 흙을 주무르는 일은 자연의 체취를 고스란히 체득하는 지름길이요 그 흙 속에 뿌리를 내리고 사는 잡초라도 이 얼마나 귀여운 생명인가?

그를 기다리며 토방을 넓히다 보니 가벼운 시상이 떠올랐다.

토방에 자리 펴고 기다리는 그 사람
누가 저도 그리운지 목청 높인 매미소리
청산에 배깔고 누워 쉬고 있는 흰 구름아.

피차 술잔을 부딪치고 뱀장어구이로 딱 한 잔 들고 나서

"이걸 시라고 할 수는 없어도 고 피디를 위한 것이니까 웃지 마오."

"허어. 고진감래라더니 제게도 그런 선물을 주시다니 이거 영광입네다."

그때 고진감래는 고진감래(苦盡甘來)가 아니라 고진감래(高進甘來)로군 하는 생각이 들었다. 그는 그 자리에서 그 시를 다 외워 끄트머리엔 감정까지 넣어가며 낭송하면서 즐거워하였다.

술과 노래도 좋지만 술과 시는 더 깊은 우정에서만 우러나는 것이다. 이태백이나 김삿갓이 아니라도 옛 선비들은 시를 지팡이 삼고 술을 바가지로 삼아 풍류가 아삼삼했는데 이런 구닥다리 발상으론 아마 요즈음 술자리에서 '왕따' 당하기 십상일 것이다.

요양차 와 있는 그의 막내딸 명선이가

"선생님 여행중에 아버지 다녀 가셨어요."

나직히 인사말을 한다. 날이 벌써 선선하니 돗자리 펼 수는 없고 에라 이번에 오면 어씨네로 가서 시원한 게탕으로 필자가 한 번 내리라.

붕어찜과 샛별이

입이 궁금한 날이 있다. 물론 목이 컬컬한 날과 비슷하지만 제사보다 잿밥에 눈독을 들이듯 술보다 뭔가 특별한 안주에 마음이 쏠릴 때 우리 주당이 애용하는 말이다.

요즈음 필자는 붕어찜이 먹고 싶다. 민물고기로야 붕어만한 것이 어디 있으랴! 붕어매운탕도 그럴듯하지만 좀 굵은 녀석에 시래기를 넣어 찹쌀고추장에 마늘, 생강 등 양념을 치고 간을 제대로 맞춘 붕어찜은 가을철이면 언제나 즐겨 찾는 필자만의 식도락은 아닐 것이다.

어느 철이라도 괜찮은 것이 붕어 요린데 여름철은 풀내가 나고 봄철은 흙내가 나고 통통하게 살이 쪘지만 흙내 풀내를 말끔히 거두어 낸 가을철의 붕어살 맛은 가히 일품인데 마침 유구에 가면 그런 집이 있어 단골로 꽤 많이 들락거렸다.

아명(兒名)이 샛별이요 몇 살 아래지만 왕년의 부유한 재산가의 독자인 데다 제법 귀티가 나는 이종민은 학교 후배지만 엄격하게 말하면 제자다. 필자가 대학생일 때 그의 누나의 청을 들어 두 달간 함께 먹고 자며 입시를 도왔으니까. 그가 홍성에서 조그만 지방신문을 창간하고 필자를 불렀을 때 가고 오는 길에 자주 들러 꼭 붕어찜을 안주로 술을 들었다. 그의 친구이자 나중엔 필자를 술형님으로 부르는 사내 냄새 풀풀 나는 장광훈도 더러 섞여서 말이다.

"형님! 참 일품입니다." 이,

"형님! 여자보다 좋은데요." 장,

"안목을 넓혔으니 자주 와야겠는걸." 이,

"이거 차고 혼자만 다니지 말어." 장,

"같이 차고 오면 되지 뭐." 이.

이쯤되면 필자의 혀도 제 실력을 발휘할 때가 되었겠다.

"사미구(四美俱)가 갖춰진 삼주(三洲:이정보의 호)의 이런 시조가 있다네."

꽃 피면 달 생각하고
달 밝으면 술 생각하고
꽃피자 달 밝자 술 얻으면 벗 생각하네
언제면 꽃 아래 벗 데리고 완월장취하려뇨.

이 시조를 사랑하던 이름 모를 어느 술꾼이

꽃피자 술이 익고 달 밝자 벗이 왔네
이같이 좋은 때를 어이 거저 보낼소냐
하물며 사미구하니 장야취를 하리라.

"거 형님 분위기에 딱 맞는 좋은 시군요. 붕어 안주에 예쁜 미녀까지 낀다면 육미구라 하면 좋겠네."

"노래 춤은 어떻고?"

"그러면 팔미구게?"

"이 사람들 좀 봐! 말타면 견마잡이타령인가?"

"이왕이면 다홍치마 아닙니까?"

"저기 벽쪽을 봐! 저 수석들 말야! 수석이며 난초며 골동품은 눈으로 드는 안주 아닌가? 명필 명화가 호젓이 자리하면 더할 나위 없고 말야! 그까짓 천미구보다 이 사람들아 정이 최고야 암 정이 최고지! 나는 말야 이미구로 족하네 술과 이 우정 말일쎄."

"이이구 형님 지갑이 얇은데 되었네요. 오늘은 삼미구 되었지만 어린 애같이 좋아하시니 오늘은 제가 쏩랍니다."

유구 붕어찜 집에 오니 그들의 목소리가 환청처럼 회상된다. 덴버에 있는 샛별이가 언제 올꼬? 그땐 필자가 유감 없이 쏠 터인데.

시골 장터

시골 장터에 가면 까마득히 잊었던 향토색 짙은 물건들이 눈에 띈다. 짚자리, 돗자리, 광주리, 삼태미, 구덕, 짚신 나부랭이가 그런 것들이다. 멍석을 사기 위해서 홍성, 청양, 유구, 광시, 강경장을 헤매다가 예산장에서 겨우 발견했을 때의 그 기쁨이라니! 이제는 항아리, 옹기, 자배기, 두멍을 구할 차례다.

밥상에 오르는 갖가지 반찬에서도 추억을 반짝 물고 나오는 것들이 있다. 이를테면 머위장아찌, 콩잎장아찌, 무말랭이 각종 짠지 등속인데 그것들은 잠깐 젓가락을 멈추게 한다. 입 속의 혀가 맛보기 전에 생각의 혀로 맛보기 위해서다. 어쩌면 산다는 것은 이리 사소한 것들과 더욱 깊이 사귀는데서 맛깔스러운 것이 아닐지.

같은 술이라도 이런 해묵어 꼬리꼬리한 안주가 곁들였을 때 오히려 신선감이 도는 것은 술꾼의 연륜을 말하는 것이요 가장 원초적인 귀소 본능임에 틀림없다. 정나미 떨어지는 사람들에 대해서 지나치게 과민 반응을 하는 것도 바람직하지 못하다. 아직도 우리로 하여금 근원적인

것에 대한 향수와 소박한 인심이 있는 한 오감(五感)으로 오는 무수한
것들의 추억의 사금파리는 여기저기 널려 있으니까.

물건을 팔러 온 장돌뱅이가
물건을 사기도 하는 시골 장날
고추 팔러 온 사람이 실타래를 흥정하고
참기름 짜러 온 사람이 강아지를 파는 동안
악다구니로 보채던 어린 것은
에미등에 엎히어 한껏 잠이 달다
신새벽 해돋기 전부터 몰려와서 젖은
장바닥에 들끓는 삶의 거래
머리에 수건 한 장을 둘러쓰고
결 고운 인심을 주고 받는 아낙네들
수염이 허연 영감이 한복을 차려입고
점잖게 붓 벼루 팔고 있는 시장골목
묶여서도 싱싱한 배추들의 생기와
강엿가루 반짝이는 목판을 지나오면
한 손에 굵은 소금을 담뿍 움키고
생선에다 기운차게 뿌리는 어물전 곰보
해지고 장보는 이도 발길 뜸한데
뚱뚱한 돼지집 여편네의 손목을 잡고
거나하게 저물어 가는 가을 주막 내일도 봄비는 타관의 장터를 찾아가서
맑은 봇짐 끌러놓을 장돌뱅이가
꿈에서도 콧노래 흥얼거리는 시골 장날.
―이동순 〈장날〉 전문

'한 손에 굵은 소금을 담뿍 움키고/생선에다 기운차게 뿌리는 어물전

곰보' 처럼 살 수 있다면 그 얼마나 삶이 신명지겠는가? 역마살이 붙어 있는 필자가 부산 자갈치시장이나 목포 휘파리 골목의 그 바다 내음이 그리워 찾아가 보면 왁자지껄하고 시큼시큼한 욕설이 튀고 까르르 껄 껄 구애없이 웃어 제끼던 팔팔한 생기를 찾을 길이 없다.

아마 이동순 시인의 사라져 가는 것들에 대한 애잔함, 아직도 눈꼽낀 눈으로 어물전을 지키고 있는 장꾼 앞에 비록 몇 마리 널부러진 생선의 휘어멀건 눈망울에 꼬물꼬물 살아나기를 바라는 고 마음이 요렇게 잘 요리된 시도 드물 것이다.

백석, 신경림, 이동순으로 이어지는 농어촌 정서의 맥을 과연 누가 즐 겨 이어갈 수 있을까? 에라 모를 일이다. 베레모 삐딱하게 쓰고 바람난 수캐처럼 싸돌아다니기도 쑥스러운 이 시절엔 그저 죽이 맞는 친구와 어울려 술이나 마시면 그만이지 지랄발광같이 안 떨면 될 것 아닌가?

숯가루 덕분에 마시는 술

서유기 5권 69화 중에 이런 대목이 나온다.

손오공은 꽃무늬가 있는 잔 하나를 집어 저팔계에게 내밀며
"아우야! 이 잔에다 솥바닥에 붙은 검정을 반 가량 긁어 담아 가지고 오려무나."
"그건 무얼 하게?"
"약에 쓰는 거야. 넌 모르지만, 솥 밑바닥의 검정은 백초상(百草霜)이라고 해서 백병(百病)에 잘 듣는 거야."

왜 갑자기 숯가루타령이냐 하면 나야말로 숯가루 덕분에 여생을 비교적 여유롭게 살기 때문이다. 우선 왕창 술에 취하는 날이면 영락없이 '차콜과립'이 내 입에 들어와 술내, 담배내로 악취가 나는 입냄새를 제거하고 제반 독성을 해결해 주어 아침에 깰 때 전혀 이상이 없을 정도로 숙취를 아주 깨끗이 소멸시켜 준다.
또 알만한 사람은 알겠지만 우리집에서 취급하는 '한농차콜'은 이

미 유명해져서 여기 저기로 달라는 사람에게 부쳐만 주어도 충분히 생계는 물론 각종 문화비(나의 술값도 여기 포함됨)를 거뜬히 대주고 있다.

더구나 나의 술벗 중에는 '차콜'을 애용하는 사람도 있고 점점 그 효용성을 인식해 가는 것도 유쾌하기 그지없다. 말을 바꾸면 사서든 선물로든 필자와 술잔을 기울였는데 숯가루의 혜택을 받지 못한 사람이 있다면 그는 나의 술벗이라고 말할 수 없다.

이왕에 오승은의 서유기를 인용했으니 그 장면으로 돌아가자.

주자국왕의 병이 쌍조실군(雙鳥失群)이라는 병인데 손오공 가라사대 "여기에 암수 두 마리의 새가 있도다. 원래는 한 군데서 함께 날고 있었는데, 홀연 폭풍우에 놀라 헤어지게 되었도다. 그래서 암놈은 숫놈을 볼 수가 없고, 숫놈은 암놈을 볼 수가 없어. 따라서 암놈은 숫놈을 생각하고, 숫놈은 암놈을 생각하니, 이것이 쌍조실군이 아니면 무엇이겠는고?"

쌍조실군은 일종의 상사병(相思病)으로 간특하고 변강쇠같이 그 방면에 욕심이 많은 요괴에게 사랑하는 왕비를 뺏기고는 그 울화병에 아예 방사를 못하는데서 생긴 병이었다.

따라서 시쳇말로 비아그라를 지어주고 왕비도 도로 빼앗아 준다는 손오공의 재치와 능력이 유감없이 드러난 것이다.

유행가나 비디오나 영화나 드라마나 광고나 술판에서 넘쳐나는 사랑타령과 육담은 아마도 '진정한 사랑'을 잘하는 현대인의 병이리라. 손오공이 지은 오금단(烏金丹)이 필요한 사람이 어디 한둘이겠는가? 오금단의 까마귀 '오' 자는 숯가루를 뜻하니 나 또한 그게 잘 안 될 때 먹을 수밖에 딴 도리가 있겠는가?

걸작인 것은 왕을 고쳐주기로 한 까닭이 재미있다.

　"왕 곁에 있는 놈들은 썩어빠진 놈들이라 구역질이 나서 침을 탁 뱉아주고 아예 발바닥으로 뭉개주고 싶었지만, 이 왕만큼은 매우 진실되고 덕이 있는 사람이어서 존경을 받을 만한 인물이야! 세상 사람들은 이 진실이라는 말을 제멋대로 갖다 쓰고, 더구나 얌체 나라의 얌체 족속들은 자기 앞을 미화하기 위해 진실이니, 숭고니, 결백이니, 개혁이니 요란을 떨지. 병으로 오래 앓아도 '여자를 사랑할 줄' 아는 것도 쓸 만한 사람같아서 고쳐주기로 했지 뭐."

채식에 관하여

"넌, 술이라면 언제나 호호야라며?"

이기죽거리는 친구를 더러 만난다. 물론 그렇다. 그러나 술안주로 삼겹살이나 오리구이나 회라면 사족을 못쓰는 줄 알고 대뜸 그 방향으로 몰고 가면 황당하기 짝이 없다. 필자는 사실 채식주의자에 가깝기 때문이다.

먹는 것 가지고 너무 꼬장꼬장 따지는 건 질색이다. 하지만 남들처럼 장가들고 여태까지 석 삼십 년이 넘도록 멸치 꼬리, 새우젓 대강이 오르지 않은 현미식 밥상으로 연명해 온 것이 필자라면 과연 그 누가 곧이 듣겠는가?

육식이 어떻고 채식이 어떻다는 식의 요상한 건강논리가 판을 치는 이 세상에 외식 말고는 완전히 채식으로 일관해 온 필자의 가련한 실생활을 조금만 기웃거려 본 사람이라면 어떻게 그 속에서도 술을 즐기고 낭만을 구가하며 사는지 궁금할 것이다.

구체적으로 다섯 가지 이상의 경건이가 밥상에 오르면 거북해지는 것이 필자의 성격이다. 된장찌개, 김치를 초점으로 콩나물국, 미역국, 아욱국 정도에 토하젓갈이나 특색 있는 반찬 두어 가지만 밥상에 오른다면 그야말로 상이다.

술은 술이 안주로 취급될 정도가 되어야 진정한 술꾼이라는 것은 '말대가리'의 지론이요 안주가 제대로 반침이 되어야만 주독(酒毒)의 마수에서 벗어날 수 있다는 건 이 처사의 수장이지만 그렇게 자기의 술버릇을 고집할 것이 아니라 우선 자기 색깔을 찾되 상대방의 취향을 배려하여 너무 튀지 말고 평범하게 시작하는 것이 왕도가 아닐까?

요 근래 〈채근담〉을 접하여 홍자성의 말에 귀를 기울이다 보니 뿌리와 잎 혹은 열매의 담백한 맛이 육류나 어류에 비해 조금도 손색이 없을 뿐만 아니라 한결 더 향취가 깊은 것을 체험하였다.

이를테면 고비나 고사리 나물이라거나 머위, 도라지, 더덕, 두릅순 혹은 미나리, 돌나물, 구기자순, 죽순, 다래순 햇잎 또는 들깻잎, 콩잎, 뽕잎, 적상치, 청상치, 정경채, 쑥갓, 무우, 배추, 고구마, 배, 사과, 참외, 수박, 땅콩, 마늘, 대추 등은 정말 훌륭한 안주다. 이래도 채식주의가 아니란 말인가? 궤변으로 치부해도 좋지만 마지 못해 드는 고기는 어쩌면 채식이 얼마나 좋은가를 실험하기 위해 먹는지도 모른다.

아침 산책길은 필자가 위에 열거한 각종 채소를 둘러보는 것이다. 더덕순이 저요 저요 손을 들어 새끼손가락까지 까딱거리는 초등학교 일학년 학생들처럼 솟아나는 모습이 귀엽다.

참, 떡취, 참취, 수리취의 우아한 잎들이 바람에 한들거리는 앙증맞은 모습이라든지 이슬 맞아 청신한 배추, 상추, 신선초의 다소곳한 자태.

달래, 쑥, 원추리, 민들레, 냉이, 질경이가 나도 여기 있소 하고 끈질기게 버티는 생명력, 물고기 비린내를 풍기는 어성초, 결명자, 산수유의 모습은 눈 속으로 코 속으로 스며 와 입맛을 돋군다.

이런 것들을 어떤 것은 생으로 어떤 것은 살짝 삶아 찹쌀장과 식초, 파, 마늘, 생강으로 양념하여 버무린다면 환상적인 안주가 되는 것이다.

높은 산 속이라 이곳 청우정은 계절이 늦다. 사월이 다 가는 데도 두릅순은 아직도 뻣뻣하지 않다. 왜갓은 유채꽃처럼 노랗게 피었지만 그 이파리의 맛은 상큼하기 그지없다. 이런 안주는 막걸리가 제격이다.

쭈꾸미

바닷가가 고향인 황골 이 형은 금년 봄, 원도 한도 없을 정도로 쭈꾸미 안주를 챙겼다. 한식이 지나면 그 맛도 간다는데 그것도 아랑곳없이 게와 쭈꾸미를 유구장에서 사왔다며 빨리 내려오라고 성화다.

광어, 우럭, 낚지, 해삼, 멍게, 송어, 연어, 뱀장어, 갈치 그밖에 갖가지 젓갈류 하여튼 바닷고기는 이 형 덕분에 많이 들어 보았지만 복어가 가장 인상적이었는데 금년 봄엔 완전히 쭈꾸미 일색이다. 갑오징어, 아구, 우어도 그를 통해서 진미를 느꼈다.

사람과 술을 좋아하는 필자가 깊은 산골에 박혀 있는 것이 바쿠스는 무척 안쓰럽게 여겨 한 수 위인 술꾼을 아랫마을에 보냈음에 틀림없다.

이름은 외자 욱(煜), 불과 해가 섰으니 성격도 괄괄해서 여간 내기가 아니다. 그러나 물 같은 필자와 칠팔 년 술을 함께 마시다 보니 그의 술 마시는 스피드가 많이 줄었고 반면 필자의 속력은 퍽 빨라져 요즈음에 와서는 권커니 잣거니하는데 조금도 어색한 구색이 없이 죽이 맞는다.

"무슨 덩치가 그리 큰 남자가 병아리 물 마시듯 한댜?"

"음, 지금부터 들어간다 오장육부에 고루고루 기별하려구."

"첫 잔을 탁 꺾지 못하는 사람치고 개갈나지 않는디."

"어려운 으른 한테서 배워 그려."

"내 술로 말하면 술상무식이라서 지끈 딱 마시고 직방으로 결판을 내던 버릇이 이젠 생리가 되어서 그려."

"허허 그럼 술맛은 언제 느끼지?"

"흐흠, 술과 계집은 천둥번개치듯 닥달해야 사내다운 맛이 있지. 장시인같이 느러터져서는 다 놓친다구."

할 말이 없다. 필자는 매사에 구제받지 못할 만큼 게으름뱅이이니까.

"청해도 꼴도 보기 싫은 놈두 있구 사줘도 아까운 놈두 있구 지갑을 몰짱 털어도 조금도 아깝지 않은 사람이 있는디 가만히 보면 친구는 언제나 봉처럼 노니 때때로 신경질이 나더구만."

"허허 이것 저것 따지면 그 좋은 술 언제 마신댜? 사람은 거기서 거기여. 거지하고 마셔도 술이 거지는 아니잖어? 더러운 세상이라두 곱게 보자구."

"그게 어디 마음대로 되남?"

"허긴 그려. 그래두 어쩐댜? 전봇대로 이를 쑤시건 말건 우린 상관하지 말고, 자아 한 잔 받으라구."

이 형과 필자는 이렇게 바보연습을 철저히 한다. 아니 벌써 바보가 되었다.

대부분 이 형 집에서 푸는데 우선 경제적이어서 좋고 멀리 무성산 능선을 바라보는 맛도 수수하려니와 흐르는 계곡물 소리가 낭랑해서 괜찮다. 더욱이 오늘같이 비가 온 다음날은 연둣빛 산색이 청신하기 그지

없다.

역마살이 낀 필자는 한 달에 일주일 이상은 여기저기 기웃거리며 떠돌이 생활을 한다. 이젠 기운도 떨어져서 대전이나 서울 어느 기원에 코를 박고 온종일 뚜닥뚜닥 바둑돌과 씨름을 하는데 만년 하수라서 노상 흑돌만 잡는다.

세발낙지만 좋은 줄 알았는데 이른 봄 야들야들한 쭈꾸미 맛 또한 별미 중의 별미였다. 금년엔 이 형에게 쭈꾸미 빚을 실컷 졌으니 여름철 고향의 남당리에나 가서 대하로나 대접할까 하지만(이건 이 형의 소원이기도 하고) 내년엔 그의 고향에 가서 쭈꾸미를 안주로 그 근방 한산 소곡주나 싫도록 사줄까 한다. 하여튼 오래오래 살자니까.

9

역사 · 철학

고인(古人)의 멋

언젠가 어떤 이가 백사 이항복더러 송강의 인물평을 구하니 "송강이 술에 반쯤 취해 웃고 이야기할 때 보면 영락없이 신선이지." 하고 대답했다.

가사문학의 대가 송강 정철은 당대의 쾌남아요 풍류객이었다. 다만 그의 혀가 곧아서 귀양살이를 떡 먹듯 했지만 술과 여인은 항상 그의 고독을 풀어주었고 그 속에 시심(詩心)을 키우고 호연지기(浩然之氣)를 길렀으니 술꾼으로서의 경지가 얼마나 깊고 넓으며 높았는가를 평범한 우리가 어찌 다 헤아릴 수 있으랴.

이태백의 장진주(將進酒)를 즐겨 읊조리다가 마침내 저 유명한 권주가 장진주사를 지었으니 그 내용은 이렇다.

한 잔 먹세 그려 또 한 잔 먹세그려/꽃 꺾어 산놓고 무진무진 먹세그려/이 몸 죽은 후면 지게 위에 거적 덮어 줄이어매여 가나/유소보장(流蘇寶張—꽃상여)에 만인이 울어 예나/어욱새 속새 떡갈나무 백양 숲에 가기곧

가면 누른 해 흰 달 가는 비 굵은 눈 소소리바람 불 제 뉘 한 잔 먹자 할꼬/하물며 무덤 위에 잿납이 휘파람 불 제야 뉘우친들 어이리.

꽃 가지 꺾어 가며 술을 마시는 자못 낭만적인 분위기는 이태백에서 빌려오고 후반부에 무덤으로 가는 꽃상여나 무덤 주변의 삭막한 분위기도 사시사철 술꾼이 술을 그리워할 때를 골라 시각화한 것은 멋들어진 대조로되 술로 시작해서 술로 끝장을 보는 술꾼의 심경이 기고만장(氣高萬丈)의 고삐를 숙연한 생사관(生死觀)으로 잡았으면서도 옹졸하지 않으니 이 또한 고인의 멋이 아니랴.

어짜피 인생은 일장춘몽! 살아 숨쉴 때 흠뻑 취해 볼 일이다. 그 송강인들 실수가 없었으랴. 그 송강인들 속기(俗氣)가 없었으랴. 내 비록 그의 문장은 따르지 못하고 그 벼슬은 따르지 못할망정 주량(酒量)이야 더하면 더했지 질 수 없다는 오기가 발동할 때도 더러 있는데 다만 그만큼 마실만한 분위기가 문제다.

또 송강이 부러운 것은 타고난 그의 여복(女福)이다. 당대의 명기들은 시서가무(詩書歌舞)에 익숙할 뿐만 아니라 아리따운 몸매에 고운 추파로 흥을 돋구었는데 남의 주머니 속이나 미리 헤아리고 팁에 신경을 쓰는 오늘날의 술꾼 옆에 알짱대며 아양떠는 여자들과는 격이 달랐을 것이다. 어제 누구와 어울려 마시고 잠자리에 들었느냐 꼬치꼬치 따지는 못된 버릇이 있을 리 없다. 그래 송강에겐 줄줄이 사탕처럼 그를 흠모하는 아리따운 기생이 도처에 깔렸으니 그는 술 세계에서 일찌감치 지방자치시대를 연 셈이다.

그러나 평범하면서도 호쾌한 기개가 유감없이 드러난 절구는 아래와 같다.

재 너머 성궐롱 집에 술 익단 말 어제 듣고
누운 소 발로 박차 언치 놓아 지즐타고
아이야 네 궐롱 계시냐 정좌수 왔다 하여라.

　누운 소 발로 박차는 성질머리 급한 태도가 오히려 박진감이 넘치고 아이야 권롱 계시냐 외치는 호통소리가 절로 웃음을 자아낸다. 술판은 시작이 문제다. 시작이 이처럼 멋이 있는데 그 과정이야 오죽 할라구. 하도 많이 들이부어 부실한 내 몸이지만 이 구절만 상기하면 그래 곧 죽어도 소리나게 꺾어 보자는 의기(義氣)가 절로 솟구친다. 그 소를 타지 못하는 것이 유감이요 피차 호랑이같이 무서운 마누라 때문에 집으로부터 되도록 멀리멀리 도망치듯 가서 마셔야 겨우 컬컬한 목을 축일 수 있는 이 시대가 원망스럽다. 송강 정철이 아마 이 시대에 살았으면 죽을 맛이었을 것이다.

쬐쬐한 나로부터 떠나기 위하여
진정한 나에게 돌아오기 위하여
든다 마신다 목에 적신다
고독은 고양이 눈깔처럼 술잔 속에 고이고
사랑은 지울 수 없는 향기로 목젖에 남는다.

　최후의 기생 우향(雨香)의 하얀 속치마에 붓으로 휘갈겨 준 졸작이다.

으로 쓰다듬고 오른손엔 부채를 펼쳐 들고 창으로 뽑는 모습이 눈에 보이듯 선연하지 아니한가?

노익장을 과시하는 김호 화백이나 큐비즘의 대가 피카소가 벌거벗고 화필을 휘두르는 것만으로는 성이 안 차 여성편력의 대단한 경력까지 쌓은 것이라든지 노틀담의 곱추의 명연기로 이름을 드날린 안소니 퀸 이전에 우리나라에도 이런 고령의 정력가가 있었다는 것은 자못 흥미로운 일이 아닐 수 없다.

불과 나이 육십밖에 안 되는 한 술 친구가 그것만 회생시켜 주면 술은 얼마든지 산다고 하 애절하게 호소하기에

"왜 그대도 약천처럼 불수산을 손수 다리고 싶어?"

빈정댔지만 사실 말이야 바른 말이지 술맛에 따라붙는 맛이 그 맛이 아니겠는가? 늙어가는 남편이 있는 부인들을 위해서 하는 말이다.

남편의 나이 칠십이라도 화려한 티나 넥타이를 매거든 눈치를 채야 한다.

'어이구 늙은이가 주책은' 하지 마라. 혹시 아는가? 불과 열여섯 살의 안씨부인에게서 공자를 낳게한 숙량흘이 나이 칠십된 노인이었고 신분도 마을 큰 대문 열고 닫는 문지기였으니 현대라고 그런 기적이 없으란 법이 어디 있겠는가?

아마도 내가 내 나이에 비해 술을 많이 마시는 것도 고기도 먹어 본 놈이 많이 먹는다고 멋있게 바람 한 번 제대로 못 피워 보고 아까운 세월 다 흘린 것이 억울해서 이런 잠꼬대 같은 소리를 하는지도 모르겠다. 미남과는 거리가 멀고, 하다못해 산적같이 생겨서 남자 냄새를 왕성하게 발휘해 보지 못한 것도 한이 되어 이러는지 모르겠다. 어이구 죽으면 늙어야 해.

시우산인(時雨山人)의 풍류

"에라! 너희끼리 지지고 볶으며 다해 먹어라 나는 간다."

술김에 큰소리 치고 조각배에 술 한 통 덜렁 싣고 애첩 둘과 홀연히 사라졌다는 시우산인의 본명은 홍혼(洪渾)이며 선조 때 사람으로 서애 유성룡의 친구였다.

혼원은 사람됨이 낙천적이어서 남과 담을 쌓고 지내지 못하는 성미였다. 천진한 그대로 속내를 드러내 바른말을 잘하여 시속에 잘 영합하지 못하였다. 중년엔 벼슬살이에 식상하여 하루아침에 관직을 버리고는 처첩을 싣고 양근현 용진 시우동에 은거하였다.

혼원은 원래 술을 좋아하는 사람으로 술이 좋거나 나쁘거나 가리지 않고 마셨으며, 마시면 곧 취했고 취하면 큰소리로 노래를 부르며 전부(田夫)와 야노(野老)들과 어울려 수석(水石) 사이에서 세속의 격식을 모두 잊었다.

이따금 성 안으로 들어와 나를 찾곤 하였는데 곤드레만드레가 되어 실려 오면 종들이 달려와 이르기를 "취객이 또 옵니다." 말이 끝나기도 전에.

"이봐 서애. 산골짜기에 단풍이 물들고 시냇물 소리가 또록또록 지절대

는데 방구석에만 박혀 무얼 하는가? 빨리 주안상 차려오게!" 두어 잔 마주
들고 나면 기분이 좋아.

옛적에 이와 같았으니
이 몰골 어찌 스스로 지탱하리
내 마음 변하여 실가닥되어
두비마다 맺혀 버렸네
풀고 풀어 보려 하나
실마리 있는 곳 알기 어려워라.

昔時苟如此(석시구여차)
此容寧自持(차용영자지)
五心化爲絲(오심화위사)
曲曲皆成結(곡곡개성결)
欲解又欲解(욕해우욕해)
不知端在處(부지단재처)

언제나 자작곡인 이 노래만을 불러재꼈다. 조금만 시큰둥하게 대하면 한
마디 인사도 없이 불쑥 일어나 가 버리니 그 뜻을 헤아리기 어려워 어리벙
벙한 적도 있었다.
그 뒤 다시 일어나 양주 목사가 되었는데, 취하면 아래 아전들과 희롱하
기 일쑤여서 아전의 관을 벗겨 제 머리에 쓰는 등 노는 데에 빈부귀천을 가
리지 않았다. 그러나 그가 백성을 다스리는 데는 간결하고 명확해서 조금
도 원망을 사지 않았다.

서애집 잡저에 보이는 시우산인을 다소 장황하게 인용한 것은 필자가
서애의 문장을 좋아하기 때문이다.
임진왜란에 혼원이 어가를 모시고 평양까지 갔었다. 성천에 있는 동

궁을 호종할 때는 벼슬이 이조 참의에 이르렀다. 그때 대신 중에는 술이 과하여 주정이 심하며 거동에 잘못이 있는 자가 있었는데, 혼원이

　"술 마실 때는 술을 마시고, 일을 할 때는 일을 제대로 하셔야지 이게 뭡니까?"

　나무라자 앙심을 품은 그 대신이 엉뚱한 죄목으로 그를 탄핵해서 결국 파직당하게 되었고, 또다시

　"그래 너희끼리 잘 해 먹어라. 나는 간다."

　하고는 바람같이 사라졌다. 집이 예산에 있었는데 충청도의 이곳저곳을 방황하다가 공주에서 객사하고 말았다.

　술꾼은 비가 오는 날엔 목이 컬컬해지기 마련이다. 더구나 시우동(時雨洞)에 살았으니 안성맞춤이라 냉큼 자호를 시우라 했을 터, 미리 시우산인을 안 것도 아닌데 필자는 장난 삼아 소우(笑雨)라 했고 공주에 뼈를 묻으러 왔으니 객사는 하지 말아야 되겠는데 그야 누가 알겠는가?

짚신짝 벗어놓고 잠적한 허암(虛庵)

이런저런 인연으로, 더 정확히 표현하자면 술을 즐기다 보니 우연히 만나 술자리를 함께한 사람이 애당초 대수롭지 않게 여겼던 마음 말끔히 걷어내고 술맛나게 하는 사람이 혹간 있다.

얼마 전 만난 동방씨가 바로 그런 사람이다.

"장 선생, 거 허봉이 쓴 〈해동야언(海東野言)〉을 읽어 보셨는지?"

"대충."

"그럼 허암(虛庵) 선생도 알겠네?"

"허암? 거 호 아녀?"

"왜 연산군 때 음양학의 대가 정희량 말야."

"대단한 술꾼이요. 최치원 선생님 흉내낸 사람 아녀?"

"맞아, 헌데 다시 읽어 봐!"

"왜?"

"내 심정이 바로 그분과 같거든."

그리고는 필자의 지나온 과거를 때려잡는 수준이 아니라 기막힐 정도로 맞춰 내었다.

필자는 대인은 아니지만 역학이라면 본격적인 주역이나 정역이라면 몰라도 사주팔자니 관상이나 점엔 관심이 없는 편이지만 지나가는 말로 동방씨가 던진 몇 마디는 아직도 뇌리에 생생하다.

내가 막걸리를 마시면 큰 투가리로 셋이요 청주라면 큰 사발로 둘이요 소주라면 한 보시기쯤 마시지. 주량이 점점 줄기는 하지만 반드시 청과나 냉수로 가슴 속을 씻어내고 술을 들지, 작은 술잔으로 홀짝홀짝 마시는 것은 싫다. 최소한 큰 대접으로 쭈욱 드리켜야 술은 제 맛이다.

돌아와 〈해동야언〉을 읽어 보니 정희량(鄭希良, 1469년 ~ ?)의 이런 말이 나온다.

천하의 망나니 술꾼 연산군 때였으니 진신(縉紳)의 선비라도 뼈대가 있고 사람의 성정을 지닌 사람이라면 대들든지 은둔을 하는 시대적 배경을 타고 난 그는 염세주의자였다.

"이 좋은 술을 마시고 왜 저 발광일까? 나라 임금이 저 꼴이니 하루 빨리 발을 뽑자."

정희량은 그가 서른네 살 때 어머니 시봉을 마치고 잠적해 버렸다.

모시러 온 종에게 필관채란 나물이 먹고 싶으니 뜯어 오라 해놓고 자취를 감추어 모든 식솔이 고양 근처의 남한강 일대를 뒤져 보았는데 모래밭에 그가 신던 짚신 한 켤레만 내동이쳐 있더란다. 혹시 시신이라도 떠 있을까 하여 며칠 기다려 보았지만 그는 살았는지 죽었는지 아무도 모르게 연기처럼 사라진 것이다.

며칠 후 동방씨를 다시 만나 한 잔 하면서

"동방 형 설마 당신도 허암 흉내는 내지 않겠지?"

농담 반 진담 반으로 변죽을 울렸더니

"헤이, 차라리 그랬으면 좋겠네. 백두산을 갈 수 있나, 금강산을 갈 수
있나, 묘향산을 갈 수 있나?"

"허암은 묘향산 근처를 헤맨 적이 있을 거라며?"

"음, 그 시가 하도 좋아 외우고 있지."

새는 무너진 집 구멍을 엿보고
사람은 석양에 샘물을 길어가네
산과 물로 길을 삼는 나그네는
천지간 어느 곳에 끝이 있으리.

순부(淳夫―정희량의 자)가 그때 나이 불과 서른넷이었다니 좋게 말
해 그토록 순수했으리라.

사가정(四佳亭)의 풍정(風情)

탁 트인 안목으로 고래(古來)의 명문장을 골라 엮은 동문선(東文選) 동인시화(東人詩話)는 사가정 서거정(徐倨正)의 진면목이 유감없이 드러나서 지금껏 부담없이 인구에 회자되고 있지만 용재(慵齋) 성현(成俔)의 눈에는 짜식 놀고 있네로 비친 구석이 있어 소개하기로 한다.

화사(畵史) 홍천기(洪天起)는 얼굴이 하도 예뻐 누구나 한 번 보면 무릎에 힘이 빠질 정도로 미녀였다.

서거정도 젊어서 한때 놀기 좋아하는 젊은 패들과 무리를 지어 활쏘고 천렵하고 못된 짓거리를 서슴없이 해대다가 붙들려 사헌부에서 추국(推鞫)을 받고 있었는데 바로 곁에 그 여자가 앉아 있었겠다.

그때 상공 남지(南智)가 대사헌으로 있었는데 서거정을 보니 완전히 넋이 나가 있었다. 그 여자에게만 눈을 보내고 잠시라도 딴 곳엔 일절 눈길을 보내지 않는 것이 아닌가? 딴 유생들도 자기들의 죄보다는 이런 미녀와 잠깐이라도 함께 있는 것이 꿈 속에 선녀라도 만난 양 몽롱한 모습을 보니 자기도 젊은 시절에 실수를 했고 미녀라면 사족을 못쓴 경험이라도 있는지,

"유생이 무슨 큰 죄를 지었겠느냐, 그대들도 앞으로 조심하라, 석방하라!"
고 선선히 풀어주었단다.

헌데 고마워해야 할 서거정의 말이 가관이었다.

"이 무슨 공사(公事)의 처리가 이다지도 소홀하고 급하십니까? 마땅히 범인에게 철저히 심문하고 또 다짐을 받아서 옳고 그른 것을 분간하여 마땅히 서서히 해야 할 것이 아닙니까?"라고 말했다니 창피를 무릅쓰고서라도 홍녀 곁에 있고 싶은 간절한 소망이 그 정도여서 언제나 술판에 조롱거리가 되어 그때 함께 추국을 받은 친구들과는 상종을 꺼렸단다.

짓궂은 성현이 그 소식을 듣고 가만히 있다가 용재총화에 글로 옮겨 놓았으니 성현 또한 재미있는 사람이다.

성현이라고 어디 성현군자던가? 그도 한때 기생에게 홀딱 빠져서 허둥거렸으니 말이다.

그러나 서거정은 대문장가로 역사에 남고 성현은 청백리로 그 이름을 죽백에 드리웠으니 한때의 실수나 거친 행동으로 그 사람을 폄하할 수 없는 것이다.

사가정의 동시대인이거나 후인의 글을 보면 술자리에서는 그가 좌장 격으로 리드해 갔다는 걸 알 수 있는데 대쪽 김시습과 대비되어 풍류남아로 비치는 쪽이 많다.

삶이 융통성이 많아서 빈부귀천을 가리지 않고 널리 사귄 것이라든지 당대의 명기들과 시화를 주고받는 문화적인 풍모, 풍류남아와의 교제는 물론이요 아리따운 여인과의 개방적인 사랑으로 수많은 염정의 에피소드, 그러나 격조 높은 인물에겐 그에 알맞은 구체적이면서도 인간적인 면모를 묘사하여 존경하지만 멀리하는 것을 용케 피해서 귀신같이 표현해내는 말 솜씨는 그야말로 그 무엇이나 흥미진진하게 하고 깊은 묘미와 삶의 기조에 뿌리를 둔 지혜가 섬광처럼 빛난다.

서씨 일가엔 아마 사가정이 이조 초기 초일류 문사요 해방 전후로는 미당 서정주 시인이 이 시대의 가장 심금을 울리는 문인일 것이다. 공주에서 대전으로 가는 길의 공암은 서기의 호인데 그의 풍류담은 들은 바 없다.

인간 주자(朱子)

俄來萬里賀長風(아래한리하장풍)
絶壑層雲許盪胸(절학층운허탕흉)
獨酒三杯豪氣發(독주삼배호기발)
朗吟飛下祝融峰(낭음비하축융봉)
―〈醉下祝融峰(취하축융봉)〉

이 칠언절구는 주자(朱子)의 시다. 서양에 플라톤이 있다면 동양엔 주자가 있다. 술고래 소크라테스가 주인공인 향연(심포지움)을 잘도 묘사한 플라톤과는 달리 그 많은 저서 중에 술에 대한 언급은 거의 없다고 해서 주자가 술 한 모금 못 마시는 거룩한 사람으로 선입관을 가지지 말라. 갖가지 병을 고루고루 겪으면서도 주자야말로 애주가였다는 사실을 밝혀낸 사람은 일본의 학자 미우라 쿠니오다.

지금으로부터 30여 년 전 한 일본인 청년이 공주의 한 골동품 가게에서 액자 한 점과 초상화 한 점을 꽤 비싼값으로 샀다.

주자의 글 '어약해중천(魚躍海中天)'과 이재(李縡)의 초상화였다. 물고기가 바다에서 하늘로 뛰어오른다! 또 모든 것을 꿰뚫어볼 것 같은 맑고 투명한 눈이 빛나는 이재라는 인물은 호론(湖論)의 남당(南塘) 한원진에 대비해 낙론(洛論)으로 유명한 성리학의 학자다. 용케 필자와 동갑내기인 쿠니오 박사의 서재엔 아직도 걸려 있어 태만해지기 쉬운 마음을 가다듬는다고 한다. 그가 「인간주자」의 저자 삼포국웅(三浦國雄)이다.

그는 술을 좋아했다. 자주 금주(禁酒)를 맹세한 것이 그 증거이다. 심하게 취했을 때에는 팔을 꼬고 책상다리를 하고는 경사자집의 한 구절을 낭송했으며 조금 취했을 때에는 옛시를 음영했다. 그가 애송한 것은 굴원의 〈초사〉, 제갈공명의 〈출사표〉, 도연명의 〈귀거래사〉, 두보의 시였다고 한다.

머리에 인용한 〈취하축융봉(醉下祝融峰)〉은 지기지우 장남헌과 만나 두 달간 사귈 때 형산 축융봉(1290m)에 올라 너무 감격한 나머지 즉흥으로 읊은 시다. 오악의 하나인 형산은 숱한 문객들이 써댄 글이 수십 권은 좋이 될 정도로 중국의 금강산이다.

손님과의 대화를 즐기고 그럴 때 주거니받거니 술잔을 돌리는 우리식은 아니래도 다 마셨다는 표시로 잔 바닥을 내뵈는 주자를 상상해 보라! 공자도 애주가였거니와 주자 또한 꼰대가 아니었다! 더구나 천하 절승인 축융봉에 올라 취흥이 도도해서 구름이 넘실거리는 저 산 아래로 뛰어내리고 싶다고 외쳤으니 이 얼마나 인간적인 모습인가!

황제 곁에서는 겨우 40일, 그 외의 50년간은 변방 오죽잖은 벼슬아치로 한평생 현미밥으로 끼니를 때운 주자!

결혼 이후 이것이 건강에 제일 좋다며 필자가 먹었고 지금도 먹고 있는 현미밥 때문인가 필자가 주자를 좋아하는 것은? 아니지, 술이지 술,

누가 이렇게 꼬집는다면 할 말이 없다.

주자가 그토록 술을 사랑한 것은 스승 이연평의 영향일 것이다. 술을 한 번 마시기 시작하면 수십 잔을 들이켜 술이 떨어지지 않으면 그만두지 않았고, 취하면 즐거이 말등에 걸터앉아 이삼십 리를 달리고도 말머리를 돌리지 않았다는 혈기를 극복하게 한 사람은 나종언! 주자의 스승의 스승이었다나.

고리타분한 이 땅의 성리학자들이 인간주자를 박제하여 제멋대로 우상화했기에 오늘날 유교가 이 꼴인지도 몰라.

진단타려도(陣搏墮驢圖)

　조약돌 하나 놓이지 않은 넓고 깨끗한 길, 나뭇잎 풀잎마저 이슬 머금어 청정한 숲 속엔 상서로운 안개마저 신비하게 서려 있고 왼켠엔 해묵어 두어 개구멍까지 뚫려 있는 고목이 의젓이 서 있는데 지금 마악 흰 나귀에서 낙상하기 직전의 텁석부리 영감 하나가 함박웃음을 짓고 있다. 하인이 오두방정을 떨며 달려가고 한 나그네가 발을 멈추고 빙그레 웃으며 구경하고 있는 이 그림은 〈진단타려도(陣搏墮驢圖)〉, 윤두서가 만년에 그린 걸작으로 국립중앙박물관에 소장되어 있다.

　희이 선생 무슨 일로 갑자기 안장에서 떨어졌나
　취함도 아니요 졸음도 아니니 따로 기쁨이 있었다네 협마영(夾馬營)에
상서로움 드러나 참된 임금 나왔으니
　이제부터 온 천하에 근심걱정 없으리라.

　단아한 제시(題詩) 아래 주문방인(朱文方印)으로 신장(宸章)이 분명하니 숙종(肅宗)의 어필이다. 그 해는 숙종 재위 41년째 되는 해이고 같

은 해 11월 26일 윤두서는 타계했다.

필자가 이 그림을 지극히 사랑하는 까닭은 첫인상이 흠뻑 취한 어느 술꾼이 허허 내가 떨어지는군 느끼면서도 소탈하게 자아내는 그 웃음의 초탈(超脫)함이었는데 오래 감상(鑑賞)하다 보니 그리 단순한 내용이 아니라 태평성대를 갈망하는 의미심장한 그림이라는 걸 알게 되고 하필 윤두서가 이 그림을 숙종께 바친 뜻이 아주 특별하기 때문이다.

당나라 말기 그러니까 오대십국의 난국의 인물 진단(872~989)은 신선이라 추앙될만큼 도저한 인품의 소유자다. 희이(希夷)란 노자 도덕경 14장 첫머리에 '그것은 보고자 해도 보이지 않는다. 그걸 이(夷)라 하고, 그것은 듣고자 해도 들리지 않는다. 그래서 희(希)라 한다' 는 말에서 따와 송나라 태종 조광윤이 내린 호다. 진단의 큰 인물을 흠모하고 주는 높은 벼슬도 마다하는 아쉬움이 흠뻑 배어 있는 호인데 조광윤이 송나라를 세웠다는 소리를 듣고 너무 즐거워 자기가 지금 나귀등을 타고 있는 것도 잊고 기뻐하다가 낙마하는 고사를 담은 것이 〈진단타려도(陣搏墮驢圖)〉이다.

윤두서가 이 그림을 숙종께 바치고, 학식과 견문이 풍부한 숙종이 제시를 지었으니 선비는 임금을 알아보고 임금 또한 참선비의 뜻을 기렸으니 과연 그 임금에 그 신하요 요즈음 나라꼴을 볼 때 우리의 지도자들이 그 영인본이라도 거실에 걸어놓고 백성을 생각한다면 오죽 좋을까?

"가령 제가 대낮에 하늘을 오르는 재주가 있다 한들, 그것이 세상에 무슨 이익이 되겠습니까?" 하며 태종의 재상 제의를 물리친 진단

"폐하는 만백성의 주인이니 정치에만 전념하시고 금단술 같은 것은 생각지도 마십시오."라고 신선술 중의 하나인 금단술을 원하는 후주 세종에게 정중히 일침을 가하던 희이 선생.

무려 118세의 세수를 누린 진단은 주역(周易)을 깊이 연구해 천지만

물이 일체라는 것과 우주는 기(氣)를 주로 하지만 이(理)가 여기에 함께 갖추어져 있다는 이기설(理氣說)의 선구자로서 태극도설의 주염계, 선천후천역리의 소강절의 스승이기도 하다. 나라가 잘된다면야 한갓 술꾼인 필자도 낙마하면서도 웃을 수 있으련만.

한 수의 시만 남긴 정여창(鄭汝昌)

정여창 선생은 젊어서 한때 너무나 술을 좋아했다. 하루도 거르지 않고 또래끼리 술을 펐다. 일찍 아버지를 여의고 편모슬하에 세상일이 마음먹은 대로 제대로 안 풀리자 성격은 내성적인데 자존심이 강한 그를 눙쳐주려고 친구들이 배려랍시고 자주 불러냈겠지만 술로 울분을 달랬다는 말이 더욱 적절하리라.

하루 하루가 술타령으로 점철될지라도 어머니에 대한 효성이 지극했던 그인지라 아무리 늦도록 마셔도 비틀걸음을 쳐서라도 꼭 집에 돌아와 잠은 잤는데 어느 날 드디어 너무 왕창 취해서 그만 들판에 뻗어 버려 일어나 보니 새벽이었다. 부랴부랴 집에 왔으나 한숨도 못 잔 어머니가

"아이구, 얘야! 오로지 너만 바라고 살아가는 이 에미를 뼈를 말려 죽일 작정이냐?"

"어머님. 죄송합니다."

"죄송하면 다냐? 아이구 네가 이 지경이니 내 누굴 의지해서 살꼬."

평소엔 웬만큼 자질구레한 일은 군입 한 번 안 떼던 다정한 어머니의 표정이 서슬 퍼렇게 변한 모습을 보자 선생은 어금니를 꽉 다물었다. 그리고 꾸깃꾸깃한 옷자락에 이슬까지 흠뻑 배인 자신의 꼬라지나 아직도 술내가 풍기는 스스로가 밉기 짝이 없었다.

"알았습니다."

단주(斷酒)의 결심을 단단히 한 선생은 며칠 후 한 보따리 책을 짊어지고 지리산 속으로 깊숙이 들어가 박혀 삼 년간 허리띠를 풀지 않고 '사서 오경'을 꼼꼼히 연구하고 성리학의 뿌리를 향하여 불같이 달려들었다.

일찍 타계한 육을(六乙)의 아들 정여창은 나이 서른넷 성종 14년(1483)에 진사시에 합격하여 성균관 유생이 되었고 칠 년 뒤에야 학행으로 천거되어 미관말직으로 벼슬아치의 길을 밟았다.

젊은 시절의 방황이 오히려 보약이 되었던지 잘난 사람 못난 사람 미친사람까지라도 공경하는 덕량 있는 중후한 인물이 된 것이다. 환골탈태란 바로 이런 것을 이르리라.

당대의 글 잘하고 박식한 풍류남아 사가정(서거정의 호)이 높은 벼슬에 그를 천거하였다. 그러나 사양하였다. 스스로 가늠하여 떳떳하지 못하면 나아가지 않는 곧은 성품에 늘 학문에 맛을 들여 조용히 읽고 사색하기를 즐겨했고 무엇보다도 홀어머니에 대한 효성 때문이었으리라.

이제는 술은커녕 파, 마늘 같은 자극적인 양념과 육식도 일절 입에 대지 않았다. 종일 입을 다물고 있어 속으로 무슨 생각을 하는지 아무도 몰랐지만 이 거룩한 꿍꿍이 속을 어찌 어진 성종 임금이 초야에 묻히게 하겠는가? 딱 끊은 술이라도 예외는 있었다.

손수 잔에 술을 부어 내리면서

"백욱(伯勖)이 짐의 술도 거절하겠는가?"

할 때나 제사 후 음복은 사양하지 않았다.

평생 동안 시를 짓지 않다가 무슨 마음이 들어선지 단 한 수 남겨놓았는데

바람에 날리는 부들잎은 부드럽게 흔들리는데
사월의 화개(花開)에는 이미 맥추일세
지리산 천만 봉우리 다 보고 나서
조각배 타고 또 큰 강을 흘러 내려가네.〈후략〉

글쎄, 술은 나쁜 친구만은 아닌데 너무 괄시했구려.

장천용전(張天慵傳)

수기치인(修己治人)의 원숙한 도(道)로 청사에 다산(茶山) 정약용(丁若鏞)은 뚜렷한 발자취를 남겼거니와 시에는 이천여 수를 지어 맛을 들였으면서도 소설은 패설이라 하여 읽기도 짓기도 꺼려했다. 희귀하게도 두세 편의 소설류의 글이 있는데 그 중의 하나가 〈장천용전(張天慵傳)〉이다.

　장생이 왔다. 망건도 벗었으며 발도 맨발이었고 옷은 입었으되 띠도 띠지 않았다. 바야흐로 술에 취하여 눈알이 흐리멍덩하였다. 손에 피리는 들었지만 불려고는 하지 않고 그저 술술 하며 술만 청하였다. 서너 잔 권했더니 몹시 취해서 정신까지 놓아 버렸다. 옆에 있던 사람들이 껴안아 일으켜 사랑방 옆 골방에서 쉬게 하였다. 이튿날 사람을 시켜 다시 초청하였다.

　그가 정자에 이르자 또 술 한 대접을 대접하였다. 그가 하도 피리를 잘 분다니까 듣고 싶어서였다. 그런데 막상 들고는 천용은 정색을 하면서, "피리는 나의 특기가 아닙니다. 묵화를 칠 테니 문방사우와 종이나 비단을 가져 오시지요." 어찌하나 보려고 이왕이면 다홍치마라고 흰 비단을 넉넉히 가져다가 펼쳐주었다. 산수, 신선, 승려, 괴조(怪鳥), 천년 묵은 넝쿨, 오래된 고목 등 무릇 수십 폭을 단숨에 그려내었다.

먹빛이 현란스럽되 부자연한 데가 없으며, 모두 기상이 꿋꿋하고 취괴하여 사람들의 상상으로는 미치기 어려운 점이 있었다. 특히 그 물태(物態)를 묘사함에 있어서는 세밀한 부분까지 섬세하고 교묘하게 그려 정신이 살아 있는 그림이다. 보는 이로 하여금 깜짝 놀라 경탄하며 찬양하지 않을 수 없었다. 붓을 놓은 그는 다시 호쾌하게 술을 들이켰다. 또 흠뻑 취하여 껴안아 그의 집으로 돌려보냈다. 그 다음날 또 불렀더니 그는 벌써 거문고를 메고 피리를 차고 금강산으로 가 버렸다는 것이다.

상주가 짚은 대지팡이를 보고 어허 저거 대금감이군 중얼거리고 몰래 가져다가 구멍을 파서 악기를 만들어 불었다는 그, 추녀이면서도 성깔마저 고약해서 노상 바가지를 긁어대는 마누라를 이것도 내 분수지 여기며 끔찍이 사랑했다는 그, 그러나 역마살이 있어서 바람같이 떠났다가 또 바람같이 돌아와 천연덕스럽게 농사도 잘 짓고, 무슨 일이나 한번 손에 잡으면 기가막힐 정도로 솜씨를 발휘하다가도 그저 술만 보면 고래같이 들이켜곤 고주망태가 되어야만 직성이 풀렸다는 장천용, 다산 같은 정인군자(正人君子)가 왜 이런 인물에 대해서 기록에 남겼을까가 필자의 의문이었다.

귀향살이를 그토록 오래 했으니, 또 자나 깨나 집필과 사색에 골몰했으니 풍류(風流)와는 저절로 멀어졌을 터, 하나 자기자신이 답답도 했겠지. 일평생 거짓말이라고는 한 마디도 못하는 사람이니 때론 미친놈이 부러울 법도 하지. 아니 제대로 깊은 신앙도 지니기 전에 천주학의 패거리로 몰려 끄떡하면 연루되어 닦달을 당했으니 제 아무리 웅골강심(雄骨強心)이라도 흐트러지고 싶은 마음이 전혀 없었을까? 어쩌면 내심으로 장천용이 부럽기도 했으렸다.

보고, 듣고, 돌아다니고, 마음이 내키는 대로 하고 싶은 일을 할 때 술
잔은 기울일 일이다. 몸 성할 때 서로 만나 시덥지 않은 이야기를 나누
면서 피리도 불고 장구도 치고 그림도 그리는 장천용이마저 귀하게 여
긴 다산의 따뜻한 인간성이 잘 묻어 있는 것이 바로 이 글이다.

송강(宋江)의 술과의 대화

무슨 일 하겠다고 십 년 동안 너를 따라
내가 한 일 없어서 그르다 싫다 하니?
이제야 절교편(絕交篇) 지어 전송한들 어떠리

무슨 일 하려드면 처음 왜 사귀었는가
보면 반기므로 나도 따라다녔거늘
참으로 그르다 하시면 그만 둠이 어떠리

내 말 곧이 듣게 너 없으면 못 살겠다
험한 일 궂은 일을 너 때문에 다 잊거늘
이제 와 남 사랑하려고 옛 벗 버려 어쩔고?

자신을 늘 진나라의 술고래 유령(劉伶)에 견주며 술을 즐기던 송강
이지만 마음껏 취한 뒤 멋대로 고주망태짓을 한 것이 후회가 되어 술꾼
이라면 누구나 그런 것처럼 스스로 술을 끊겠다고 결심을 어디 한두 번

했으라.

작심삼일(作心三日)은 고사하고 이제는 더 못 마셔 제법 단호히 손사래를 치다가도 아 오늘 마시고 내일부터 끊으면 될 것 아녀 이거 인정없이 왜 그러나 어쩌구 하면 마지못한 척 슬며시 술잔을 드는 게 우리네 술꾼 아닌가?

위 세 수의 송강의 시조를 보면, 그때나 지금이나 술도 달라지고 사람도 달라졌지만, 술꾼의 심리는 고금부동(古今不同)이 아님을 알겠다.

걸걸한 목소리로 쏟아내는 그의 장시 가사문학 그 어디에도 술 냄새가 나지만 그 중의 으뜸인 〈관동별곡〉은 아예 그 마무리가 술타령이라 해도 과언이 아니다.

북두성 국자 삼아 바닷물을 길러 내어. 저도 먹고 나도 먹어 서너 잔 기울이니 화풍(和風)이 슬슬 일어 겨드랑이 치켜 들어 구만리 장공에 자칫하면 날겠도다. 이 술을 가져다가 천하에 고루 나눠 억만 인간들을 다 취케 만든 후에 그제야 다시 만나 또 한 잔 하자꾸나 말 끝나자 학을 타고 하늘 높이 올라가니 공중의 옥통소 소리만 어제런 듯 들리도다. 나도 잠을 깨어 바다를 굽어 보니 깊이를 모르거든 갓인들 어찌 알리 명월이 천산만학에 아니 비친 데 없다.─ 운운.

"너무 취했어. 이제 그만 일어나지." 할라치면
"이거 왜 이래 간에 기별도 가지 안 했는데!"
"이 사람아 오늘만 날인가 다음에 마시면 되지 뭘 그래."
"너, 너, 너 말야 이 노래 알아? 비비 비겁한 놈은 갈 테면 가라 우리들은 계속해서 술 마시련다."
"용감하게 싸우는 것 아니고?"
"이 좋은 세상 재미있게 살기도 세월이 너무 빠른데 싸우기는 왜 싸워?응?"

"아이구 꼭지 물렸네 그래 좋다 어디 마음껏 취해 보자!"

"진작 그렇게 나올 것이지 한 번 빼면 술맛이 더 나냐?"

그러나 이튿날 새벽이면 뱃속에 천둥번개가 치고 뒷목이 뻣뻣하고 머리통 속은 아직도 '밤안개' 라 말릴 때 일어설 걸 후회해 본들 노래하다 집 짓는 것 깡그리 잊는 할단새—이것이 술꾼이다.

손곡(蓀谷) 이달(李達)을 그리워하며

손곡(蓀谷) 이달(李達)을 그리워하며 손곡의 시에 하루를 헹궜다. 한없이 불우했던 고향의 옛시인 이달은 영종첨사(永宗僉使) 이수성(李秀成)의 어느 기생과 하룻밤 풋사랑으로 태어나 탁월한 머리와 문재(文才)에도 불구하고 서자라는 신분적 한계 때문에 강호를 떠돌며 시를 지팡이 삼고 술을 표주박 삼아 일평생 고난의 길을 밟던 한많은 시인이었다. 아버지를 따라 지금 원성군 부론면 손곡리에 가 살았으므로 호를 손곡(蓀谷)이라 했다.

홍주 결성이 고향인 그는 어려서부터 역마살이 붙어 이 고장 공주의 선비 송정옥(宋廷玉)과도 어울려 자주 술을 들었다. 그가 남긴 시에

왜구들의 저 난리 몇 해나 되었건만
싸움은 아직도 한양에 가득하다네
가깝던 사람들을 모두 잃어서
살았는지 죽었는지 물을 수 없구려

해질녘에 임 가신 곳 바라보다가
봄 바람에 고향으로 마음 보내오
난리통에 그대 술을 받아 마시니
눈물이 흘러 옷깃을 적시는구려.

어설피 번역했거니와 〈공산봉송정옥(公山逢宋廷玉)〉의 오언율시는
더욱 아름답고도 처연하다.

寇盜經年歲 兵戈滿漢陽
所親皆爽亂 不敢問存亡
西日瞻行殿 東風入故鄕
侍危對君酌 涕淚浴沾裳

평범한 사람이 줄을 잘 잡아 호화롭게 사는 것도 괴롭겠지만 뛰어난
사람이 평범한 생활을 하자면 그게 바로 지옥인가 보다. 일찍 상처(喪
妻)까지 한 손곡은 그야말로 떠돌이 거렁뱅이에 진배없었다. 밥을 제때
먹을 수 없었고 컬컬한 목도 아취(雅趣) 있는 술자리에서 풀 수 없었다.
하물며 옷차림인들 그 누가 제대로 챙겨주었겠는가? 헌 것에 주름투성
이의 꾀죄죄한 입성으로 꼬락내나 풍기며 헤매다가 허엽의 아들 하곡
허봉의 눈에 들어 일찍 요절한 천재 여류 시인 허난설헌과 그의 동생 교
산 허균의 가정교사로 들어가 식객 노릇을 한 때가 그래도 가장 안락을
누렸을 것이다.
　옥불탁불성기(玉不琢不成器)! 당대의 명사(名士) 고죽(孤竹) 최경창,
옥봉(玉峰) 백광훈, 사암(沙菴) 박순과 지기(知己)를 텄을 뿐만 아니라
그 어떤 문장가도 추종을 불허하던 손곡 이달의 시세계(詩世界)는 잔설

움을 씻고 점점 청징(淸澄)한 신선의 경지로 접어든다.

세상이 날 버리니 나 또한 세상을 버렸노라. 술김에 한 소리겠지만 교산 허균은 그 귓가에 스승의 이 말이 맴돌았다. 허균이 누구인가? 홍길동의 저자 아닌가? 옹졸한 당대의 가치관을 뛰어넘어 이 겨레에 가장 씩씩하고 시원한 남성상의 권화가 홍길동이라면 팔도강산을 누비넌 의적 홍길동의 행보엔 어딘가 손곡의 냄새가 짙게 배어 있다고 보아 무방할 것이다.

사람됨의 크기가 정승을 하고도 남을만 한데 그저 유랑시인으로 세상을 마감한 스승의 넋을 위로하고자 고전 중의 고전인 홍길동을 창출(創出)했다 하더라도 과언(過言)이 아닐 것이다.

산하를 헛되이 왕래한다 탓하지 마오 보잘것없으나마 새로운 시 얻어 비단 주머니에 가득하다오.(湖山莫道空來往 贏得新詩滿錦囊) 강행(強行)의 끝자락은 손곡이 지향한 삶의 궁극적 목표가 오로지 옹골찬 시(詩)에 있음을 보여준다. 그가 그토록 많이 마신 술도 시화(詩花)에 뿌린 이슬이었단 말인가?

도연명의 멋

천추만세후(千秋萬歲後)
수지영여욕(誰知榮與辱)
단한재세시(但恨在世時)
음주부득족(飮酒不得足)

천추 만세 후에
누가 영과 욕을 알리오
다만 한스럽긴 살아 생전
듬뿍 술을 못 마신 것이라네.

자유자재로 상상력을 구사했지만 전원에 대한 동경을 주요 테마로 읊었던 귀거래사의 도연명이 기운 딸리고 술맛 떨어지자 스스로 지었다는 〈만가(輓歌)〉의 끝부분이다. 말인즉슨 감사차 오는 벼슬아치의 꼬라지가 보기 싫어 평택령을 그만두었다지만 술 마시고 싶을 때 마실 수 없는 데다가 전원(田園)이 사무치게 그리워설 게다. 그의 시에

나타나는 분위기로 보아 그는 불교와 도교의 영향을 받았는데 백련사
에 가입하라는 말에 솔깃하다가 거기 가면 술을 마실 수 없다는 말에
그만 정나미가 떨어져 외면하고 말았다는 전설이 따르는 것이 방증
(傍證)이다.

그가 귀거래사에서 읊은 대로 거나하게 취해서 소갈딱지 없는 너절한
선비들을 마다하고 자연에 눈과 귀를 열어 정밀(靜謐)을 즐긴 것은

산기일석가(山氣日夕佳)
비조상여환(飛鳥相與還)
차중유진의(此中有眞意)
욕변이망언(欲辨已忘言)

산의 기운은 해질녘이 아름답고
날던 새는 서로 동무되어 돌아오네
이 속에 진의(眞意)가 있으나
설명하려니 이미 말을 잊는다네.

윗시에 진솔하게 나타나 있다. 조용히 마시고 호젓이 거닐며 고요히
감상하는 모습이 보이는 시다. 평범(平凡) 속에 추를 넣은 사념(思念)이
구슬처럼 빛난다. 그러나 여러 번 읽어 보면 안주 없이 마셔도 향기가
목젖에 남아 있는 죽엽청주의 맛이다.

그러나 내가 도연명을 무척 좋아하게된 것은 아마 역사상 가장 짧은
전기인 그의 〈오류선생전(五柳先生傳)〉일 것이다. 한때 충남대학교 총
장을 지낸 이정호(李正浩) 박사로부터 맛과 멋의 일깨움을 얻었는데 이
후 〈오류선생전〉을 읽을 때마다 가는 눈에 안경까지 썼는데도 풍겨나
오던 옛 스승의 미소 띤 그 얼굴이 눈에 삼삼하고 앉아 강의하시다가 끝

부분에 가서는 벌떡 일어나 당신도 한 잔 걸친 것처럼 열띤 강의를 하던, 홍이 묻은 그 목소리가 아직도 귀에 낭낭하다.

어쩌다가 사곡면 호계리 깊은 산골에 살게 되었지만 기거하는 청우정 아래에 조그만 연못이 호계(범내)의 발원지라 더욱 도연명을 사모하게 되는지도 모르겠다. 왜 그 〈호계삼소도(虎溪三笑圖)〉란 유서 깊은 동양화가 있지 않은가? 도우(道友) 셋이 어울려 술을 마시며 한담(閒談)을 나누다가 헤어질 때 서로 떨어지기가 싫어 세 친구의 가운데 지점인 다리에 와서도 머뭇거리다가 서로의 심중(心中)을 알고 껄껄 웃고 있는 그 유명한 그림의 천연스런 모습 말이다.

우정(友情)이란 그것도 남아의 우정이란 표시하는 부분보다 가슴 속에 묻어 둔 부분이 훨씬 깊고 넓다하지 않은가? 때론 말이 거추장스러울 때도 있는 법이다. 시끌벅적한 술판에서 흘러나온 말 치고 귀담아 들을 말이 어디 있던가?

그가 추구한 것은 진의(眞意)였다. 진실한 마음, 꾸밈이 없는 자연의 모습. 말로 표출하기엔 너무나 아름답고 깊은 뜻은 첫 술잔을 주고받을 때부터 가슴에서 가슴으로 눈에서 눈으로 오고간 옛 선비들의 탈속(脫俗)의 미가 담뿍 담겼다 할 것이다.

기남아(奇男兒) 홍일동(洪逸童)

세조 때 벼슬이 지중추(知中樞)까지 올랐던 홍일동(洪逸童)은 성품
이 천진하여 겉치레를 싫어하고 사부(詞賦)에 능하고 대단한 술꾼이
었다.

일찍이 진관사(眞寬寺)에 놀러 갔다가 어찌나 시장했던지, 떡 한 그
릇, 국수 세 주발, 밥 세 바릿대, 두부국 아홉 주발을 마파람에 게 눈 감
추듯 먹어 치웠다. 절에서 내려오다 아는 사람을 만나, 또 찐 닭 두 마리,
물 고기국 세 주발, 생선회 한 쟁반, 술 마흔 잔을 들고도 게트림도 하지
않았다. 삽시간에 이 소문이 퍼져 마침내 세조의 귀에 닿았다.

"정말로 그리 먹었나?"

"황공하옵게도 사실이옵니다."

"참으로 장사로구먼 장사야!"

임금조차 혀를 내둘렀다는 이야기가 서거정의 〈필원잡기〉에 어엿이
적혀 있다.

정신없이 취하면 길쭉한 풀잎을 뜯어 입에 물고 불어대는데 그 풀피

리 소리가 어찌나 비장하고 위엄이 있는지 가야금이나 거문고 소리에 뒤지지 않았다고도 한다. 그의 거실에는 옛 거문고가 하나 걸려 있는데 악보도 없이 타기를 즐겨 했다.

"종자기가 죽자 백아가 거문고 줄을 끊은 것처럼 내 거문고 소리는 도연명이나 살아 나오면 알아줄까 그 누가 알랴!"

탄식했다니 글이면 글, 음악이면 음악, 술이면 술 도무지 거침없이 통달한 기남자(奇男子)요 쾌남아(快男兒)였다.

그런데 그는 천진하다 못해 때로는 눈치코치 없는 어린애 같은 구석도 있었던 모양이다. 어린 조카 단종 내외, 안평대군, 사육신을 도륙하거나 사약을 내려 왕권을 잡았으므로 내심 양심의 고통에 시달리던 세조에게 부처의 도를 논하였으니 말이다. 유생 출신의 여러 신하 앞이니 체면도 있고 해서

"뭐라? 내 이놈을 죽여서 부처에게 사례하겠다!"

명하여 칼을 가져오라 하여 으름장을 놓았지만 홍일동은 태연자약하였다. 장하게 여긴 세조가

"네가 술을 들겠는가?"

"즐거이 번쾌를 흉내내겠습니다."

하고는 은동이로 술을 주었는데 한 방울도 남기지 않고 다 따라 마셨다.

"허어! 네가 죽음조차 초개같이 여기는구나!"

"죽는 것이 마땅하면 죽고, 사는 것이 마땅하면 사는 것이지 어디 사내가 죽고 사는 것으로 그 마음을 바꾸겠나이까?"

상감도 그런 신하가 있다는 것이 무척 기뻤던지 초구(貂裘) 한 벌까지 상으로 내려주었다.

그러나 말년의 홍일동은 섭생이 부실하였다. 그저 노상 술뿐이오 허

기가 지면 미숫가루 정도로 위장을 달랬으니 그 큰 허우대가 결단이 난 것이다.

하필 그가 홍주(洪州:지금의 홍성)에서 폭음(暴飮)으로 죽고 말았다. 사람들은 배곯아 죽었지 술로 죽은 것만은 아니라고 수군거렸다.

아무리 술을 좋아한다고 해도 무슨 사연이 있을 것이다. 그러나 필자는 그것만은 알지 못한다.

일 년이면 대여섯 번 고향 홍성엘 가는데 거의 고향 친구들과 술자리를 벌이고 알딸딸하게 취해서 조양문(朝陽門) 근처를 바장이게 된다. 손곡 이달, 김이양, 약천 남구만에 이어 이 이름난 술꾼 홍일손의 음주행각이 늘 뇌리에 스친다.

"어이! 술에 장사 없어! 몇 수저 밥은 들어야지."

이런 소리를 들을 때 홍일동의 이야기는 영락없이 떠오른다.

최북강설도가(崔北江雪圖歌)

    장안에 최북이 그림을 팔아 생활을 하는 데다 쓰러진 초가집에 네 벽에
서는 찬바람이 나는구나. 유리 안경, 나무 필통 종일 문을 닫고 산수(山水)
를 그린다. 아침에 한 폭을 팔아 아침 끼니, 저녁에 한 폭을 팔아 저녁 끼니,
찬 겨울날 떨어진 방석 위에 손님을 앉혀놓고 문 밖 조그만 다리엔 눈이 세
치나 쌓였어라. 여보게 자네. 내가 올 때 설강도나 그려 주소. 두미(斗尾) 월
계(月溪)에 저는 당나귀 남북 청산이 온통 허연 눈빛이로구나. 어호(漁戶)
는 눈에 눌려 짜부러지고 외로운 낚싯배 한 잎 둥실 떴다. 하필 패교(覇橋)
고산(孤山) 풍설 속에 한갓 맹 처사 임 처사만 그릴 건가. 날 더불어 도화(桃
花) 물에 떠 설화지(雪畵紙)에 다시 봄산을 그려 보세.

    석북(石北) 신광수(申光洙)가 화가 최북이 그려준 〈설강도〉의 신묘
한 붓놀림에 감동하여 지은 시다. 술 빼고는 최북의 생활상까지 묘사되
어 이 괴짜 화가의 외면, 내면이 기막힐 정도로 표현되었다 할 것이다.
    짐승의 털로 만든 붓에 의지하여 산다 하여 스스로 호생관(毫生館)이
라 불렀고 시까지 잘 지어 석북의 눈에 들었나 보다. 〈하경산수도〉, 〈추

경산수도) 특히 한 선비가 너럭바위에 팔자좋게 편안히 누워 세차게 떨어지는 폭포수를 바라보고 있는 〈관폭도〉는 정중동(靜中動)의 극치라 그의 대표작으로 손꼽힌다. 그래 사람들은 최산수라 일컬었다.

그는 애꾸였다. 그도 사람인데 자신의 그런 몰골에 왜 한스럽지 않았겠나. 북(北) 자를 파자하여 칠칠(七七)이라 자(字)를 삼은 것도 소이연이 거기에 있다. 날이면 날마다 대여섯 되 술을 마셔야만 그림을 그린 것도 거드름 피는 양반들이 천만금을 준다 해도 입만 비쭉 내밀었던 자존심도 겉의 생김새가 무에 그리 대단하냐는 속마음을 드러낸 것이리라.

하여튼 당대 최대의 술꾼인 최북이 석북 신광수 앞에서는 꼬리 내린 호랑이로 얌전했던 걸로 보아 그 둘의 사이는 관포지교였음이 틀림없다.

지난번 금강산 구룡연에 갔을 때 필자가 가장 아쉬웠던 점은 술을 마시지 못하게 하는 것이었다. 천하 절경을 눈앞에 두고 그래 술 한 모금 못 마시게 한대서야 그게 말이 되느냐 말이다. 꽉 막힌 그 사고방식을 뚫지 못하고 금강산 관광이라니 현대측도 갑갑하기는 마찬가지다. 왜 이런 이야기를 늘어놓느냐 바로 이 구룡연에서 최북이 자살을 기도한 해프닝 때문이다.

여나무 되 호방하게 마셔 흠뻑 취한 그가 갑자기 일어나더니

"나, 천하의 명인이 천하의 명산 금강산에 와서 구룡연을 만났으니 여기서 목숨 한 벌 벗겠다!"

큰소리 치고는 냅다 몸을 던졌단다. 함께 술을 들던 사람들이 아연실색하여 놀라움 속에서도 그를 건져냈기 망정이지 홀로 술을 들었다면 영락없이 수중고혼이 되었을 것이다.

세계에서 가장 아름다운 항구로 일컫는 시드니 건너편의 맨리만은

천야만야의 낭떠러지였다. 호주의 김삿갓 헨리 로슨이 위스키에 흠뻑 취해 투신하였는데 주위 사람들이 건져 올렸다는 소리를 들었다.

최북의 후배라 속으로 뇌까리며 빙긋이 웃었다. 주당들이여 강이나 바다 특히 폭포 앞에서 주의할지어다. 그대는 술꾼이지 갈매기가 아니므로.

대지팡이 하나 짚고

살아 있는 사람과 사귀는 일도 어려운 일이지만 이미 이 세상에 없는 죽은 사람을 제대로 알고 사귀는 일은 더욱 어렵다고 생각하는 것은 편견이다. 오히려 군더더기 없이 그들의 알맹이에 접할 수도 있기 때문이다.

백계경(白季庚)이 마흔 살이 넘어 낳은 아들 이름을 거이(居易)라고 한 것은 당나라 중기의 혼란스러운 사회상을 역설적으로 표현한 것이며 나는 어렵게 살았어도 늦둥이 너는 쉽고 편하게 살아라 하는 뜻이리라. 그것만으로는 성이 덜 차 한술 더 떠서 자(字)를 낙천(樂天)으로 했으니 난세를 살아가던 부정(父情)의 깊이를 짐작할 수가 있다.

이름보다도 자로 더 알려진 백낙천을 나는 무척 좋아한다. 귀여움을 받고 자라서 그런지 가식없이 하고 싶은 말을 하고, 하고 싶은 행동은 서슴없이 해서 오해도 없지 않았지만 언제나 '자기 개성'을 유감없이 발휘한 당대의 자유주의자였기에.

우선 말년의 그의 짤막한 시 한 수를 들어 보자.

집에서 담은 술 이미 다 마시고,
마을에는 주점이 없는지
오늘 밤 술 깬 채로 지낼 일을 걱정하고
가을의 감회를 어떻게 할까 걱정하였네
홀연히 한 손이 문을 두들기며
하는 말 얼마나 아름다운가
남쪽에서 사는 늙은인데
술병 들고 와서 같이 지내자네
술잔이 마르지 않음을 기뻐할 일이지
어찌 많고 적음을 물으랴
중양절이 지났어도
울타리 밑 국화 상기 피어 있네
술 즐기며 낮이 짧음을 걱정했는데
어느덧 석양이 되었네
영감님 서둘러 일어나지 마오
기다리면 새 달이 오를 것이오
손 떠난 뒤에도 흥취가 남아
밤 깊도록 홀로 노래 불렀네.

도연명풍의 이 시를 읊다 보면 백낙천이 얼마나 그를 사모했는지 알 수 있다. 너무 장쾌하게 마셔서 이태백은 주태백이 되었고 너무 쫀쫀하게 마셔서 두보는 청승맞지만 스스로 오류선생(五柳先生)이라 자호한 도연명은 너무나 자연스러워 바람에 밀리는 흰구름같이 유유자적하는 모습이 마음에 닿았으리라.

아들을 잃고 곡하는 일을 쓴 십수 편을 제외하고는 모두가 술에다 마음을 의탁한 것이거나 거문고에다 뜻을 풀거나 한가롭고 여유있는 생활, 술에 취한 즐거움 등을 써놓은 것이다. 괴로움을 나타낸 글자는 한 자도 없고 근심과 탄식을 써놓은 것은 한 마디도 없다. 어찌 억지로 될 것이냐? 역시 안에서 느껴져서 밖으로 나타난 것이다. 이러한 즐거움은 사실은 분수를 알고 만족할 줄 아는데 있으며, 살림하여 가정이 넉넉하고 몸이 한가하며, 글로 지어 노래 부르고 산수풍월을 읊었으니 이러하고도 평안치 않으면 어디 가서 평안을 얻으랴?

이 잔잔하고도 담백한 글이 〈서락시(序洛詩)〉의 머리글이다. 화방영수(花房英樹) 357종의 제재에 시로 다가간 그가 말년에는 '술'로 깊이 들어가, 대지팡이 하나 짚고 산중에서 산책하는 그의 풍모를 그린 번계자의 그림은 백낙천이 '향산거사(香山居士)' 또는 '취음선생(醉吟先生)'이라 스스로 호를 지은 뜻을 고대로 옮겨놓은 명작이라 할 것이다.

술에는 광(狂)이 있고 시에는 마(魔)가 있느니

이성계가 그냥 존경하는 선배(7살 위)로만 불렀다가 신하들이 줄줄이 들어와 좌우로 늘어서는 바람에 할 수 없이 용상에 오르자

"허허. 이거 난 설 자리가 없군그래."

찬바람나게 도포자락을 여미고 일어서서 뒤도 돌아보지 않고 뚜벅뚜벅 걸어나온 목은(牧隱) 이색은 명저 「목은집」을 남겼다.

아버지 이곡이 원나라통이었던 것처럼 이색 또한 원나라에서조차 알아주는 문장가요 높은 선비로 대접을 받았고, 공민왕조차 향을 피우고 스승으로 마지할 정도로 인격이나 학문으로 타의 추종을 불허할만큼 우람한 인물이었다.

태어나긴 외가 영해였지만 말년에는 세거(世居) 한산에 은둔하여 학문과 훈도에 골몰했다. 망국의 한도 달래고 풍류 또한 아우를 줄 아는 '고요한 술꾼'이었음은 그가 남긴 60여 편의 시와 여타의 부(賦), 기(記), 설(說), 송(頌)에 골고루 묻어 있다.

하루라도 술은 거를 수 없고

하루라도 시 안 짓고는 못 배긴다

헌데 인의(仁義)가 상처받으니

쓰려 해도 시 못 쓰고, 술 끊으려도 술 못 끊네

상수(湘水)에 혼이 잠겨 물결도 일지 않고

촉백(蜀魄)이 울 제 산에는 달이 있네

손으로 깊은 잔 드니 고래만큼 마시고

입으로 긴 글 읊으니 번개가 번쩍인다

에라 이 시름 저 구름에 부치고

잠깐 왔다 가는 것 상관하지 않으리

사람에겐 시주(詩酒)의 공이 제일이거니

위태로운 때 몸 보전해 준다네 .

술에는 광이 있고 시에는 마 있느니,

예법이 어찌 감히 번거롭게 하랴

이름 팽개치면 그게 바로 낙토(樂土)로다

강산의 바람과 달 벗 삼아 놀아 보세.

—〈시주가(詩酒歌)〉

물러나 채마전이나 가꾸겠다는 포은(圃隱)은 아홉 살 아래요, 물러나 자기자신이나 닦겠다는 야은(冶隱)은 스물다섯 살 아래인데 역시 성균관 대사성으로서 그들을 길러낸 스승답게 이색은 물러나왔을지언정 후학을 기르겠다는 목은(牧隱)이니 물러나도 그냥 물러남이 아님을 알겠다.

각설하고, 술 냄새가 풍기는 그의 몇 편의 시 속에 넘치는 호연지기(浩然之氣)로 볼 때 그는 꼿꼿한 선비의 경지를 훌쩍 뛰어넘는 대장부의 기상이 범이 뛰는 것 같고 용이 나는 듯하다.

'술에는 광이 있고, 시에는 마가 있다' 는 말 속에 관건(關鍵)이 숨어 있다. 꾸주주한 시대상황을 훌쩍 뛰어넘는 기상이 거기에 있고, 옹졸한 속기(俗氣)를 털어내는 것과 아울러 구태여 그 누구의 인정(認定)도 연연해하지 않는 자유인의 기개가 또한 숨어 있다 하겠다.

하루도 거르지 않고 마시는 술, 아마 그 술은 젊은이들을 가르치고 나서 석양배(夕陽盃)로부터 시작하였을 것이다. 그의 시와 산문들을 보면 당대의 고승들과도 교분이 두터웠고 글이라면 어떤 종류건 당대의 최고의 문사로서 융숭한 대접을 받았기에 다방면의 기록이 아직까지 남아 있을 것이다.

아무리 시골구석이라도 참 즐거움은 있는 법
온 세상의 그 누가 밝은 향기 따르랴
나 늙었다 누가 말하나
높은 산 우러름을 어찌 말하랴.

겸허(謙虛)하게 마셔라

어느덧 손위 술꾼보다 손아래 술꾼이 많아졌다. 손위 술꾼 앞에서는 응석도 부릴 수 있고 치기도 눈감아 주고 때로는 기상천외(奇想天外)의 실수도 아량으로 감싸줌을 받을 수 있었는데 이젠 처지가 뒤바뀌고 보니 이래서 세월의 무게를 느끼게 된다.

심정이야 어쨌든 술꾼은 술을 마셔야 하니까 마시긴 마시는데 그 술판이 끝나고 와서 한 잠 자고 깨어 보면 어제 그 술판이 아름다운 추억이라기보다는 까맣게 잊고 싶은 때가 많으니 이건 세월이 갈수록 세태가 삭막해진다고 엄살을 부릴 일이 아니라 노쇠현상이라고 침이 타당할 것이다. 고래로 술판은 거개가 그런 것이 아니었던가? 의리니 나발이니 언제부터 따지면서 술꾼이 술을 마셨단 말이더냐? 거지든 양반이든 술잔을 주고받으면 그것으로 족하던 호기는 도대체 어디로 팽개쳤단 말이냐?

술꾼치고 자기혐오에 빠진 적이 없다면 진정한 술꾼이 못 된다는 게 필자의 지론이다. 물론 지극히 주관적인 얘기지만 어디 술이 멋있게만 마실 수 있던가? 너의 실수건 나의 실수건 술판이 더러워지는 것은 함께 마신 모든 자의 책임이다. 이 세상이 천국이 아니고, 더욱이 술판은 더 더욱 화기애애한 분위기로만 마신대서야 그게 어디 콩나물 시루지 생생한 생명현장이더란 말이냐? 생명은 부조리요 갈등이요 불만이요 쟁투요 낯 뜨거운 온갖 비밀과 음모의 늪이 아니던가?

평소 옷을 입고 깎듯이 인사는 나눌망정 박사든 불학무식이든 이겨 헤쳐야 사니까 가장 원초적인 심정으로 가장 근원적인 삶의 본 바탕으로 돌아가는 술판이야말로 잠재의식의 발로가 폭발하는 곳이 아니던가? 얼마나 정직한가? 얼마나 순수하고 진실한가? 사회와 나라를 꾸려가야 하니까 법과 도덕은 필요하지만 사람살이의 근원은 언제나 파토스다.

아예 짐승처럼 털만 가지고 살았어야 우리 인간은 '기만' 이 없었을 것이다. 그 '기만' 을 벗겨내고자 우리 술꾼은 술을 든다. 자기 자신을 속이지 않기 위해서 그리고 남도 속이지 않기 위해서. 술판에서조차 거짓말하는 친구야말로 정말 천벌을 받을 놈이다.

남의 비위 건들이지 않고 내숭을 떠는 충청도 술꾼들과는 비교적 덜 어울리는데 타도 술꾼들이 필자와 술을 마실 때 꼭 한 마디 짚고 넘어가는 건

"야, 넌 꾸어다 놓은 보릿자루냐? 좋다 싫다 말을 해야 술맛이 날 것 아냐?"

핀잔을 듣는 걸로 보아 필자 또한 그 동아리지만 말이다.

소설가 김동리 선생의 말로 기억하고 있다. 스승, 선배, 후배, 아마 여남은 명이 처음엔 모두 신사로 출발했는데 이 제자 저 제자 술 잔을 너무 올리는 바람에 김동리 선생은 고래술인데도 그날 경상도 말로 억수로 취했다. 눌변으로도 대가급인 그분이 벌떡 일어서더니

“마아 으으 나 할 말 있어. 느그들 좀 조용히 하거라.”

취중에도 백곰(김동리 선생의 별명)인지라 우리 모두 입을 다물고 귀를 기울였다.

“마아! 술꾼의 기본자세는 겸허란 거라. 겸허가 뭔지 아나? 겸손하게 또 마음 비우라 이 말이라. 이기 누구한테 배운지 아나? 우리 형님 김범보라. 으흐흐흐. 술은 개똥같이 마시면서 자기가 형이라고 날 보고 겸허하게 마시라고 했어. 내가 형을 을마나 비웃었는지 아나? 느그들 지금 나를 비웃지? 허지만 그 말이 옳데이. 내 지금 뭐라캤노?”

우리는 모두 어미 제비가 먹이를 물어 왔을 때 일제히 노란 주둥이를 있는 대로 벌리고 짹짹거리는 새끼제비처럼

“마아. 술은 겸허하게 마셔라 아닝교?”

대답하고 나서 인사불성이 되도록 마셔댔다. 그래 필자는 소설가 김동리 선생으로부터 술은 배운 적이 있지만 소설작법은 못 배워 항상 술값에는 궁색한지 모르겠다.

풍운아 김옥균

정안 곁을 스칠 때면 떠오르는 사람 고균(古筠) 김옥균(金獄均). 이 고장 공주의 최대의 선구자이자 풍운아인 그를 상기하는 것은 어느 새 멍청도가 되어 버린 필자의 우유부단 흐리멍텅 구제불능의 '구경꾼 기질'이 부끄러워서다.

삼일천하로 끝난 갑신정변의 주인공, 비록 불발에 그쳤지만 그의 뜨거운 피가 그립고, 그의 투철한 문제의식이 부럽고, 그의 적극적인 '주인의식' 사내다운 기질을 사랑해서다.

김옥균이 일찍 우의정 박규수를 방문한 즉 박씨가 그 벽장 속에서 지구의(地球儀) 일좌(一座)를 내어 김옥균에게 보이니, 이것은 곧 박규수의 할아버지 〈열하일기〉의 연암 박지원이 중국에 유람할 때에 사서 가져 온 것이다.

박씨가 지구의를 한 번 뱅그르르 돌리더니 김씨를 돌아보며 빙그레 미소를 머금고 이렇게 말하였다.

"오늘날에 와서 중국(中國)이 어디 있느냐? 저리 돌리면 미국이 중국(中

國)이 되며, 이리 돌려 우리나라 조선이 중앙에 오면 중국(中國)이 될 뿐 만 아니라 어느 나라든지 돌려 가운데 자리를 차지하면 중국이 되지 않나? 지나가 저희만을 중국이라 하고 동서남북을 네 오랑캐(四弟)라 부르는 것은 자만이요 어리석은 생각일 뿐이다."

김씨. 이때에 개화를 주장하여 신서적도 좀 보았으나, 매양 수백년대 유전된 사상에 속박되어 국가 독립을 부를 일은 꿈도 꾸지 못하였다가 박씨의 이 말 한 마디에 크게 깨닫고 무릎을 치고 일어났더라. 이 코페르니쿠스적 의식전환이 갑신정변으로 폭발했던 것이다.

이것은 단재 신채호의 수필 〈지동설의 효력〉이란 글의 모두다.

생각이 깊어지면 결심이 서고 결심이 굳어지면 행동반경이 드러나게 마련이다. 고균이 열심히 술을 마시며 동지를 규합하기 시작한 것이 바로 그때부터였다. 뜨거운 불은 젖은 장작도 태운다 하지 않던가? 총명한 두뇌, 별빛 같은 눈, 실력과 배짱과 포용력이 뒷받침되고 불안한 시대상황이 역사적 배경이니 장안의 내로라하는 엘리트들이 지남철에 쇳가루 빨려들 듯했을 것이다.

성공한 혁명도 후인의 입방아에 오르거늘 실패하면 '궁예' 요 '견훤' 이 되는 것은 물어보나 마나다. 역적으로 몸이 찢겨 널부러진 것을 그를 사모하는 사람이 거두어다가 아산시 영인면 면소재지 뒤에 묻어놓은 걸 필자는 최근에야 시인 홍병선 형의 안내로 찾아가 보았다. 묘도 다듬어져 있고 정려도 조촐히 지어져 있었지만 그 비석에 고균(古筠)을 고균(古筘)으로 한 것을 발견하였다. 대(竹)가 어찌 풀(艸)이 될 수 있으랴. 그 묘역의 책임자가 하루 빨리 고칠 일이다.

옥균 이전의 최영, 김종서, 성삼문이 불굴의 투혼으로 살다간 이 고장의 대장부라면 옥균 이후의 백야, 만해, 김복한은 '독립정신' 이 투철하여 생명을 내걸고 가시밭길을 헤쳐간 헌걸찬 사내들이었다.

고균 묘소 가까이에 토정의 동상이 있고 건너편 산에 매국노 이완용의 묘소도 있으니 이 얼마나 아이러니한 일인가?

그날 밤 필자는 고균 김옥균의 울분을 대신하여 몇 주전자의 술을 비웠다. 나라는 찾았어도 그때나 지금이나 나라 꼴이 말이 아니며, 충청인의 기개가 말이 아니며, 필자의 꼬라지가 더욱 말이 아니어서 흠뻑 취하고 말았다.

외로운 학 한 마리

외로운 학 한 마리
먼 하늘을 바라보며
이 밤도 차가운데
한 발만 들고 섰네
서녁 바람 차갑게
대나무 숲에 불어라,
전신에 흠빡
가을 이슬로 적셨구나.

독학망요공(獨鶴望遙空)
야한거일족(夜寒擧一足)
서풍고죽총(西風苦竹叢)
마신추로적(滿身秋露摘)
―〈畫鶴〉

이 시는 어쩌면 손곡(蓀谷) 이달(李達)의 자화상일 것이다. 맑고도 새롭고 아담하고도 고운 그의 시들은 왕유, 맹호연, 고적, 잠삼의 경지를 드나들면서 유우석 전기의 풍운까지 곁들였다는 평도, 당시(唐詩)를 익힌 신라, 고려의 그 어떤 시인도 그를 따르지 못하였다는 평도 헛된 과찬이 아닌 것은 그의 한시(漢詩)를 꼼꼼히 맛보면 알 수 있다.

평범한 시어에 고상한 정신세계, 조금도 어김없는 평측법(平仄法), 화룡점정(畵龍點睛)의 결구(結句)의 뛰어난 맺음 그 어디 군색함이 보이지 않는 청신(淸新)함이 돋보인다.

그러나 그의 용모는 그다지 준수하지 못했다. 성격 또한 너무나 호탕해서 입담도 거칠었고 행동조차 구애됨이 없어서 세속의 예법을 팽개쳐 버렸으므로 인물의 깊이와 넓이를 모르는 여러 사람의 입방아에 오르고 그를 좋아하는 사람들과 가깝지 않은 무리들이 술자리에서 안주 대신 씹어대는 소리를 그의 애제자 허균은 귀에 못이 박힐 정도로 들었을 것이다.

자연을 사랑하고 술을 좋아하고 고금의 역사와 일화를 두루 꿰어 자상하게 가르치던 스승! 가운데가 텅비어 무심한 듯하다가도 쾌도난마처럼 치닫던 달변의 쾌남아! 어떤 굴욕도 몇 사발 술을 들이키고 껄껄 웃음으로 말끔히 털어내던 대장부의 기상!

어려서부터 보고 듣고 체험한 스승의 체취는 이 천재적 기질을 가진 어린 제자 허균의 혼에 불을 지폈던 것이다. 교산 허균 또한 외로운 학 한 마리였다.

꽃을 감상할 때는 모름지기 호걸스러운 벗과 어울려야 하고, 기녀(妓女)를 볼 때는 모름지기 담박(淡泊)한 벗과 어울려야 하고, 산에 오를 때는 모름지기 초일(超逸)한 벗과 어울려야 하고, 물에 배를 띄울 때는 모름지기 광활한 벗과 어울려야 하고, 달을 볼 때는 모름지기 삽상한 벗과 어울려야 하

고, 눈을 볼 때는 모름지기 염려(艶麗)한 벗과 어울려야 하고, 술을 마실 때
는 모름지기 운치 있는 벗과 어울려야 한다.

허균이 편찬한 「한정록(閒情綠)」의 일부다. 본래 「미공비급」에 있는
것을 교산이 인용한 것은 그 글 마디마디에 스승 손곡의 두루마기 자락
이 펄럭이는 듯하여 그랬을 것이다.

불과 나이 마흔둘에 스스로 늙은이라 한 것도 익살맞고 '다음날 언젠
가 숲 아래에서 속세와 인연을 끊고 세상을 버린 선비를 만나게 될 때
이 책을 꺼내가지고 서로 즐겨 읽겠다' 는 말도 부질없다.

희대의 레지스탕스로 허균의 목은 망나니의 칼 아래 피를 뿌렸으므
로! 큰 잘못을 저지르고도 시치미를 딱 떼며 손바닥으로 하늘을 가리는
이 시대의 지도자들은 허균의 발꿈치를 보며 부끄러워해야 할 것이다.

백운거사(白雲居士)

일배미주여단액(一盃美酒如丹液)
좌사쇠안작소년(坐使衰顔作少年)
약사신풍장취도(若使新豊長醉倒)
인간하일불신선(人間何日不神仙)

아름다운 한 잔의 술 신선의 약이런 듯
늙은 얼굴 금방내 소년이 되게 하네
만일 좋은 술집에 마냥 취해 있다면
인간, 어느 날인들 신선이 아니랴.

하루도 술을 입에 대지 않고는 배길 수 없던 백운거사 이규보의 〈취서(醉書)〉란 시다. 무던히 애주했기에 이런 시가 되었을 것이다. 자는 춘경(春卿).

평생에 거문고와 술과 시를 좋아하여 처음에는 삼혹호선생(三酷好先生)

이라 부를까 하였으나 좋아하기는 하면서도 거문고에 익숙지 못하고, 시를 잘 짓지도 못하며 술 또한 많이 마시지도 못하면서 그런 호를 쓰면 남들이 비웃을 것만 같아 문득 생각나는 대로 백운거사라…….

구름이란 극히 자유로우면서 변화를 헤아릴 길 없어, 훨훨 펼쳐지는 것은 군자의 나아감이요, 슬쩍 거둬들임은 높은 선비의 숨음이요, 비를 내려 가뭄을 풀어줌은 어짐(仁)이요, 오는 곳도 없고 가는 곳도 없음은 통(通)함이요, 빛의 푸르고 누르고 붉고 검은 것은 구름의 바른 제 빛깔이 아니며 오직 흰 것만이 구름의 떳떳한 빛이라, 구름을 본받아 세상에 나아가서는 남을 이롭게 하고 돌아가서는 마음을 비워 항상 흰빛을 지킬 수 있다면 내가 구름인지 구름이 나인지 이 얼마나 좋을 것이랴.

이것이 그의 어록이다. 하면 거사(居士)라 부르는 까닭은 무엇인가? 산에 살거나 집에 살거나 능히 도(道)를 즐길 수 있어야 그리 부를 법 한데 나는 비록 별장이 없이 집에 살지라도 도를 즐기기 때문에 거사라 하였다. 백운거사란 그 지향하는 바와 지니고자 하는 품성이 담뿍 들어 있어서 자호이자 좌우명이 되었던 것이다.

스스로와 하는 약속보다 더 무겁고 소중한 것은 없다. 고려조를 통틀어 백운거사 이규보만큼 학문이나 풍류 문학에 있어 그를 누를 만한 사람이 없을 정도로 그는 깊고 넓으며 멋있는 사람이었다.

그는 천재가 아니었다. 과거에도 세 번이나 낙방하였고 조정의 미움을 사 귀양살이도 할 만큼 했고 시작은 그저 평범하였는데 다만 보통 선비와 다른 점은 한 번도 초조하거나 불안해하지 않는 기상이었음은 그의 문집 가운데 선인(仙人)을 대신하여 자기에게 보내는 글을 보면 넉넉히 알 수 있다.

우리나라 문학사상 최초의 서사시인 〈동명성왕〉의 저 웅장한 스케일, 조그마한 예법에 구애되지 않고 항상 자유로운 몸가짐이면서도 일단 대의(大儀) 앞에서는 대쪽같이 기절(氣節)을 숭상했지만 그 어떤 술꾼과도 잔을 나누며 술을 사랑했기에 그의 시집 속의 백 편이 넘는 시들이 술 향기 그윽한 걸로 미루어 고려 전 시대의 가장 우람한 한량(閒良)이라 해도 과언이 아닐 것이다.

신륵사와 진상품 자체미 쌀로 유명한 여주에 가면 남한강이 도도히 흐르고 주위 경관이 수려하기 짝이 없어 별장과 유적이 별처럼 많건만 이 고장 출신 백운거사 이규보의 흔적은 눈을 씻고 보아도 찾아볼 수 없다. 우암 송시열과 심지어 나라를 팔아먹은 이완용의 흔적도 남아 있는데도. 백운거사는 이 미래까지 내다보며 날마다 술을 펐는지도 모르겠다.